나의 X 오답노트 1

나의 X 오답노트 ①

김사라 장편소설

차례

시험 기간 끝

계절의 시작을 다들 봄이라고 하는데, 사실은 겨울이 아닌가 싶다. 처음과 끝 모두, 겨울이 아닐까 싶어.

그녀는 이렇게 생각하며 자신의 옆에서 자고 있는 남자를 물끄러미 바라보았다. 아침이면 침대에서 미치도록 일어나기 싫어지는 추운 겨울의 초입, 12월의 어느 날이었다. 그녀는 두 사람의 체온으로 덥힌 따뜻하고 두꺼운 이불 속에서 한 치의 망설임도 없이 빠져나왔다. 마치 두 사람의 관계 같았다. 미련도 없었고 감정도 없었다. 그저…… 끝나가고만 있었다.

그래, 겨울은 이런 느낌이지. 뭔가가 끝나는 그런 느낌. 그래서 다들 봄을 시작이라고 하는 건가?

그래도 동의할 수 없었다. 겨울은 시작이 분명했다. 스무 살에 처음으로 '그 남자'를 만났을 때도 겨울이었으니.

그리고, 며칠 뒤 그녀가 저지를 지독하게 정확한 실수와 그 때문에 벌어질 일들 역시, 이번 겨울에 시작될 예정이었다. 계획된 실수였고, 실수의 속뜻은 진심이었을 것이다.

그녀는…… 진심으로 실수가 하고 싶었다.

문제 1

X에게 다시 연락하는 것은 옳은 일인가?

정답 : (O / X)

맛없는 파스타집

: 스물일곱 :

아, 이게 그 '프루스트 현상'······?

그녀는 배달시킨 토마토 파스타를 앞에 두고 한 입을 채 먹기도 전에, 며칠 전 유튜브 알고리즘을 통해 봤던 내용을 떠올렸다. 이제 토마토 냄새만 맡아도 그때의 그 파스타가 떠오를 지경이었다. 정돈된 유튜버의 목소리도 함께 들려오는 듯했다. '프랑스 작가 마르셀 프루스트는 어느 겨울날 홍차에 마들렌 과자를 적셔 한 입 베어 문 순간 어릴 적 고향에서 숙모가 내어주곤 했던 마들렌의 향기를 떠올렸고, 머릿속에 펼쳐진 고향의 기억은 그의 대표작인 《잃어버린 시간을 찾아서》의 집필로 이어졌는데요!'

그때 그녀는 유튜브 영상을 틀어놓고 한참 딴짓을 하고 있던 터라 프루스트 현상인지, 푸르뎅뎅 현상인지 알게 뭔가 싶었다. 하지만 지금, 자신의 앞에 놓여 있는 다 식은 파스타를 보자 심기가 불편해져 한쪽 입꼬리에 힘이 조금 들어갔다. 파스타는 겉보기엔 아주 먹음직스러워 보이지만, 날씨가 이렇게 추운데도 김이 전혀 올라오지 않는 차게 식은 파스타였다. 배달하는 사람과 마주하는 것이 부담스러워서 '문 앞에 놓고 문자 주세요'라는 배달 요청사항을 적은 것이 화근이었다. 배달원은 분명히 문 앞에 두었다고 문자를 보냈지만, 배달이 오기 전에 잠이 드는 바람에 그녀는 한 시간이 지나서야 문 앞에서 천천히 식어갔을 파스타를 집 안으로 들고 들어올 수 있었다. 불면증으로 잠을 못 잔 탓에 피로를 이기지 못하고 책상에서 꾸벅꾸벅 졸다 엎어져 잠든 것도 억울한데, 다 식은 파스타를 먹어야 하다니. 그런데도 파스타 냄새가 코 앞으로 훅 풍기자, 그때의 기억이 떠올랐던 것이다. 그래서 파스타를 전자레인지에 돌려 따뜻하게 데우기로 했다. 그래도…… 갓 조리해서 따끈따끈한 그 맛은 나지 않을 것이었다.

그녀는 바로 3일 전에, 4년이나 사귄 남자친구와 이별한 상태였다. 가슴이 찢어질 듯 슬프거나, 총 맞은 것처럼 심장이 아프진 않았다. 그저 분노와 후회, 아쉬움, 짜증만이 가득했다.

"아, 진짜 맛없어. 안 먹을래."

그녀가 3일 전에 헤어진 남자친구와 마지막 식사를 하면서 한 말이었다. 이별을 결정하는 데는 오래 걸렸지만, 지금이 이별할 순간이라는 점은 빠르게 알아차렸다. 찰나의 순간이었다. 누군가 그녀에게 했던 말이 생각났다. 이별은 단칼에, 빠르게 해치워야 한다는 말. 분명 이 집 파스타가 맛이 없다고 했고, 특히 토마토 파스타가 맛이 없다고 했는데, 또 여기를 데려온 거야. 너는 그런 애야. 그녀의 머릿속은 남자친구를 앞에 두고 하기엔 적절하지 않은 생각들로 가득 차 있었다. 맞은편에 앉아 이별을 예감한 듯 안절부절못하는 남자친구의 표정은 눈에 들어오지도 않았다. 안 그래도 맛없는데 더 맛없게 식어가는 토마토 파스타를 앞에 두고, 그녀는 그에게 이별을 고했다.

"4년이나 사귀었는데, 파스타 때문에 헤어지다니." 이별 소식을 듣고 한걸음에 달려와 준 친구들에게 그녀가 한탄하며 말했다.

"4년이나 사귀었는데, 파스타 때문에 헤어질 만큼 문제가 있었던 거지." 한 친구가 명쾌한 해답을 내놓았다. 사실 친구들이 그녀의 이별 소식을 듣고 달려온다 했을 땐, '그렇게까지?'라는 생각이 들었지만 막상 친구들과 함께 있으니 마음이 편안해졌다. 그녀에게는 이렇게, 자신의 마음이 불편한지, 힘든지, 괴로운지도 잘 모를 정도로 감정을 차단

하는 습관이 깊게 배어 있었다.

"별 감흥 없을 것 같았는데, 그래도 한숨은 나온다." 땅이 꺼져라, 하늘이 무너져라, 우주는 부서져라, 한숨을 쉬며 그녀가 말했다.

"4년이나 사귀었는데, 멀쩡하면 그게 이상한 거지." 친구가 한 번 더 명쾌한 답을 던졌다.

"최수아, 너 왜 이렇게 똑똑해졌냐?" 그래서 그녀는 실실 웃으며 농담을 던졌다.

이후 그녀와 친구들은 밤에 어떤 영화를 볼지를 두고 열띤 논쟁을 벌였다. 누군가 "이별 영화 볼까?"라는 제안을 던졌기 때문이다. 하지만 그녀는 이별 영화 같은 건 보고 싶지 않았다. 사랑하긴 하지만 덜 사랑해서 헤어졌다든지, 성격 차이라든지 하는 이별은 지금은 딱히 공감이 되지 않는 주제였다.

"제발 그냥 웃긴 거 보자. 그 쪼꼬만 노란 외계인 같은 애들 나오는 거라든지."

맛없는 파스타 때문에 헤어질 만큼, 둘 사이에 문제가 있었던 건 확실했다. 하지만 어느 한 사람에게만 문제가 있었다고도 할 수 없었다. 둘 다 아무런 잘못이 없었다. 그게 지금 느끼고 있는 의문과 답답함을 해소할 수 없는 이유였다.

4년이나 사귀었던 그 남자친구는, 그래도 이 정도면 결혼하기 괜찮겠다, 라는 생각이 드는 사람이었다. 돈 잘 벌고, 외모도 나쁘지 않고, 키 크고, 심지어 많은 사람들이 바라는 '다정함'까지 겸비했다. 기념일이 아닌데도 꽃다발을 챙겨 왔고, 기념일엔 더더욱 뭘 많이 챙겨 왔다. 쉴 새 없이 사랑한다 말해주던 그런 사람이었다. 그래도 끝끝내 그녀의 입에선 사랑한다는 말이 쉴 새 없이 나오지 않았다. 그의 외모와 재력, 성격은 그녀에게 아무런 영향도 주지 못했다. 그녀는 그저, '맛없다고 했던 파스타집에 다시는 데려가지 않는 것' 정도만 해줘도 좋았을 것이다. 그래서 '이 정도면 결혼은 못 하겠구나' 하는 생각이 들어버렸다.

이래서 다들 죽을 만큼 사랑하는 사람과 결혼하라는 거구나. 애처롭게 사랑하면, 눈앞의 파스타가 맛이 있든 없든 상관없으니까.

그러자 갑자기 후회가 파도처럼 밀려들었다. 헤어진 남자친구에 대한 후회는 아니었다. 스무 살 겨울에 만났던 '그 남자'에 대한 후회였다.

후회하고 있어. 너와 함께했던 모든 순간을. 너와 헤어지던 그 순간마저도.

그녀는 그 남자와 만나지 않았으면 인생이 좀 더 수월했을 거라 믿어 의심치 않았다. 그 남자가 그녀에게 악영향을 미치거나 커다란 트라우마를 안겨줘서 그런 게 아니라, 그 남자만큼 사랑할 수 있는 사람을 앞으로 영원히 못 찾을 거란 확신이 들어서였다. 그래서 늘 후회했다.

사실은, 너와 헤어지던 그 순간을 가장 후회해.

'그 남자를 만나지 않았으면 참 좋았을 텐데'라는 생각은 곧 '그 남자와 헤어지지 않았으면 참 좋았을 텐데'로 바뀐다는 것을 그녀는 잘 알고 있었다. 자주 겪었던 생각의 흐름이기 때문이다. 하지만 옆에서 쉴 새 없이 사랑한다고 말하는 남자친구 때문에 그 생각의 흐름은 쉽고 간단하게 끊겼다. 그 말은 즉, 이제는 그 생각의 흐름이 미친 듯이 뻗어나갈 예정이란 뜻이었다.

벼랑 끝에 내몰린 듯 절박하고, 이별을 알고 있는 것처럼 애처롭고, 누가 그들의 사랑을 가로막기라도 하듯 처절하게 사랑했던 그 관계를…… 그녀는 떠올리기 시작했다.

얼어 죽어도 아이스커피

"우리가 지금 말고…… 스물일곱, 스물여덟쯤 만났으면 좋았을 뻔했다."

그 남자가 꿈에서 했던 말이고, 실제로 스물셋쯤에 그녀에게 했던 말이기도 했다. 처음 이 말을 들었을 땐 이해가 되기는커녕 욕이 나올 뻔했다. 스물넷, 스물다섯이 되었을 땐 왜 그런 말을 했는지 어렴풋이 알 것 같긴 했다. 이제 스물일곱이 되니, 그의 말을 완전히 이해할 수 있게 되었다. 그러자 그녀는 콧방귀가 흥, 나왔다. 그리고 심장이 슬퍼져서 축 가라앉았다. 자꾸 그의 꿈을 꾸며 깨는 그녀는 그런 꿈을 꾼다는 사실에도, 그 꿈에서 깨야 한다는 사실에도 짜증과 아쉬움을 느꼈다.

널 너무 사랑했어서, 너와의 추억을 사무치게 사랑하게 됐어. 그래서 아직도 내가 널 사랑하는 것처럼 느껴져.

그를 떠올리면 이런 생각이 들었다. 그러면 그녀는 '이건 그를 못 잊는 게 아니라, 그 추억을 못 잊는 것뿐'이라고 이를 악물며 합리화하기 시작했다. 영화나 드라마, 소설에나 나오는 '눈부시게 아름다웠던 우리의 추억' 따위가 정말 존재하긴 했다. 그게 존재한다고 알려준 사람을 자꾸 떠올리게 되는 건 당연한 일 아닌가. 불쌍할 정도로 끈덕진 합리화였다.

시끄러운 소리를 내며 돌아가는 캡슐 커피 기계를 물끄러미 바라보던 그녀는 기계에서 졸졸 내려오는 커피의 향을 맡자 또 한 번 그 꿈을 떠올렸다. 꿈은 늘 똑같았다. 그녀는 다시 스무 살 그때로 돌아가 있었고, 그 역시 스무 살 그때의 모습으로 그녀에게 다가왔다. 둘의 차이점은 그와 달리 그녀는 스무 살 이후의 기억을 모두 갖고 있다는 것이었다. 그녀는 꿈에서 늘 그들이 어떻게 사랑하고 어떻게 시간을 보냈으며 어떻게 헤어졌는지 상세히 설명한 뒤에 "그래도 나랑 사귈 거야?"라는 유치한 질문을 했다. 그러면 그는 늘 똑같이 "난 너랑 헤어질 일 없어"라고 대답했다. 거짓말. 하지만 그녀는 늘 알겠다는 대답과 함께 시작과 끝을 알고 있어도 다시 그와 만날 것을 결심하며 그에게 포옥 안겼다. 그녀는 꿈에서도 그에게만큼은 한심할 정도로 무력했다. 이제는 추출이 끝나 똑— 똑— 떨어지고 있는 에스

프레소 방울들이 하찮게 튀는 걸 보며 그녀는 생각했다. 아직도 민트 티 좋아하려나.

아메리카노는 너무 쓰고 라테는 너무 밍밍하다며 향이 좋은 티 종류, 그중에서도 민트 티를 즐겨 마시던 그의 입맛이 지금은 어떤지, 그녀는 모를 수밖에 없었다. 벌써 그와 연락이 닿지 않은 지 4년이나 되었으니. 하지만 그녀는 여전히 얼음이 가득 들어 있어서 목구멍이 얼어붙을 정도로 차가운 음료만 마신다. 아메리카노든, 라테든, 민트 티든. 그녀는 추워서 몸을 한껏 웅크린 채 컵에 얼음을 가득 채웠다. 그러곤 얼음이 기분 좋게 찰랑거리는 컵을 들고 방으로 들어가 책상 앞에 앉았다.

사람이 잘 안 바뀌긴 하지. 그 남자의 요즘 헤어스타일과 옷차림, 말투, 성격, 가치관 등이 어떻게 변했을지, 혹은 어떻게 유지되어 왔을지 궁금해지기 시작했다. 그러자 곧 스스로는 얼마나 변했는지에 대해서도 상기하게 됐다. 아직도 부스스한 헤어스타일을 좋아해서 꼬불꼬불한 파마머리를 하고 다니고, 안 그래도 쭉 찢어진 눈꼬리 탓에 인상이 사나운 편이라 되도록 갈색 위주의 염색이나 화장을 하는 편이었다. 변한 거라곤…… 20대 초반일 때보다 화장을 잘 하지 않고 옷도 잘 사지 않게 되었다는 것? 그녀의 생각대로, 많은 것이 변하지 않았다. 밖을 돌아다니는 것보단 안에서 각종 취미 생활을 즐기는 걸 선호하고, 휴대폰은 여전히 아이폰, 구두보단 운동화, 운동화보단 슬리퍼, 그리고 아직 매니큐어 바르는 걸 좋아한다.

매니큐어가 군데군데 벗겨지고 지저분해진 손을 들어 키보드 위에 얹었지만 그녀는 문서 파일에 단 한 글자도 써 내려가지 못했다.

그를 사랑했던 것처럼, 다른 사람을 사랑할 수 있을까? 일단 지난 4년 동안은 그게 안 된다는 사실을 밝혀내긴 했다. 누군가 사랑하긴 했지만, 그를 사랑했던 것처럼 하진 못했다. 그녀는 키보드에서 손을 뗐다. 그러곤 옆에 있는 아이스 아메리카노를 몇 모금 마셨다. 물이라도 마시듯 꿀꺽꿀꺽 넘겼다. 못 하겠지.

일주일 동안 그녀가 키보드로 써 내려간 글자는 카카오톡 채팅이나 이메일, 다 떨어져 가는 커피 캡슐을 사기 위해 쇼핑 사이트에 치는 검색어뿐이었다. 그리고 일주일 동안, 그녀는 후회할 것 같은 실수를 저지르지 않기 위해 무던히 애썼다. 미친 짓이야. 몇 번이나 그 남자의 카톡 프로필을 눌렀다가 닫기를 반복했다. 미쳤지. 한 가지 다행인 점은, 그 남자가 카톡 친구로는 등록되어 있어도, 전화번호는 등록되어 있지 않다는 것이었다. 그래, 전화하는 것보단 이러고 있는 게 낫지.

마음을 비우기 위해 튼 드라마 속 남자 주인공의 모습에 그 남자가 겹쳐 보이기도 했다. 딱 저렇게 생겼는데. 자신이 글로 자주 묘사하던 전형적인 남자 주인공의 외모였다. 그러니까, 대충 '직선으로 쭉 뻗은 콧대'라든지 '베일 듯한 턱선' 같은 말들 말이다.

"기생오라비." 그녀는 이렇게 중얼거린 뒤 혼자 큭큭거렸다. 혼자 남겨진 집에서 4년 전의 그 남자를 떠올리다가 겨우 꺼낸 혼잣말이, 그 남자가 "그거 칭찬 아니냐?"라고 대꾸하던 말이었다.

드라마를 계속 보다간 그 남자에게 연락을 해버리는 미친 실수를 할 수도 있으니 그녀는 황급히 화면을 끄고 음악을 틀었다. 역시 실수였다. 남자치곤 길고 예쁜 손가락으로 통기타를 튕기며 감미롭게 노래를 부르던 그 남자를 떠올리기 딱 좋은 실수. 이쯤 되면 실수가 아닐 텐데. 이렇게 생각하며 그녀는 무의식적으로 그가 자주 불러주었던 노래들을 플레이리스트에 집어넣기 시작했다.

플레이리스트의 마지막 노래가 재생될 즈음에 그녀의 손은 거의 메시지 전송 버튼에 올라가 있었다. 음, 아냐. 그녀는 노래를 꺼버리고 간단하게 나갈 준비를 마친 뒤 집을 나섰다. 갈 곳은 딱히 없었고 날씨는 너무 추웠기 때문에 택시를 타고 종합 쇼핑몰로 향했다. 목적지를 말한 뒤 무심

코 에어팟을 꺼내 귀에 꽂으려다가 노래를 들으면 위험하다는 판단이 서 다시 주머니에 넣었다. 대신, 택시 아저씨가 틀어놓은 재미없는 라디오나 들으며 갈 생각이었다. 그것 역시 실수였다.

"같은 시간에 같은 걸 봤던 기억. 그러나 두 사람의 기억은 달라서, 다시 조각조각 그 시간을 맞춰볼 수 있는, 그들만 가지고 있는 특권이에요." 라디오에서 흘러나오는 멘트가 그녀의 가슴을 내리쳤다. 제발, 나한테 왜 이래? 그녀는 또 휴대폰을 들어 그의 프로필을 찾아보았다. 그냥 집에서 일이나 할 걸 그랬다. 그래도 이왕 나온 김에, 쇼핑몰 이곳저곳을 기웃거리며 구경했다. 결국 산 건 좋아하는 게임 캐릭터의 키링 하나뿐이었지만.

또 일주일이 지났고, 더 이상 일을 미룰 수 없었다. 뭐라도 해야 했다. 이러다간 내 커리어가 박살이 나겠어. 우선 캡슐 커피 기계 앞으로 갔다. 얼음을 담고, 커피를 내렸다. 짤랑거리는 커피 컵을 들고 와 자리에 앉았다.

"장편 쓸 땐 내 이야기나 쓰고. 알겠제?" 그와 함께 보낸 마지막 가을쯤에, 그가 했던 말이 문득 떠올랐다. 그럴까? 네 이야기나 써볼까? 그녀는 뭐라도 건지기 위해, 휴대폰을 들어 사진 드라이브 어플을 다운받았다. 옛 아이디로 로그인을 하는데, 아이디 뒤에는 자신이 사랑했던 남자의 휴대폰 끝자리 번호가 포함되어 있었다. 그 덕분인지, 아니면 그 때문인지, 아직도 그 남자의 휴대폰 뒷자리를 기억하고 있는 그녀였다. 한 손엔 아메리카노를 든 채로, 한 손엔 휴대폰을 든 채로 드라이브를 쭉 훑어보았다. 그리고 그 속에 저장되어 있는 자신의 20대 초반 사진들을 발견하고는 추억에 잠겼다. 그땐 그랬지, 이땐 이랬지 하면서 여러 기억을 떠올렸다. 더럽게 행복했나 보다. 이 웃음들 좀 봐. 왠지 사진 속 자신에게 질투가 솟아올라 가슴 한쪽이 또다시 무겁게 축 가라앉았다. 살짝 아픈 것 같기도 했다.

드라이브 속 앨범엔 그녀와 그 남자의 사진이 거의 대부분이었다. 그와의 연애가 끝날 때쯤 드라이브의 용량도 다 차버렸고, 돈을 내고 용량을 늘리기엔 가난한 시절이었기에 다른 무료 드라이브를 쓰기 위해 아이디를 하나 더 만들어야 했다. 그래서 남자의 뒷번호가 포함되어 있는 아이디로 로그인을 하기 전까지 그녀는 자신이 더럽게 행복할 만큼 사랑한 이 남자의 사진들을 볼 수가 없었다. 그렇게 잊고 살려고 했다.

하지만 잊지 못했다.

"정말 미안하다. 내가 너한테 못되게 굴었던 거." 그는 항상 꿈속에서 이렇게 말했다. 지금은 다른 모습으로 살아가고 있겠지만 그녀의 꿈에 그 남자는 늘 스물하나, 스물둘일

때의 모습으로 등장했다. 여전히 잘생기고 달콤하고 사랑스러운 모습으로 말이다. 그녀는 꿈속에서도 콩깍지가 제대로 씌어 있었다.

"아냐, 정말 좋았어." 그녀는 항상 이렇게 대답했다.

늘 담담했던 그는 그녀 앞에선 항상 무력해졌다. 무력할 만큼 그녀를 사랑했다. 위험하다며 밤늦게 돌아다니지 못하게 하려 한 것과 좋지 않은 일이 생겼을 때 위로해 주지 않고 잘잘못을 따지려고 한 것, 술에 취하면 애정 표현을 하는 대신 그녀의 옆에 누워 수다스럽게 자신의 생각들을 쏟아내던 모습. 평소엔 말이 없던 그가 자신 앞에선 주절주절 궁시렁거리며 잔소리를 하던 그 모습은 싫증이 나기도 했지만 사랑스럽기도 했다.

사실은 그게 그리웠어. 그녀는 자신이 아직도 그 남자와의 순간을 기억하는 것이 미련하고 바보 같다 생각했다. 하지만 다시 생각해 보면, 사실 기억하고 있는 게 아니라 잊지 못했다고 하는 게 정확할지도 모른다.

정말, 정말 사랑했던 그 남자는 마지막으로 그녀에게 이렇게 말했다.

"말같이 들리지도 않겠지만, 널 사랑해서 모험을 하는 거라고 생각해 줬으면 좋겠다."

그녀는 그의 마지막 말에 동의할 수 없어 그를 떠났다.

그의 말대로, 정말 '말같이 들리지도 않았기 때문'이다. 사랑한다면, 함께 모험을 해야 하는 것이 아닌가? 정말 사랑한다면, 떠나지 말아야 하는 거 아닌가.

그 말은, 내가 사랑하는 만큼 날 사랑하지 않는 너의 핑계이고 합리화에 불과해.

그녀는 이성적이고 논리적인 결정을 해야 했기에, 고통스러운 비명을 질러대는 자신의 감성과 감정을 힘겹게 억누르며 그를 떠났다. 억지로, 정말 억지로 떠났다.

지금도 역시 그의 마지막 말은 이해가 잘 안 된다. 날 사랑하기 때문에 모험을 한다니! 그래도 그가 정말 자신을 뼈저리게 사랑했다는 사실만큼은 확신할 수 있었다. 하지만 무슨 소용인가. 스물하나, 스물둘의 두 사람은 너무 어렸다.

우린 너무 어렸고, 순수했으며, 바보 같을 정도로 똑똑했어. 조금 멍청했으면 좋았을 텐데.

그가 말했던 그놈의 '스물일곱'이 되니, 문득 그런 생각이 들었다.

정말, 만약에 우리가 지금 만난다면, 우리의 결말이 조금 다르게 끝날 수 있을까?

그녀는 휴대폰을 들어 그의 번호를 누르다가 멈칫했다. 차라리 새벽에 연락을 할까 싶어서였다. 실수인 것처럼. 새

벽이라 센티해져서 연락했다고 대충 둘러댈 수 있잖아. 하지만 지금 연락해도 나쁠 건 없어 보였다. 새벽에 연락하든 밤에 연락하든 대낮에 연락하든 미친 건 마찬가지야. 게다가 그녀는 그에게 연락할 핑계가 차고 넘친다고 스스로에게 변명했다.

너에 관한 소설을 쓰려고. 아니면…… 오랜만에 한번 연락해 볼 수 있잖아? 뭐 하면서 사는지도 궁금하고.

이런저런 이유들을 떠올리며, 그녀는 자기도 모르게 아직 기억하고 있는 뒷자리 번호와 어렴풋이 기억나는 앞자리 번호를 조합해 통화 버튼을 눌렀다. 받아도 그만, 안 받아도 그만인 심정이었다. 어차피 정확한 번호는 기억나지 않으니.

"어……."

전화기 너머로 의아함과 반가움이 공존하는 짧은 한마디가 들려왔다. 그녀는 심장이 쿵쿵 뛰었다. 설레는 풋풋한 감정 때문이 아니라, 정말 전화를 받을 줄 몰랐기 때문이었다. 그의 목소리를 듣자 세상에, 내가 정말 전화를 했다니! 하는 비현실적인 현실감이 몰려와 그녀를 덮쳤다. 그녀는 잠시 당황했지만, 아무렇지 않은 척 얼른 그에게 대답했다.

"어, 뭐 하고 사냐." 4년 만에 건넨 첫 질문이었다.

"지금 눈 온다." 그는 동문서답을 했다. 그러자 그녀의 입술 사이로 피식 웃음이 흘러나왔다. 웃는 바람에, 들고 있던 커피잔 속 얼음이 짤랑거렸다.

"눈 많이 와?"

"웬일로 연락을……." 그는 또 한 번 그녀의 질문에 대답하지 않고 말끝을 흐렸다. 그러자 이번에 그녀는 살짝 심술이 났다. 내 질문에 하나도 대답 안 하고! 하지만 웬일로 전화를 했냐는 그의 질문엔 대답하고 싶었다. 뭐라고 대답할까……. 준비해 둔 핑계…… 아니, 이유는 많았다.

너에 관한 소설을 쓰려고. 오랜만에 한번 연락해 볼 수도 있지. 뭐 하고 사는지 궁금해서.

이 중에 어떤 대답을 해야 할지 고민하던 그녀는, 심술과 장난이 섞인, 그러나 진심이 담긴 대답을 던졌다.

"내 꿈에 그만 좀 나와라, 지안아."

그녀는 그의 표정을 볼 순 없었지만 들을 순 있었다. 그는 특유의 매력적인 미소를 한가득 담은 목소리로 말했다.

"지금도 꿈에 내가 나오는 걸 보니, 아직도 나를 좋아하나 보네."

그녀의 입꼬리 한쪽이 또 씩 올라갔다. 이번에도 커피잔 속 얼음이 짤랑거렸다.

구름과자 커넥션

: 스물 :

"한지안입니다."

눈매가 날카로운 차가운 인상의 남학생이 명단을 확인 중인 한 선배에게 자기 이름을 댔다. 이미 지안의 주변에서는 앳된 얼굴의 여학생 여러 명이 눈을 반짝이며 그를 쳐다보고 있었다. 대학교 OT가 열리는 장소로 출발하기 위해 버스들이 줄지어 선 운동장에 모여 있을 때에도 그는 눈에 띄었다.

"자, 자유전공학과 12학번! 이리로!" 11학번 과대가 우렁차게 소리 질렀다. 버스에 탑승하라는 소리였다.

OT의 첫날 밤 술자리가 시작되고 동그랗게 앉아 자기소개를 할 때에도 마찬가지였다. 유달리 독특한 분위기를 풍기며 무표정하게 자리에서 일어난 지안은 같은 나이 여자들의 시선을 빼앗기에 충분했다. 키는 178센티미터 정도,

표정에 걸맞은 새까만 머리칼은 세상의 모든 색을 다 가져와 섞은 듯 깊고 진했다. 대학 생활을 함께할 동기들을 만나는 자리인 만큼 다들 때 빼고 광내며 만지고 온 머리 스타일과 다르게, 그의 머리칼은 아주 살짝 곱슬이어서 자연스럽게 스타일링이 된 채로 자리 잡혀 있었다.

그를 특히 유심히 보고 있던 사람은 지안의 반대편에 앉아 있는 도연이었다. 그녀는 잘 깜빡이지 않는 그의 눈을 유심히 쳐다보았다. 길게 찢어진 눈꼬리가 위로 올라가 있어 쉽게 다가가거나 말 걸기 힘든 인상이었지만, 도연에겐 그런 인상이 지안의 매력도를 더욱 올려주는 요소였다.

지안 역시, 자기소개를 하는 동안 자신을 뚫어져라 쳐다보다가 눈이 마주치면 살짝 미소 짓는 도연을 술자리 내내 살폈다. 크지도 작지도 않은 키에 마르지도 뚱뚱하지도 않은 표준적인 체형, 길지도 짧지도 않은 머리 길이와 갈색도 흑색도 아닌 머리칼…… 스무 살이 됐는데도 염색 한 번, 파마 한 번 하지 않은 듯한 자연스러운 생머리를 귀 뒤로 꽂은 자연스러운, 보통의 여자였다. 하지만 그 '보통'은 옆에 앉은 다른 여자들의 화려함과 비교되어 더욱 눈에 띄었다. 특히 살짝 올라가 있는 눈매가 특이해 보였다.

"안녕?" 술자리가 꽤 진행되던 중, 어느새 지안 옆으로 온 도연이 그에게 웃으며 먼저 인사를 건넸다. 지안은 "안녕"이라고 가볍게 인사를 받아주었다. 가까이서 보니 얇은 쌍꺼풀이 있는 큰 눈이, 올라간 눈꼬리로부터 오는 날카로운 인상을 부드럽게 하는 역할을 하고 있었다.

"한지안…… 지안이지? 이름 예쁘다."

지안은 도연의 물음에 가볍게 고개를 끄덕이며 미소를 지었다. 도연은 그런 지안의 얼굴을, 특히 눈 쪽을 유심히 보았다. 티 나지 않게 보려 했지만 눈치가 빠른 지안은 그 날카롭게 찢어진 눈으로 도연의 시선을 단번에 파악했다.

"말투가 특이해."

"사투리를 쓰니까." 지안은 시크하면서도 친절한 투로 쓱 대답했다. 하지만 도연은 지안의 말투 속에 녹아 있는 친절함을 세밀하게 알아채진 못했다. 자신의 말이 부정적으로 들렸을까 봐 살짝 걱정하는 표정을 짓는 도연이었다. 지안은 그걸 또 눈치챈 뒤 "기억에 잘 남겠제?"라고 웃으며 말해주었다. 도연은 그제야 안심하는 표정으로 고개를 끄덕이며 웃었다.

OT에서 지안은 1조였다. 동그랗게 둘러앉아 서로 자기소개를 했던 사람들도 모두 1조였고 그중 도연이 있었다. 같은 조에서, 제일 먼저 말을 걸어온 여학생을 기억하기란 아주 쉬웠다. 도연이 OT 내내 지안에게 말을 걸며 이것저것 물어보기도 했고.

"무슨 과 가고 싶어?" 도연이 물었다.

지안이 들어간 학과는 '자유전공학과'였다. 1학년 때는 동기들과 자유롭게 수업을 들으며 전공을 탐색하고 2학년에 자신의 전공을 선택할 수 있도록 만들어진 과였다. 물론, 지안은 역사에 관심이 많았기에 역사학과를 지망했지만, 워낙 학구적인 타입이라 1년 동안 이것저것 배우는 것도 의미가 있다 생각했다.

"사학과. 니는?"

"아, 나는 정외과! 사학과…… 멋있다." 도연은 마지막 '멋있다'라는 말을 앞의 말들보다 조금 작게 말했다.

하지만 지안은 그 뒤로 자신의 머릿속에 강렬하게 박힌 다른 여자를 찾기 시작했다. 이름이 굉장히 특이해서 기억에 쉽게 남을 법한 여자였지만, 이름 때문에 그녀를 기억하고 있는 건 아니었다. 입학이 확정된 뒤, '자유전공학과' 카페에 12학번 게시판이 개설되었고, OT에 참여하기 전에 꼭 사진과 함께 자기소개글을 업로드하라는 선배들의 지시가 있었다. 거기서 지안은 '꾸익이'를 발견했다.

'꾸익이'는 지안이 임시로 붙인 별명 같은 것이었다. 그녀가 카페에 글을 업로드할 때마다 늘 '꾸익'이라는 말을 마지막에 남겼기 때문이다. 그러나 OT 내내 지안은 그 꾸익이를 발견하지 못했다. 나중에서야 꾸익이는 OT에서 지안과 가장 거리가 먼 10조였고, 그 안에서 다른 남자와 청춘사업을 진행 중이었다는 사실을 알게 되었다.

그 다른 남자는 '백현우'라는 선배였다. 한 학번 위이고 하얀 피부가 매력 포인트인, 여자 여럿 울렸을 법한 꽤 귀여운 외모를 가지고 있었다. 꾸익이는 못 만났어도 현우 선배는 여러 번 마주쳤다. "안녕하세요"라며 인사까지 했다. 그가 담배를 피우기 위해 흡연 구역을 여러 번 들락날락했기 때문이다.

지안이 그 선배에 관해 들은 정보는 농구를 매우 잘하고, 외모에 걸맞은 애교 많고 귀여운 성격에, 이미 12학번의 누군가와 잘돼가고 있다는 것, 이 세 가지였다. 그 '누군가'가 꾸익이일 거라곤 생각하지 못했다.

얘는 대체 어디에 있는 거야? 그렇게 많은 사람을 마주쳤는데도, 꾸익이는 지안에게 그림자조차 보여주지 않았다. 지안은 그 이유가 '인터넷에서와 마찬가지로 현실에서도 매우 산만하기 때문'일 거라고 추측했다. 꾸익이가 카페에 올린 글들은 언제나 산만하고 방정맞았다. 글의 전체적인 내용은 꽤 짜임새 있고 재밌었지만 말이다. 생각을 많이 하면서 사는 것 같지도 않았고 뭐든지 대충대충 해보고 '안 되면 말지, 뭐' 하는 마인드가 글만 봐도 쏟아져 나오는 것 같았다. 산만하게 여기저기 돌아다니고 있나 보군. 사진을 보면 꽤나 매력 있게 생겼지만서도. 그렇게 산만하고 정신 이상한 여자애랑은 별로 친하게 지내고 싶지 않다는 생각이었다. 게다가 OT에 온 동기들을 쓰윽 둘러보니 사진과 다르게 생긴 사람이 너무 많았다.

봤는데 내가 못 알아봤을 수도 있겠군. 흡연 구역에서 빠져나오며 구름과자갑을 주머니에 넣고 뚜벅뚜벅 걷는데, 반대편에서 웃으며 걸어오는 도연이 보였다.

"담배 피우고 오는 거야?" 그녀는 웃으며 물었다.

흡연 구역에서 나오고 있으면…… 담배를 피웠을 확률이 높지. 그는 이렇게 생각하면서도 "어. 술 많이 마셨나"라고 무뚝뚝하면서도 다정한 질문을 했다. 근데 얘…… OT를 오긴 한 건가? 지안은 OT가 끝나는 순간까지 꾸익이를 보지 못했다. 아니, 찾지 못했다.

○×

"아뇨. 한, 지, 안, 입니다."

지안은 기타 가방을 어깨에 메고 한 손엔 큰 짐 가방을 들고선 기숙사 출입증을 받기 위해 기숙사 4층 행정실에 들어와 자신의 이름을 또박또박 말하고 있었다. 스무 살이 되니, 이름을 말해야 하는 순간이 자주 찾아온다는 생각을 하며.

기타 가방을 메고 있어서 그런지 모르겠지만, 그는 이 칙칙한 기숙사 행정실에서도 눈에 띄었다. 몇몇 여자가 흘끗거리며 지안을 볼 정도였으니까. 지안은 명백히 잘생긴 축에 속하는 얼굴이었다. 취향을 좀 탈 수는 있어도, 취향이 맞기만 한다면 아마 사족을 못 쓰는 사람이 여럿 있을 것이다.

"잠시만 기다리세요."

"예."

지안은 직원의 말에 바로 대답하곤 행정실을 쭉 둘러보았다. 지안 외에도 다양한 학생이 대학 입학의 설렘과 무거운 짐 가방을 동시에 안고 기숙사 출입증을 받기 위해 대기 중이었다. 어떤 학생은 갓 스무 살이 된 걸 동네방네 광고라도 하듯 어색한 화장과 화려한 염색모를 뽐내고 있었고, 어떤 학생은 부모님과 통화하며 "아, 스탠드 있다고 하잖아! 괜히 무겁게 들고 왔어"라며 휴대폰에 대고 시끄럽게 말하고 있었다. 많은 학생 가운데 지안의 눈에 띈 사람은 머리가 부스스하고 눈이 길게 찢어진 어떤 여자였다. 지안은 그녀를 보고 미간을 약간 찌푸렸는데, 불쾌하거나 짜증이 나서가 아니라 그녀를 기억해 내기 위해서였다. 꾸익이……?

하지만 길게 생각할 틈도 없이 "한지안 학생, 여기 출입증이요"라는 직원의 말에 지안은 그녀에게서 시선을 떼고 기숙사 출입증을 받아야 했다.

"감사합니다." 지안은 예의 바르게 인사하곤 자신의 2인실 숙소로 향하기 위해…… 아니, 사실은 방금 본 사람이 꾸익이가 맞는지 확인하기 위해 몸을 홱 돌렸다. 그 순간 키가 매우 작은 어떤 여자와 부딪혔다.

"아!"

새하얗다 못해 거의 분홍빛을 띤 피부 위에 큰 점 두 개가 놓여 있는 듯 눈동자가 까맣고 큰 여자였다. 그녀는 그 까만 눈을 놀라서 껌뻑거렸고, 이내 지안은 그녀가 OT에서 만난 수많은 동기 중 한 명이라는 사실을 어렴풋이 기억해 냈다.

"어? 한…… 지안? 맞지? 나 하린! 8조."

여자는 산만한 말투로 자신을 소개하며 악수를 청했다. 지안은 우선 악수를 받아줬지만, 하린이 정확하게 기억나진 않았다. 어깨에 채 닿지 않는 단발머리를 반묶음 해 높게 올린 상태였는데, 끄트머리에 파마가 되어 있어서 그녀가 부산스럽게 말할 때마다 머리 꽁지가 통통 튀었다.

"나도 너처럼 역사 공부 하는 게 목표야!" 하린이 환하게 웃으며 말했다.

"내가 너한테 역사 공부 하겠다고 말한 적이 있었나?" 지안이 의아한 목소리로 물었다.

"아, 그건 아닌데." 하린은 살짝 웃으며 재빨리 말을 이었다. "네가 카페에 올린 자기소개글 읽었지!"

아, 카페.

지안은 다시 한번 행정실을 쓱 훑어보았다. 꾸익이는 없었다. 할 수 없다고 생각하면서도, 뭔가 찝찝한 기분이 남아 미간 사이가 살짝 움찔했다. 찝찝한 기분, 이라고 지금 기분을 설명해 버리면 너무 간단한 설명이 되어버리겠지만.

하린과 인사를 하고 행정실을 나와 엘리베이터를 탄 후 남자 기숙사가 있는 층으로 올라가면서도, 그는 계속 꾸익이에 대한 생각을 떨칠 수가 없었다. 이성으로서 관심이 있어서는 절대 아니었다. 그저 그녀도 기숙사에서 지내는 것인지, 아니면 기숙사에 들어온 다른 친한 동기를 보러 온 것인지, 그것도 아니면 아까 본 그녀가 꾸익이가 아닌데 자신이 착각한 것인지 등등의 사실관계를 정리하고 싶을 뿐이었다.

배정받은 기숙사 방으로 들어가자 약간 쿰쿰한 냄새가 났다. 불쾌한 정도는 아니었다. 방 안에는 이미 룸메이트가 넣어놓은 짐이 보였지만 룸메이트는 보이지 않았다. 잠시 어딜 나간 모양이었다. 지안은 창문을 열어 환기를 시키며 방을 둘러보았는데, 방은 놀랄 만큼 깨끗했고 좁긴 해도 두 사람이 지내기엔 괜찮아 보였다. 물론, 룸메이트가 괜찮은 사람이라면 말이지만.

기숙사형 고등학교를 다닌 지안은 '룸메이트'를 많이 경험해 보았다. 한 살 차이밖에 나지 않는 동생과도 어릴 때부터 쭉 한방을 써왔으니, 누군가와 함께 생활하는 데 굉장히 익숙했다. 그리고 이번 룸메이트는 기대해도 될 것 같다는 예감이 강하게 들었다. 바로 룸메이트 책상에 올려져 있는 구름과자 한 갑 때문이었다.

"내 이름은 한지안."

룸메이트가 드디어 방 안에 들어오자, 이번에도 지안은 자신의 이름을 소개하고 한쪽 손을 내밀며 악수를 요청했다. 지안과 비슷한 키였지만 지안보단 조금 더 컸고, 숱이 많은 갈색 머리에 살짝 파마를 한 남자였다. 장난기가 다분한 표정을 짓는 웃상의 이 남자는 이를 활짝 드러내며 웃었고 지안과 힘차게 악수를 했다. 지안과는 또 다른 느낌으로 잘생긴 외모였는데, 지안이 시크하고 차가운 느낌이라면 그는 따뜻하고 훈훈한 느낌을 주었다.

"난 한정우. 우리 성도 똑같고, 초성도 똑같네?" 정우가 놀이공원에 처음 와본 어린아이처럼 신나는 표정을 지으며 말했다.

"그러네?"

"이야— 신기하데이—." 정우가 어색하게 지안의 억양을 따라 하며 장난기 가득한 표정을 지었다. 그러다 고개를 돌려 지안의 책상 위에 놓여 있는 구름과자 한 갑을 발견하자 표정에서 웃음기가 싹 가셨다.

"어? 보헴시가……. 담배 피워?" 정우가 눈을 동그랗게 뜨고 '제발……!' 하는 표정으로 물었다. 지안은 그 기대에 철저히 응해주겠다는 듯 씩 웃으며 "어"라고 대답했다.

"와! 너도 부모님 보는 앞에서 기숙사 신청했어?"

두 사람은 흡연자였지만, 부모님이 보는 앞에서 '흡연자' 칸에 체크를 할 순 없었기에 비흡연자실로 기숙사 신청을 해야 했다. 그런데 이게 대학 생활의 스타트를 훌륭하게 끊어줄 줄은 예상도 못 했다.

"던힐이 네 책상 위에 올려져 있길래, 나도 내 책상에 올려놨지." 지안은 진한 감동과 설렘이 어린 정우의 표정을 보며 뿌듯함을 느꼈다.

"진짜 감동이다."

"나도."

느낌이 좋은 룸메이트를 만나 시작이 좋다고 생각하며 지안은 앞머리를 쓸어 넘겼다. 남자치곤 길고 예쁜 손가락이었다. 두 사람은 각자의 구름과자를 올려놓은 책상 앞 의자를 돌려서 서로 마주 볼 수 있게 앉아 대화를 이어나갔다. 마치 이사하기 전 텅 빈 집을 보러 왔을 때처럼 지안과 정우의 목소리가 2인실 안에서 울려댔다. 작은 침대 두 개와 작은 책상 두 개가 겨우 들어갈 만한 작은 방이었음에도 말이다.

"OT에서 예쁜 여자 봤어?" 정우가 장난기 넘치면서도 궁금해 미칠 것 같은, 그러면서도 그런 티를 절대 내지 않으려는 표정으로 물었다. "소문에 의하면 이번에 우리 과 여자들이 그렇게 예쁘다던데."

지안은 웃으며 어깨를 으쓱하곤, "그런 소문이 있나?"라고 대답했다. "하긴, 애들 다 예쁘긴 하더라." 지안의 머릿속에 몇몇 동기의 얼굴이 떠올랐다. 당장 아까 시답잖은 대화를 나눠야 했던 하린이라는 동기도 아담한 스타일을 좋아하는 남자들에게 꽤 인기가 많을 외모였고, OT 내내 자신에게 끝없이 말을 걸던 도연도 특이하지 않아서 특이했던 모습으로 눈길을 끌었으니까.

"오, 마음에 드는 애 있었어?" 정우가 눈을 반짝이며 진지하게 물었다. 지안은 픽 웃으며 고개를 절레절레 저었지만, 머릿속에 순간적으로 '꾸익이'가 스쳐 지나가자 살짝 당황했다.

정우는 룸메이트인 지안이 흡연자인 것 말고도, 자신과 같은 과라는 사실에 굉장히 기뻐했다. OT에 참여하지 못

해서 학과에 아는 친구가 없었기 때문이다.

"날씨 때문에 비행기가 갑자기 안 뜰 줄 누가 알았겠어!" 정우가 낄낄거리면서 말했다. 본가가 제주도라 OT 전날 서울로 오려고 했지만 비행기가 뜨질 못해 OT에 못 왔다고 했다. 친구도 없이 혼자 학교 다닐 신세는 면했다며, 자신은 굉장히 운이 좋은 것 같다고 말하는 정우를 보며 지안은 피식 웃었다. 비행기가 못 뜬 것 자체가 운이 없는 거 아닌가?

지안은 정우에게 OT 때 구름과자를 계기로 친분을 쌓아둔 남학생 여러 명을 소개해 주었다. 모두 기숙사에 짐을 풀고 할 게 없어 복도를 느적느적 걸어 다니던 애들이었다. 그리고 두 사람은 개강총회에도 같이 가기로 했다. "좋아!"라고 밝게 이야기하는 정우의 표정엔 안도감과 만족감이 녹아 있었다. 갓 스무 살이 되어 구름과자 덕에 친해진 이 귀여운 두 룸메이트는 서로의 흡연 여부도 확인했으니, 방에서 생활할 규칙을 정하기로 했다. 규칙은 단 하나, 아주 간단했다. '담배는 화장실에서.'

규칙을 정한 뒤, 지안은 상쾌한 기분으로 기숙사를 나섰다. 작고 예쁜 캠퍼스가 눈앞에 펼쳐져 있었다. 기숙사 앞엔 아주 큰 나무가 하나 있었고, 그 나무를 중심으로 본관, 학관, 기숙사 등의 학교 건물들이 자리 잡고 있었다. 지안이 합격한 이 대학교는 한국 최고의 대학이라고 할 수는 없지만 그래도 꽤 알아주는 인서울 대학교였다. 고등학교 시절부터 공부를 잘하던 지안이 인서울 대학교에 합격한 건 놀라운 일은 아니었다. 그래도 지안은 내심 '서울'에 가는 것에 조금 기대를 품고 있었다. 하지만 대학 생활의 첫 시작인 OT는 지안의 기대에 조금 덜 미쳤다. 물론 도연과 많은 대화를 나누었고 여러 친구도 사귀었지만…….

정우가 OT를 왔어야 했는데. 꾸익이의 실체도 확인하고 싶었는데. 이제 곧 있으면 개강총회에 가게 될 텐데…….

지안은 거기서 도연과 이야기를 좀 더 나눠봐야겠다는 생각과 정우에게 아직 소개해 주지 못한 다른 여러 친구를 소개해 줘야겠다는 생각, 그리고 꾸익이를 찾아봐야겠다는 생각을 차례대로 했다. 무슨 뜻인지 궁금하니까, 그 '꾸익'이라는 말.

빨간 하트 모양 막대 사탕

"김, 바— 나— 예요."

부스스한 갈색 파마머리를 길게 늘어뜨린 그녀는 이렇게 말했다. 커피는 아이스커피만 마시고 구두보단 운동화, 운동화보단 슬리퍼를 선호하며 휴대폰은 아이폰을 쓰고 매니큐어 바르는 것을 좋아하는, 하지만 그 매니큐어가 지저분하게 벗겨져도 딱히 신경 쓰지 않는 그녀는 "와, 이름 진짜 특이하다!"라고 하는 어떤 선배의 말에 대충 "흐흐흐" 하고 웃었다. 그녀의 시선은 다른 곳에 꽂혀 있었다. 키는 178센티미터 정도에 새까만 반곱슬 머리가 바람에 기분 좋게 살짝 휘날리고 있는, 직선으로 쭉 뻗은 콧대와 베일 듯한 턱선이 매력적인 남자에게.

저 입, 저 입 모양이 너무 귀여운데?

대부분 그의 검은 머리와 날카롭게 올라간 눈매에 관심을 가졌지만 바나는 그렇지 않았다. 그녀는 사람들에게 대충 인사하며 뭐라 뭐라 말하고 있는 그의 입 모양에 사로잡혔다. 바나는 그의 첫인상을 '귀엽다'고 평가 내려버렸다.

하지만 그의 외모를 보면 그 누구도 그를 '첫인상이 귀엽다'라고 표현하지 않을 터였다. 만약 누군가가 그를 찾기 위해 바나에게 인상착의를 묻는다면 그 사람은 절대 그를 찾지 못할 것이다. 바나는 "입 모양이 귀여워"라고 대답할 테니. 그녀는 다른 사람들이 '쟨 어딜 저렇게 쳐다보는 거야?' 하는 시선을 보내든 말든 전혀 신경 쓰지 않은 채 자신과 눈매가 똑같은 훤칠하고 입 모양이 귀여운 남자를 계속해서 쳐다보고 있었다. 자신의 시야에 현우 선배가 쏙 들어오기 전까진.

"어? 너 이거 후드티……." 현우 선배는 바나의 후드티를 가리키며 놀란 듯 말했다. "어디서 샀어?"

바나는 그제야 '의외로 입 모양이 귀여운 남자'에게서 시선을 거두고 현우 선배를 쳐다봤다. 자신과 똑같은 후드티를 입고 있었다. 바나는 보라색, 현우 선배는 노란색인 점만 달랐다. 후드티의 가슴팍 부분에는 새빨간 하트 모양의 막대 사탕이 자수로 새겨져 있었는데, 두 사람을 보고 있으면 서로 사랑하고 있다는 사실을 온 세상에 퍼뜨리지 못해 안달이 난 연애 초반의 커플 같았다.

"헐." 바나는 먼저 놀란 후, "안녕하세요, 선배"라고 인사를 했고, "이거 엄마가 사다주셨어요"라고 그의 질문에 대답했다.

"헐, 나도!" 현우 선배가 소름 돋는다는 표정으로 기분 좋게 말했다. 두 사람은 이후로도 계속 말 앞마다 '헐'을 붙이며 대화를 이어나갔다. 대화를 하지 않으려 해도 안 할 수가 없었다. 두 사람은 공통점이 생각보다 많았기 때문이다. 둘 다 농구를 좋아하고, 셔츠나 남방보단 후드티를 즐겨 입으며, 같은 기종의 휴대폰을 소유하고 있었다. 게다가······ 현우 선배는 바나가 속한 OT 10조의 담당 선배였다.

"아니, 이게 엄마들이 좋아하는 디자인인가 봐?" 현우 선배가 바나에게 킬킬거리며 장난 가득한 목소리로 농담을 던졌고, 바나는 깔깔거리며 웃었다. 현우 선배는 170센티미터 초반쯤 돼 보이는 키에 체격이 호리호리했지만, 짐을 옮기거나 함께 엘리베이터에 타는 등 의도치 않게 몸이 부딪히면 체형이 보기보다 탄탄하다는 걸 알 수 있었다. 알고 보니, 현우 선배는 원래 농구 선수가 꿈이었고 아직도 농구를 즐겨 하며 '잘'한다고 했다.

"근데 키가 작아서 약간 송태섭 같은 느낌이랄까?" 그가 일본 농구 만화의 인물 한 명을 언급하며 웃었다.

웃을 때 반달눈이 되는 현우 선배는 여자 후배들에게 꽤 많은 관심을 얻어냈다. 물론 바나의 남자 취향은 훈훈하고 귀여운 타입보단 시크한 분위기를 뿜어대는 쪽이었지만 바로 앞에서 웃으며 여기저기 매력을 흘리는 현우 선배가 자신에게 관심을 표하는 게 나쁘진 않았다. '커플 후드티'라는 딱 좋은 핑곗거리가 있기도 했고.

하지만 이런 귀여움보단…… 아까 그 예상 안 되는 귀여운 입 모양이 더 좋긴 해. 바나는 그렇게 생각하며 다시 한 번 새카만 머리칼의 입 모양이 귀여운 남자를 찾기 위해 두리번거렸다. 하지만 사람이 너무 많았고, 다들 자기소개를 하러 다니느라 바빴고, 현우 선배가 계속해서 말을 걸어왔다. 이름이 무엇인지, 몇 조인지도 모르는 상황에서 그를 찾기란 쉽지 않았다.

물론 호탕한 마이웨이 식의 바나 성격상, "혹시 눈 이렇게 찢어지고, 머리 새까맣고, 키 이따만한 애, 못 봤어? 나랑 좀 비슷하게 생긴……" 하며 물어보고 다닐 법도 했지만 OT를 출발할 때부터 이름이 신기하다는 둥, 사투리 억양이 귀엽다는 둥 하며 자꾸 바나를 귀찮게 하는 어떤 선배 때문에 쉽게 움직일 수 없는 상황이었다.

"편하게 오빠라고 불러."

"형이라고 불러도 되죠?" 바나는 필사적으로 '우웩' 하는 표정을 숨기며 '오빠'를 '형'으로 받아쳤다.

"야, 귀찮아하는 거 안 보여?" 현우 선배가 그 선배를 향해 말했다. 입은 웃고 있었지만, 쉴 새 없이 반달눈이 돼서 일찍이 눈가에 주름이 생길 것만 같던 눈이 전혀 웃고 있지 않았다. 갓 스무 살이 된 바나의 눈에는 그런 현우 선배가 멋있어 보였다. 드디어 떨어져 나가겠네, 저 못생긴⋯⋯.

그녀는 지독한 외모지상주의자였다. 물론 잘생기고 예쁜 사람을 좋아하는 거지 그 반대의 사람들을 멸시하고 배척하는 것은 아니었다. 다만 자신을 귀찮게 하거나 자신의 앞길을 가로막거나 멍청하고 한심한 짓을 하는 게 후자의 사람들이면 조금 더 화가 나는 수준이었다.

"어디 가? 나랑 놀자." 이제 슬슬 그 입 모양이 귀여운 남자를 찾으러 가볼까 생각하며 움직이는 바나 앞을, 현우 선배가 가로막으며 말했다. "나는 오빠라고 안 불러도 돼." 그의 눈이 또 반달로 접혔다. 바나는 우선은 이 남자와 좀 더 대화를 해봐야겠다 싶었다.

"알았어요, 오빠."

"헐." 그녀의 장난스럽고 투박한 '오빠'에 현우 선배는 눈을 동그랗게 뜨며 '뜨헉' 하는 표정으로 입을 벌렸다.

빨간 하트 모양 막대 사탕이 있는 후드티. 그 후드티 때문이었다. 고작 그 후드티가 뭐라고.

나중에 바나는 이런 생각을 했다.

○×

화장실이 너무 급했던 바나는 다급히 기숙사 엘리베이터를 잡았다. 이제 막 기숙사 행정실에서 받아 온 기숙사 출입 카드를 손에 꼬옥 쥔 채로. 방에 도착하자마자 짐을 빨리 방 안에 던져놓고 화장실부터 갈 생각이었다. 기숙사에 처음으로 들어가서 하는 일이 화장실 탐방이라는 게 웃길 법도 한데 바나에겐 그것보다 더 어이가 없어 실소가 터져 나올 일이 있었다. 바로 입 모양이 귀여운 그 남자를 아까 행정실에서 본 것도 같은데, 눈치 더럽게 없는 이 신체가 어서 길을 나서라고 재촉했다는 사실이었다.

방에 도착했을 땐, 화장실이 급한데도 화장실에 가기보다 방 안에 있는 동기들과 인사를 먼저 해야 했다. OT 때 친해진 같은 과 동기 두 명이 침대에 앉아 도란도란 이야기를 나누고 있었기 때문이다.

"어? 미연! 수아!" 바나는 자신이 동기들의 이름을 기억하고 있다는 사실이 자랑스러운 듯, 한 명씩 차례대로 가리키며 이름을 말했다. 하지만 곧 "근데 나 화장실 좀……!"이라며 급하게 화장실로 들어가 버렸다. 동기들은 그런 바나를 보며 킥킥 웃곤 대화를 이어나갔다.

바나가 화장실에서 물 묻은 손을 탁탁 털며 나오더니 자신의 자리를 확인했다. 바나는 기숙사가 4인실이고 4번 침대와 4번 책상이 자신의 자리라는 것과, 동기들이 4번 침대 위에서 도란도란 이야기를 나누고 있었다는 사실을 알게 되었다.

"나와. 여기 내 침대잖아."

"아, 내 침대는 3번이라고." 수아가 길고 까만 생머리를 치렁치렁하게 늘어뜨리며 대답했다. "올라가서 대화하리?" 그녀의 검지가 바나 침대의 위층 침대를 가리키고 있었다. 수아와 바나는 같은 이층 침대를 쓰게 된 것이었다.

수아는 치마와 블라우스를 자주 입고 다니는 러블리한 패션의 선두주자였다. 특히 늘 하고 다니는 머리띠는 수아의 트레이드 마크였는데, 머리띠와 잘 어울리는 하얀 피부와 핑크빛이 도는 입술 때문에 남학생들에게 인기가 많은 편이었다. 하지만 그걸로 바나가 "오, 인기쟁이 씨"라고 놀리는 것을 좋아하진 않았다.

"까칠하긴. 까칠 공주." 바나는 킥킥대며 수아를 놀렸다. "넌 몇 번?" 그리고 수아의 옆에 앉은 미연에게 물었다.

"난 1번. 흐흐흐." 미연이 바보같이 웃으며 손가락으로 맞은편 침대의 2층을 가리켰다. 미연은 굵은 웨이브가 들어간 긴 갈색 머리를 손목에 있던 머리끈으로 대충 질끈 묶었다. 그녀는 정말이지, 도시적인 미인형 얼굴과 전혀 어울

리지 않는 어수룩한 말투를 구사하는 아이러니의 결정체
였다. 바나는 생각했다. 외면과 말투는 일치하지 않을 수도
있구나. 미연은 실없이 '헤헤헤' 혹은 '허허허'라고 웃을 때
가 많았는데 그럴 때마다 바나는 "그 얼굴, 그렇게 쓸 거면
날 줘"라고 했다. 그러면 미연은 오똑한 코와 코끝에 있는
미인점을 잔뜩 구겨가며 또 한 번 "흐흐흐" 웃었다.

"2인실은 어떨지 궁금한데." 바나가 기숙사를 한번 쓰윽
둘러보며 말했다. 책상 네 개와 이층 침대 두 개가 들어가
있는데도 공간이 완전히 비좁아 보이진 않았다. 2인실 같
은 아늑함은 없겠지만 바나는 2인실을 보지도 못해서 이
방에 꽤나 만족하고 있었다.

"이따 놀러 가보자. 인하 2인실이래." 또 다른 OT 친구인
인하를 언급하며 수아가 말했다.

2인실은 바나의 집에서 감당하기엔 너무 금액이 비쌌다.
그래서 바나는 4인실을 선택했다. 물론 부모님은 "2인실이
더 편할 텐데"라고 했지만, 바나는 웃으며 "어차피 동생도
두 명이나 있는데, 4인실 정돈 아무것도 아니야"라고 대답
해 부모님의 마음의 짐을 조금 덜어주려 노력했다.

"와, 근데 우리 어떻게 다 같은 방 됐지? 대박이야." 바나
가 신나 하며 말했다.

"보니까, 같은 과로 배정해 주는 것 같아." 수아가 대답했

다. "나머지 한 명 누굴지 궁금하다. 아, 맞다! 우리 개총 같이 가자."

바나가 드디어 자신의 4번 침대에 앉았고 세 사람은 그렇게 나란히 앉아 금세 수다를 떨기 시작했다. 아주 다양한 이야기를 나눈 것 같은데, 돌이켜 보면 대부분이 바나에 대한 이야기였다. 바나에게 치근덕대던 그 못생긴 선배는 어떻게 됐는지, 바나의 마음은 어떤지, 바나와 현우 선배와의 관계는 어떤지, 바나는 앞으로 현우 선배에게 어떻게 대할 참인지 등등.

"그냥, 어쩌다 보니 친해진 거지." 바나가 자신의 후드티에 있는 빨간 하트 모양 막대 사탕을 쿡 찌르며 말했다. "이거 때문에."

"그 후드티는 언제 빨 건데?" 수아가 물었다.

"오늘." 그렇게 말하며 바나는 후드티를 벗어 던지고 안에 입고 있던 반팔티 차림으로 침대에 벌러덩 드러누웠다. 그러자 현우 선배에 대한 생각이 싹 사라지고 아까 행정실에서 눈치 없는 신체 작용 때문에 미처 말을 걸지 못한 그 까만 머리의 남자가 떠올랐다. 하지만 그녀는 이전과 다르게 사람들에게 "나랑 비슷하게 생긴 남자애, 이름 알아?"라고 물어볼 마음이 들지 않았다. 다른 누군가가 그 남자의 '귀여운 입 모양'을 알아채면 심술이 날 것 같아서였다.

그때, 기숙사 방 문이 열리고 높게 묶은 머리 꽁지를 통통 튀기며 하린이 들어왔다.

"어? 안녕—!" 하린이 동기들을 발견하고 약간은 수줍은 웃음을 곁들여 인사했다. 바나와 미연, 수아는 하린에게 나름 반갑게 인사했지만 왠지 모를 어색함이 살짝 감돌았다.

하린은 어색하게 코를 찡긋하며 웃곤 총총총 걸어와 자신의 책상과 침대 번호를 확인했다. 남은 번호는 2번이었다. 바나의 4번 침대와 마주 보는 자리였다. 그녀는 짐을 대충 책상 앞에 두고 자신의 침대에 앉았다. 묘하게도…… 하린과 세 사람이 마주 보는 형태가 되었다. 어색한 정적을 깨보려 바나가 먼저 입을 열었다. "우리 다 같이 개총 가자!"

수아는 좀 떨떠름해 보였고 미연은 "그래, 헤헤" 하며 바보같이 웃었다. 하린은 떨떠름한 수아의 반응에 살짝 기분이 상한 듯, 순간적으로 차가운 표정을 지었지만 이내 시선을 바나에게 꽂으며 "그렇게 해주면 나야 좋지!"라고 했다. 바나는 아차 싶었다.

대충 같이 다니다 보면 친해지겠지, 뭐……. 바나는 자신의 가방을 뒤적거리며 사탕을 네 개 꺼냈다. 현우 선배가 같은 후드티를 입게 된 기념이라며, 막대 사탕 네 개를 사주었다. 사탕을 별로 좋아하지 않는 바나는 이 사탕이 이렇게 요긴하게 쓰일 줄은 몰랐다.

"자! 이거 먹자." 바나가 인심 쓴다는 듯 큼큼거리며 딸기 맛 세 개와 초코바닐라 맛 한 개를 내밀었다. "난 딸기를 먹겠어." 바나가 외쳤다. 사실 딸기보단 초코 맛을 좋아하지만…… 초코바닐라 맛은 한 개니까, 딸기를 고르는 게 사탕 제공자로서 합리적인 행동이라는 생각이었다.

"나 딸기!" 그리고 수아와 미연이 동시에 말했다.

순간 정적이 일었다. 고작 다른 맛 사탕을 먹는 게 뭐가 문제인가 싶으면서도, 다들 이 정적이 납득이 가는 듯한 표정을 짓고 있었다.

"잘됐다. 나 초코 맛 좋아하는데." 하린이 웃으며 침대에서 몸을 일으켜 사탕을 바나에게서 건네받곤 다시 자신의 침대로 가 앉았다. 결국 2번 침대엔 초코바닐라 맛 사탕 하나가, 4번 침대엔 딸기 맛 사탕 세 개가 모이게 되었다.

어묵탕, 앞접시, 숟가락

키가 굉장히 크고 어깨가 떡 벌어져 서양 사람의 체격을 연상케 하는 한 남자에게 지안이 뚜벅뚜벅 걸어가 옆에 섰다. 지안은 주변이 살짝 어두워지는 걸 느꼈다. 안 그래도 지고 있는 해를 그가 가리고 있었기 때문이다. 그의 이름은 건수였다.

"어, 왔나." 그는 경상북도 출신인 지안과 달리 거친 남자의 상징, '부싼 남자'였고 흔히들 말하는 '남자답다'의 전형인 스타일이었다. 목소리가 굉장히 굵고 낮았으며 시크한 지안보다 더 웃지 않는 과묵한 남자였다. 건수는 이마가 시원하게 보이도록 왁스로 스타일링한 머리를 가볍게 만졌다.

"어, 왔지." 건수의 말에 지안 역시 세 글자로 대답했다. 세 글자 이상 말하지 않는 듯한 이 시크한 두 남자의 억양은 약간 달랐다. 한 명은 경상북도에서, 한 명은 경상남도에서 왔으니 말이다. 물론 수도권 말투를 쓰는 사람들은 구분을 못 하겠지만.

"정우는?" 건수가 지안의 소개로 알게 된 그의 룸메이트의 행방을 물었다.

"정문에." 역시나 세 글자로 대답하며, 지안은 턱으로 정문 쪽을 대충 가리켰다. 건수가 시선을 돌려 정문 쪽을 보니 지안과 비슷한 키에 갈색 머리를 한 정우가 팔을 번쩍 들어 이쪽으로 오라는 손짓을 했다.

"빨리 온나ㅡ!" 정우가 또 어색한 사투리 억양을 써가며 멀리 보이는 친구들에게 손짓했다. 그 행동에 건수는 인상을 살짝 찌푸렸고 지안은 크게 하하 웃었다. 지안만큼이나 말술을 자랑하는 정우는 몇 분 뒤면 입장하게 될 개강총회를 매우 기대하고 있었다. 꽤나 신이 난 표정으로 두 사람에게 손을 흔들었고, 그러자 그의 훈훈한 외모에 주변을 지나가던 여자들이 모두 한 번씩 그를 돌아봤다.

"마, 머리 넘기니까 잘생깄네!" 정우가 또 한 번 어색한 사투리로 방정맞게 건수에게 말하자, 건수가 "하지 마라"라며 단호하게 대답했다.

"피울 거지?" 개강총회가 열리는 술집 앞에 도착하자, 정우가 주머니에서 자신의 던힐 담배를 꺼내며 물었다. 건수, 정우, 지안은 술집에 들어가기 전 골목에 옹기종기 모여 담배를 한 대씩 피웠다.

"나 오늘 아침에 카톡 받았거든? 이하린이라는 애한테. 오늘 개총 오냐고 물어보더라." 정우가 쾌활한 목소리로 말했다. "같은 과래. 너 아냐?"

"어, 한 번 인사했지." 지안이 행정실에서의 대화를 떠올리며 심드렁하게 대답했다.

"예쁘냐?" 담배를 피우는 동안 단 한 마디도 하지 않고 있던 건수가 드디어 입을 열어 질문했다. 하지만 지안이 "니 번호는 어떻게 알고?"라고 묻는 바람에 건수의 질문은 담배 연기와 함께 사라지고 말았다.

"뭐, 카페에 자기소개 올린 글에서 봤겠지. OT 갈 수 있을 줄 알고 올려놨거든." 정우는 친절하게도, 건수의 사라져 가는 질문을 붙잡아 "사진은 예쁘던데?"라고 대답해 주었다.

"그 카페가 문제네." 지안은 담뱃불을 끄며 혼자 중얼거렸다.

그렇게 그들은 드디어 개강총회를 하는 술집에 입장했다. 술집은 지하였고 그래서 그런지 습도가 좀 높아 퀴퀴했는데, 그 냄새가 각종 안주 냄새와 섞여 오묘한 분위기를 형성했다. 딱 취하기 좋은 분위기구만. 안은 정말 시끄러웠고 사람들이 바글바글거렸다. 처음엔 이 복잡한 술자리에서 인사 몇 번밖에 안 나누거나 아예 모르는 동기들과 선배들 사이에 어떻게 끼어들어야 할지 혼란스러웠지만, 지안과 그의 친구들은 금세 자리를 잡고 잘 놀기 시작했다. 그도 그럴 것이, 그곳에 있는 다른 사람들도 다들 어색한 사이이긴 마찬가지였으니까. 술이 한 잔씩 들어가자 분위기가 풀어졌고 어느새 남녀가 섞여 앉아 서로의 번호를 알아내거나 인사를 하며 은근한 스킨십을 하기도 했으며 취했다는 핑계로 짝지어서 바나나 우유 혹은 아이스크림을 사러 가기도 했다.

오늘 커플 많이 생기겠네. 지안은 텐션이 약간 떨어져 가는 지금의 테이블에서 일어나 건수와 정우에게 사인을 보냈다. 구름과자 타이밍으로 좋았기 때문이다. 하지만 다시 술집으로 들어왔을 때, 지안은 앉았던 테이블이 아닌 다른 테이블로 향했다. 그 테이블엔 도연이 앉아 있었지만, 도연 때문에 자리를 굳이 옮긴 게 아니었다. 앉아보니 도연이 있었을 뿐. 도연은 OT 때와는 헤어스타일이 달랐다. 여전히 염색하지 않은 머리였지만, 머리 끝부분이 구불구불했던 것이다. 파마를 한 게 아니라 고데기로 조금 웨이브를 넣은 머리라는 걸 지안은 쉽게 알아차렸다. 도연이 그 머리를 자연스럽게 쓸어 넘기며 지안을 보고 웃었다.

"안녕!" 도연이 밝게 인사했다. 기분이 꽤 좋아 보였다.

하지만 지안이 테이블을 옮겨 앉은 진짜 이유는 도연의 대각선 방향에 앉아 있는 사람이었다.

드디어 나타나셨군. 꾸익이가 지안의 앞에 앉아 있었다.

"소주잔 줄까? 아님 맥주?"

도연은 상냥한 말투로 지안의 앞에 새 수저를 놓아주며 물었다. 지안은 "소주잔……"이라고 대답하다가 "내가 가져갈게"라며 팔을 뻗어 빈 소주잔을 자신의 앞으로 가져왔다. 도연은 작은 그릇을 들고 국자로 앞에 있는 어묵탕을 퍼서 담은 뒤 지안의 앞에 내려놓았다.

"고마워." 지안이 시크하면서도 친절하게 대답했다.

"혹시 번호 알려줄 수 있어?" 도연이 지안에게 자신의 휴대폰을 건네며 말했다. 그러곤 급하게 덧붙였다. "아, 지금 애들 번호 물어보고 있거든."

지안은 도연이 곤란해하는 걸 알아채고 바로 도연이 내민 휴대폰을 받아 말없이 자신의 번호를 입력했다.

"이름 기억하제?" 지안이 휴대폰을 돌려주며 묻자, 도연은 싱긋 웃으며 휴대폰을 받아 갔고 연락처 이름 칸에 이름을 써넣으며 "응. 한지안"이라고 대답했다.

전형적인 서울말을 쓰는 수도권 출신인 도연은 OT 때처럼 계속해서 지안에게 이런저런 질문을 하며 대화를 이어나갔다. 그녀는 다른 사람들보다 더 일찍부터 개강총회에

와서 술을 마시고 있었는지, 제법 취한 상태로 보였다. 그녀의 서울 말투는 꼬인 혀 때문에 점점 귀여운, 혹은 바보 같은 말투가 되어가고 있었다.

"경기도에…… 행신 쪽에 살아. 너는 경상도라고 했나?"

"경북." 지안이 소주 한 잔을 입에 털어 넣었다.

"경상북도?"

도연은 지안에게 꽤 많은 관심을 보이고 있었다. OT 때보다 더욱 적극적이었고, 심지어 점점 지안과 가깝게 붙어 앉으려고 몸을 움직이기까지 했다. 지안 역시 이런 적극적인 신호를 피할 생각은 없었다. 도연에게는 자신에게 없는 장점이 많았고 배울 점도 많아 보였다. 튀지 않는 것을 추구하는 자연스러운 매력과 정갈한 태도는 어딜 가나 주목을 받기 마련인 자신과 정반대였다. 게임부터 음악, 노래방 등 아주 다양한 취미를 즐기는 지안과 반대로 친구들을 만나고 아르바이트를 하고 학교를 다니는 게 일상인 그녀는 마치 잔잔한 연못과 같았다. 투명한 이 연못은 햇살에 반짝이며 빛나는 모습이었고 안에는 1등급 수질에서만 살 수 있는 귀여운 물고기가 잔뜩 살고 있는 듯했다.

"공무원 준비를 일찍 시작하려고." 도연이 취한 눈빛으로 웃으며 자신의 이야기를 할 때면, 지안도 가볍지도 무겁지도 않은 자신의 솔직한 심정을 대답해 주곤 했다.

"나는…… 공부도 계속하고 싶고 음악도 하고 싶고. 하고 싶은 게 많지."

도연의 질문에 대답을 하고, 적당히 도연에게 질문을 던지는 대화 스킬을 발휘하면서도 앞에 앉은 부스스한 머리의 꾸익이에게 말 걸 타이밍을 찾는 자신의 멀티태스킹 능력에 스스로 감탄하기도 했다. 현우 선배와 계속해서 속닥거리며 대화를 나누는 그녀에게 말을 걸기란 쉽지 않았다. 도연보다 훨씬 더 취해 있는 꾸익이를 보니 코웃음이 하—하고 나왔다. 게다가 현우 선배는 꾸익이보다 더 취해 있는 듯했다. 대체 '꾸익'이 무슨 뜻일까.

그때 꾸익이가 거센 파도가 뱃머리를 둔탁하게 철썩 때리듯 깔깔 웃으며 현우 선배의 팔뚝을 퍽 치는 것을 보았다. 강력해 보이는군. 지안은 그녀에게 말 걸 타이밍을 기다리며, 도연과의 대화를 이어가면서도 찬찬히 꾸익이의 모습을 살펴보기로 했다.

꽤 매력 있게 생겼어도 저런 여자와 완전히 가까워지긴 어렵겠다 싶었다. 하지만 실제로 꾸익이의 모습을 보니 상상했던 것과는 사뭇 다른 무언가가 느껴졌다. 산만하면서도 산만하지 않은…… 뭔가 설명할 수 없는 묘한 분위기를 풍겼다. 이 쿰쿰하고 퀴퀴한 지하와 어울리는 몽롱하고 몽환적인, 알 수 없는 분위기였다. 왜지? 지안은 이유를 찾기 위해 끈질기게 꾸익이의 모습을 관찰했다. 생각보다 정리되고 매끈한 어휘력을 구사해서일까? 아니면 생각보다 눈빛이 날카로워서일까? 지안은 마지막에 가서야 이유를 알게 되었다. 그녀의 움직임이 너무 느릿느릿한 탓이었다. 그녀에게 흐르는 시간은 혼자서만 달라 보였다. 이곳에 있는 사람들과는 전혀 다른 차원에 있는 사람 같았다.

그녀는 절대 연못은 아니었다. 날이 좋을 땐 발끝에 시원하게 부딪히는 파도 같다가도 폭풍우가 몰아치는 날에는 거세게 모든 것을 집어삼킬 듯 날뛰는 변덕스러운 여자였다. 옛날에는 뱃사람들이 바다를 여자로 생각해서 괜한 질투를 일으켜 익사할까 봐 배에 여자를 태우지 않았다는 말도 있지 않은가. 꾸익이는 그런 사람 같았다. 적어도 지금 지안이 보기엔 그랬다. 매력적이면서도 범접하기 어려운 존재, 한 단어로 설명하기 어려운 존재.

"나 잠깐 화장실 좀 다녀올게."

한참 생각에 빠져 있던 지안을 도연의 부드러운 말투가 현실로 끄집어냈다. 지안은 무뚝뚝하게 고개를 끄덕였다. 도연은 살짝 비틀거리며 일어났는데, 지안은 그런 도연을 진부하게 부축해 주진 않았다. 하지만 도연이 의자 사이를 빠져나가는 데 방해가 되지 않도록 무심하게 자신의 의자를 테이블에 딱 붙여주었다. 덕분에 지안은 꾸익이를 좀 더 정면에서, 좀 더 가까이에서 볼 수 있게 되었다. 그리고 꾸익이와 눈이 마주쳤다.

"나도 화장실 좀 가야겠다" 하며 현우 선배가 일어났다. 그러더니 "어? 지안이지?" 하고 웃으며 지안에게 이제야 가볍게 인사를 건네곤 자리를 떠났다.

이제 좀 인사할 기회가 생기려나 싶었던 것도 잠시, 꾸익이는 곧 한쪽 팔꿈치를 테이블 위에 턱 올리곤 손으로 머리를 쓸어 넘겼다. 술기운 때문에 어지러워하는 표정이었다. 그 모습을 보고 있자니, 저 숱 많은 머리를 어떻게 감당하고 있는지 궁금해지면서 동시에 부스스한 머리가 지저분하다기보단 풍성해 보인다는 것을 깨달았다. 이 여자 역시, 지안처럼 눈꼬리가 길게 찢어지고 올라갔는데 속쌍꺼풀 때문인지 지안보다 눈이 조금 더 컸다. 콧대는 확실히 지안과 달랐다. 곡선을 그리고 올라가는 형태라 콧방울이 살짝 들려 있었고 윗입술도 살짝 들려 마치 입을 벌리고 있는 듯이 보였다. 아니, 사실은 실제로 입을 살짝 벌리고 있긴 했다. 눈동자는 삼백안이었는데 그 눈빛으로 그녀는 잠시 자신의 앞에 있는 어묵탕을 물끄러미 바라보았다.

먹고 싶은 건가?

그녀는 테이블 위에 올린 팔로 턱을 괴고 남은 팔을 들어 올려 자신의 앞에 놓인 그릇을 대충 어묵탕 냄비 방향으로 스윽 밀곤 국자를 집으려 했다. 보통 국물이 있는 음식을 그릇에 옮겨 담을 땐 두 손으로 해야 안정적일 텐데……. 딱 봐도 뭔가 쏟거나 흘릴 것같이 한 손으로 대충 모든 일을 처리하려고 하는 꾸익이가 불안해져서, 지안은 그녀의 그릇을 들고 직접 어묵탕을 떠서 담아주었다. 그러자 그녀는 국자를 집으려고 쭉 뻗었던 손을 그대로 둔 채로 지안을 보며 피식 웃었다. 왼쪽 입꼬리가 살짝 더 올라가 있는 모양이었다. 살짝 들린 윗입술이 웃느라 안쪽으로 확 말려 들어가 새하얀 이가 보였는데, 치열이 놀랄 만큼 가지런했다. 지안이 그런 그녀의 웃음을 보며 '유치원에서 예쁜 미소상 같은 걸 꽤 받았겠군' 하고 생각할 찰나, 그녀가 테이블에 기대고 있던 팔꿈치로 자신의 숟가락을 쳐 바닥에 떨어뜨렸다.

"에이 씨……." 매력적인 저음의 목소리로 그녀가 구시렁대다 바닥에 떨어진 숟가락을 한참 멍하니 보더니 "에휴—" 하곤 허리를 숙여 숟가락을 주웠다. 저 모든 동작이 저렇게 굼뜨다니. 지안은 그 모든 동작을 천천히 차례대로 이행하는 그녀를 관찰했다. 느리긴 하지만, 딱히 잘못된 건 없었다.

숟가락을 주워 구석에 치워놓고, 새 숟가락을 집을 줄 알았다. 하지만 그녀는 손만 뻗으면 집을 수 있는 새 숟가락을 가져갈 생각이 전혀 없어 보였다. 그저 멍하니 수저통을 쳐다만 보고 있었는데, 지안은 그런 그녀를 보며 어이없다는 듯 작게 콧바람을 흥, 내뱉었다. 새 숟가락 가져오는 것도 귀찮다는 건가? 참 나. 지안은 결국 자신이 손을 뻗어 새 숟가락을 그녀에게 말없이 건넸다. 꾸익이는 살짝 놀란 표정으로 숟가락을 건네받았는데, 아주 잠깐 순간적으로 그녀의 입에서 어떤 한마디가 흘러나오는 걸 들은 것 같기도 했다. 뭐라고 한 거지? 두 사람은 잠깐 눈이 마주친 채로 서로를 빤히 봤다. 그리고 곧 지안이 먼저 입을 열었다. 줄곧 물어보고 싶던 질문이었다.

"꾸익이 대체⋯⋯."

하지만 그 순간, 꾸익이 역시 도연의 빈자리를 눈길로 가리키며 말을 내뱉었다.

"얘 별로야."

"⋯⋯뭐지?" 지안은 꾸익이의 말에 중단되었던 자신의 말을 마무리했다. 아니면⋯⋯ 꾸익이에 대한 자신의 느낌을 말해버렸는지도 모르겠다.

○×

사실 바나는 입 모양이 귀여운 그 남자가 개강총회가 열리는 이 지하의 후줄근한 술집으로 걸어 들어오는 순간부터 그를 주시하고 있었다. 걔다. 그 까만 머리.

키 큰 애랑 실실 웃는 장난기 넘치는 애랑 같이 걸어 들어왔는데, 바나의 눈에는 당연히 앞선 두 사람보다 입 모양이 귀여운 남자가 가장 먼저 보였다. 그들이 왜 개강총회에 10분이나 늦게 등장했는지 궁금해지기도 했는데, 현우 선배의 연락을 받고 개강총회에 30분이나 먼저 등장해 버린 바나는 이미 꽤 취해 있었기 때문에 합리적인 추론을 할 수 있는 상태가 아니었다. 그래도 바나는 자신의 대각선 방향에 앉아 모든 것이 재미없다는 듯 물만 끊임없이 홀짝이고 있는 여자에 대해서는 쉽게 추론할 수 있었다. 그녀가 입 모양이 귀여운 그 남자가 들어오자 자세를 고쳐 앉았기 때문이다.

바나는 논리적이고 이성적인 것을 지향하지만, 자신의 '촉' 역시 아주 확실하게 믿는 편이었다. 물론 촉이라고 하면 논리적이고 이성적인 것과는 거리가 먼 단어처럼 들리니, 바나 역시 본인의 이런 이중적인 잣대가 비논리적이고 비이성적이라고 생각하긴 했다. 하지만 몇 년 뒤, 촉 역시도 사람이 살아온 인생의 빅데이터를 통해 도출해 내는, 다시 말해 경험을 바탕으로 미래를 계획해 나가는 방법의 일종임을 알게 되었다. 그런데 이 순간 도연에게 그 촉이 강하게 발동했다.

가까이서 보니까 더 잘생겼네. 그 남자가 자신의 앞에

앉아 도연과 대화를 나누기 시작했을 때부터 바나의 온 신경은 그 두 사람에게 머물러 있었다. 물론 취한 상태에서 현우 선배와 적당히 대화를 이어나가며 앞의 두 사람을 관찰하기란 쉬운 일이 아니었다. 몇 가지를 놓치긴 했지만 가장 중요한 정보 두 가지는 알아냈다. 그 남자의 이름은 '한지안'이라는 것과 도연이 지안에게 엄청난 관심을 가지고 있다는 것이었다. 지안이 이 테이블에 앉기 전까지만 해도 계속해서 휴대폰으로 시간을 체크하며 지루한 표정으로 물만 홀짝이고 있던 도연인데, 지안이 테이블에 오자 바로 눈빛을 바꿔 그에게 접근하는 모습이 바나가 보기엔 꼴사나웠다. 질투는 아니고. 바나는 그렇게 생각했다. 그저 지안이 도연의 행동과 그 저의를 전혀 알아채지 못하는 것 같아 심술이 났을 뿐이다. 바보 같긴. 이래서 남자들은…….
지안은 도연에 관해 잘 알지 못하는 데다 심지어 도연이 '나쁘지 않다'라고 생각하는 것도 같았다.

저 불쌍하고 잘생긴 남자의 영혼을 누군가 구해줘야 할 텐데.

도연이 비틀거리며 화장실에 가겠다고 일어났다. 지안은 비틀거리는 그녀를 부축해 주진 않았지만 의자를 앞으로 당겨 지나갈 수 있는 충분한 공간을 마련해 주었다. 그 모습이 아니꼬워 바나는 지안을 빤히 바라보았는데, 눈이 정통으로 마주쳐 버렸다. 이런. 안 그래도 어지러운데, 더 어지러워졌다. 현우 선배 역시 화장실에 다녀온다고 했다. 그렇게 바나와 지안, 둘만 남게 되었다.

저 불쌍하고 잘생긴 남자의 영혼을 내가 구해줘야 하나? 이렇게 어지러운데.

그녀는 팔꿈치를 테이블에 툭 내려놓으며 머리를 쓸어 넘겼다. 숱이 많은 머리가 감당이 안 되는 듯 머리카락을 꽉 움켜잡곤 숨을 길게 후우— 내뱉었다. 앞에 있는 어묵탕 국물을 마시면 좀 괜찮아질 것 같았다. 술이 깨진 않아도 지금처럼 어지럽진 않을 거라는 강한 믿음을 갖고 턱을 괸 채, 다른 한 손으로 자신의 앞에 놓인 그릇을 스윽 밀었다. 두 손으로 해야 안전하게 어묵탕을 그릇으로 옮길 수 있다는 점을 바나도 충분히 알고 있었지만, 턱을 괴고 있는 손을 빼버리면 얼굴을 어묵탕에 그대로 처박을지도 모를 일이었다. 국자를 집기 위해 팔을 쭈욱— 뻗는데…… 갑자기 길고 예쁜 손 하나가 국자를 홱 낚아채 갔다. 오, 빠른데?

그는 아주 정확하고 빠른 동작으로, 하지만 국물을 전혀 흘리지 않는 유려한 동작으로 바나의 그릇에 국물과 큰 어묵 하나, 채소 몇 개를 밸런스 좋게 담았다. 그러곤 바나의 앞에 깔끔하게 그릇을 탁 놓았다. 바나는 피식, 웃음이 흘러나왔다. 그렇게 해버리면 내가 너의 영혼을 구해줘야 하잖니. 이렇게 생각하고 있는데, 쇠가 바닥에 부딪히는 소리가 들렸다. 아래를 보니 자신의 숟가락이 바닥에 떨어져 있었다.

"에이 씨……."

어묵탕도 먹어야 하고 저 잘생긴 영혼의 남자를, 아니 잘생긴 남자의 영혼을 구해줘야 하나 고민도 해야 되는데 왜 숟가락이 떨어지고 난리야. 그녀는 한동안 떨어진 숟가락을 멍하니 보고 있었다. 그래도 자신이 떨어뜨렸으니 죄 없는 알바생이 이 숟가락을 줍게 할 수는 없다는 생각에 천천히 몸을 구부려 바닥으로 손을 뻗었다. 숟가락은 일단 주웠는데, 그 순간 새 숟가락을 다시 꺼내기가 왜 그렇게 귀찮았는지 모르겠다. 그녀는 취해서 손만 뻗으면 닿을 거리에 수저통이 있다는 것을 인지하지 못했다. 국물…… 떠먹고 싶다. 그러자 지안이 긴 팔을 쭉 뻗어 고운 손으로 새 숟가락을 칼처럼 뽑아 들더니 절도 있지만 부드러운 동작으로 바나에게 스윽 건넸다.

아, 정말. 이러면 내가 진짜 구해줘야 하잖아. 그녀는 약간 놀란 표정으로 숟가락을 건네받으며 잘생긴 남자의 두 눈을 똑바로 쳐다봤다. 그러고는 본인은 속으로만 생각했다고 착각한 "내가 구해주지, 뭐"라는 말을 입 밖으로 아주 작게 중얼거렸다. 그리고 정리되지 않은 날것의 말을 내뱉었다.

"얘, 별로야."

"……뭐지?" 지안이 의문 가득한 표정으로 그녀를 보며 물었다.

바나는 잘못 들었나, 싶은 표정으로 미간을 찌푸리며 지안을 바라보았다.

"'뭐지'라니, 사람한테."

그러자 지안은 바나에게 '꾸익이 대체 뭐지?'라는 질문을 한 것이라고 차근차근 설명해 주었다. 알코올 때문에 정보 처리가 느려진 뇌였지만 그래도 지안의 질문을 제대로 알 아들었을 땐 민망한 웃음을 보이며 어묵 국물을 한 숟갈 떠 먹는 바나였다.

"이름이 뭐로." 지안이 사투리 억양을 진하게 드러내며 물었다.

"김바— 나." 바나 역시 경상북도에서 꽤 오래 살았던 시 절이 있었기에, 지안의 사투리 억양에 금방 옮아 이름을 말 할 때 말투에서 사투리 억양이 묻어났다.

"'꾸익'은 그냥 붙인 거야. 그런 자기소개 같은 거 올리 는 게 오그라들어서. '우웩'을 할 순 없잖아. 지원할 때 자기 소개서 쓰고 면접에서도 자기소개를 했는데 OT 가기 전에 도 자기소개를 올리라니. 뻔하잖아? 선배들이 뭐 잘생기고 예쁜 애 없나 보려고 올리라고 한 거 아냐." 바나는 주절주절 이야기를 쏟아냈다. 그러자 지안은 의문이 풀린 듯 상쾌한 표정으로 고개를 끄덕였다. 이제 바나의 차례였다. 다시 한번 도연이 '별로'라는 자신의 촉을 설명해야 했다. 하지만…… 촉…… 촉을 어떻게 설명해? 게다가 너무나도 대뜸 '별로'라는 키워드를 써버리는 바람에 이걸 정말 사실대로 전하는 것이 맞는지 모르겠단 생각이 순간적으로 들기도 했다. 아, 좀 대화를 나눠볼걸. 얘가 어떤 앤지도 모르는데. 그저 입 모양이 귀엽다는 이유만으로 자신의 속마음을 이렇게 오픈해 버린 스스로가 한심하게 느껴지기도 했다. 술마셔서 그런가? 나 왜 이렇게 감정적이야.

"무슨 생각을 그렇게 하노." 지안이 물었다.

바나는 지안의 질문 아닌 질문에 다시 생각을 바꾸었다. 너무 대뜸 속마음을 말하긴 했지만 술에 취했으니 생각이나 말을 정리할 경황이 없었다고 스스로를 다독였고, 그가 떠준 국물과 건네준 새 숟가락이 나쁘지 않은 사람임을 증명한다는 촉이 발동해 마음이 움직였다. 그래, 받아들이는 건 스스로의 몫이지.

"너 좋아하잖아." 아, 근데 이건 또 너무 대뜸 말했네. 하지만 똑똑한 남자애라면 대충 알아듣겠거니, 못 알아들어도 그건 본인 탓이겠거니, 여기서부턴 정말로 네 몫이다 여기며 치워버리려 했다.

"알아." 중저음의 잘생긴 목소리가 단조로운 투로 대답하자 이번엔 바나가 놀랐다. 알긴 알아? 근데 목소리도 잘생겼네. "근데 그게 무슨 문제가 되지?" 지안이 되묻자 바나는 생각을 정리하는 표정으로 입술을 오므렸다. 그러곤 몇 초 뒤에 차근차근 대답했다.

"문제가 되지. 일단 사실만 따져볼게. 내가 너 오기 전까지 봐왔던 애의 모습에 대한 판단을 모두 배제하고. 오케이?" 바나가 취기를 최대한 억누르며 또박또박 말했다. 지안이 아주 옅은 미소와 함께 고개를 끄덕이자 그녀는 말을 이었다. "일단 앤 안 취했어. 근데 취한 척하면서 너한테 접근을 하고 있지. 그럼 애는 대부분의 문제에 그런 식으로 접근한다는 거야. 그런 방법으로, 솔직하지 못하게."

바나는 사람은 솔직해야 한다고 믿는 타입이었다. '선의의 거짓말'이란 것도 있다고들 하지만, 그런 거짓말로 이어나갈 관계라면 언젠가는 바닥을 보이기 마련이라고 확신했으니까. 자신 역시 술에 취해 현우 선배에게 애교를 부리고 있지만, 난 누구랑 다르게 진짜로 취했다고.

"그게 왜 솔직하지 못한 건데?"

지안의 또 다른 질문에 바나는 살짝 얼이 빠졌다.

"으음……." 그러나 지안은 더 생각할 시간도 주지 않은 채 계속해서 말을 이어나갔다.

"난 그게 별론 것 같다. 뭔가에 의지해서 마음을 표현하면, 솔직하지 못하다고 하는 거. 꼭 맨정신이나 다듬어진 말들만 솔직하고 용기 있는 거가? 사람마다 솔직함의 정도와 방법에는 차이가 있는 거 아니겠나?"

지안의 논리적인 대답과, 적어도 바나가 듣기엔 귀엽게 섞인 사투리 억양에 바나는 잠시 대화를 멈췄다. 잘생겼는데, 똑똑해? 하지만 바나의 머릿속에도 반박할 말들이 잔뜩 있었다. 소주 몇 잔 때문에 살짝 버퍼링이 걸려서 그렇지 충분히 대답할 것들이 남아 있는데……. 곧 현우 선배가 돌아와 말을 걸었다. "너 근데 이름 뜻이 뭐야? 너무 특이해." 이어서 도연도 제자리로 돌아와 지안에게 건배를 제안하는 바람에 대화가 끊겨버렸다.

"할아버지가 지어주신 이름인데." 바나는 여전히 지안의 질문에 반박할 거리들을 정리하며 대충 대답했다.

"무슨 뜻인데?"

"나중에 말해줄게요." 한 번 더 대충 대답하며 그녀는 도연을 주시했다. 그녀가 마신 건 물 여러 잔과 맥주 500cc 반 잔 정도다. 그러나 도연은 이 상태로 알바를 가야 하는데 어떡하냐며 쓸데없는 걱정을 늘어놓았다. 갈 수 있겠지. 안 취했으니까.

"알바가 몇 신데." 지안은 정말 아이러니하게도, 무뚝뚝함과 친절함이 공존하는 말투를 쓰고 있었다. 바나는 그의 말에 '어떻게 그 두 개가 공존할 수 있는 걸까?' 하는 고찰에 빠지기 시작했다. 하지만 바로 다음, 도연이 눈을 감고 지안의 어깨에 슬쩍 기대는 바람에 사고가 멈춰버렸다.

"지금 출발해야지……. 근데 취해서……." 애교 섞인 도연의 말투와 행동에 지안은 픽 웃었다. 순간 바나는 잔뜩 심술이 나서 도연에게 말을 걸었다. 이게 다, 저 잘생기고 불쌍한 영혼을 구하기 위해서다.

"너 물만 마시지 않았어?"

순간 도연은 지안의 어깨에서 고개를 떼고 바나를 똑바로 바라보았다. 뭐, 고개 뗐으면 됐어.

"너 취하지 않았어?" 그녀가 싱긋 웃었다.

○×

지안이 아무리 남자라고 해도, 여자들 사이에 오가는 살짝 날이 선 대화 정도는 알아차릴 수 있었다. 게다가 지안은 눈치가 빠르고 관찰력이 좋은 편이었다. 인간은 거센 파도가 무서워 날이 흐리면 바다로 나가지 않는다. 그러나 맑고 깊은 연못에는 방심하고 발을 헛디딜 수 있다. 지안은 바나가 깊은 연못에 들어가다 발을 헛디뎠다 생각했다. 그러나 그가 두 눈을 천천히 껌뻑이며 다시 봐도 바나는 웃고 있었다. 예쁜 미소상을 받을 것 같은 입꼬리에 잔뜩 힘을 주고.

"어, 맞아. 나 취했지." 그러곤 술잔을 들어 도연의 앞으로 내밀었다. "짠 해줄래?"

도연은 웃으며 맥주잔을 들어 바나의 술잔에 부딪혔다.

잠시 후 도연은 결국 아르바이트를 하러 떠났고 현우 선배 역시 옆 테이블에서 "백현우! 걔랑만 있지 말고 일로 좀 오라고!"라며 버럭버럭하는 친구들의 성화에 못 이겨 테이블을 떠났다. 또다시 바나와 지안 둘만 남게 되었다. 바나는 그새 지안이 떠준 어묵탕 국물을 다 마셔버린 상태였는데, 국물을 더 뜨기 위해 국자를 집으려 하자 지안이 말없이 자신의 손으로 바나의 손을 젠틀하게 밀어냈다.

"왜?" 바나는 국물이 마시고 싶은 그녀를 저지하는 그의 의중이 궁금했다. 하지만 이번에도 지안은 말이 없었다. 대신 어묵탕이 올려진 버너를 켰다.

"되게 친절하네." 바나는 피식 웃으며 말했다.

"고마워. 근데 나도 먹고 싶어서 그런 거야. 오해는 말고." 지안이 약간의 장난을 담은 투로 대답했다.

"아니, 이거 말고." 바나가 말하자 지안이 의아한 표정으로 그녀를 쳐다봤다. 바나는 이어서 말했다. "아까, 도연이한테 엄청 친절하던데."

지안은 이제 장난기가 싹 가신 진지한 얼굴을 하고서 그녀를 봤다. 보글보글 끓기 시작하는 어묵탕을 떠서 그녀에게 준 후(바나는 "고마워"라고 했다) 다시 그녀를 봤지만 바나는 여전히 평온한 표정이었다. 그녀는 지안이 뭘 궁금해하는지 머릿속을 꿰뚫어 보기라도 한 듯 말했다.

"도연이한테, 엄청 자상하고 친절하고 다정하더라고. 도연이는 평생 못 알아채겠지만." 바나는 말하면서 지안이 준 어묵탕 국물을 숟가락으로 떠서 호호 불어 한 입 먹었다.

"왼손잡이네." 지안이 국물을 호로록 마시는 바나를 보며 중얼거렸다. 자신과는 잘 맞지 않을 거라 단언했던 순간이 떠오름과 동시에 어묵탕 위로 솔솔 피어오르는 김처럼 사라지고 있었다. 대신, 그 자리엔 바나의 말이 강하게 박혀버렸다. 아까 지안이 던졌던 질문에 대한 대답이었다.

"도연이랑 나의 표현 방식에 차이가 있다는 건 인정할게. 근데, 그 차이가 너랑은 없다고 할 순 없을걸?" 바나가 씩 웃으며 지안을 쳐다보았다. "너도 내 방식에 가깝지, 도연이 방식에 가깝진 않을 텐데." 그녀의 말투는 추측이었지만 입가에 걸려 있는 미소는 확신이었다.

순제는 2인분부터

바나는 봄이 시작된 것을 온몸으로 느끼고 있었다. 사람들은 살랑거리면서 부는 바람이나 따뜻해져 가는 날씨, 그리고 이젠 이불 밖으로 나오기가 며칠 전보단 훨씬 쉬워졌다는 사실로 봄을 느끼고 있었지만, 바나는 자꾸만 나오는 재채기 때문에 봄이라는 녀석이 또 한 번 찾아와 버렸구나 체감하고 있었다.

"꽃가루 알레르기?" 현우 선배가 이렇게 묻자 그녀는 '진부하긴……'이라고 생각하며 고개를 절레절레 저었다. 뭐, 그런 게 매력이지. 뻔한 매력이 있지, 이 오빠는. 그들은 '우리 식당'이라는 밥집에서 점심 식사를 하고 있었다. 순두부찌개와 제육볶음이 2인 세트로 나오는, 가격이 아주 저렴한 학교 앞 밥집이었다.

"아뇨, 그……." 바나는 순두부찌개의 순두부를 입에 넣으며 오물오물거렸다. 자신의 알레르기를 설명하기가 귀찮은 표정이었다. 무슨 알레르기인지 가르쳐주지 않으면 신비주의로 남을 수 있지 않을까. 말도 안 되는 이유를 대거나.

"근데 언제 말 놓을 거야?" 현우 선배는 무슨 알레르기인지 더 이상 묻지 않았다. 아무래도, 알레르기보단 두 사람의 관계에 좀 더 집중하고 있는 듯했다.

"사귀면. 핫 뜨⋯⋯." 바나는 자기가 이야기해 놓고 자기도 깜짝 놀라 순간적으로 현우 선배의 표정을 살폈다. 놀란건 현우 선배도 마찬가지인 듯했다. 그녀는 정말 'if'의 뜻을 담아 '혹시 우리가 사귀기라도 한다면 그땐 말을 놓을 수 있겠지' 하는 의미로 말한 것이었는데, 입에 넣은 순두부가 너무 뜨거워 대충 말해버린 것이다. 근데⋯⋯ 걔네는 안 사귀겠지? 바나는 지안과 도연을 떠올렸다.

"사귄다고? 벌써?" 바나가 입을 쩍— 벌리며 물었다. 그렇지만 인하의 대답("어! 사귄대!")은 바나가 부르고 있던 노래의 반주 소리에 묻혀 잘 들리지 않았다. 어두컴컴한 노래방에서 바나는 눈을 크게 부릅뜨고 노래방 리모컨을 찾아 취소 버튼을 눌렀다.

"사귄대?" 바나가 다시 물었다. 인하는 고개를 끄덕였다.

듣자 하니, 자유전공학과에는 이미 새로운 커플이 세 커플이나 탄생했다고 한다. 그중 지안의 이름이 없는 것이 다행이란 생각이 들었다. 정확히 말하면, 지안과 '도연'의 이름이 없다는 것이 다행이란 게 바나의 솔직한 마음이었다.

"야, 김바나. 안 불러?" 수아가 노래방 화면을 가리키며 물었다.

"지금 나만 세 곡째 부르고 있다고. 목 나가겠어." 바나가 투덜거리자, 인하가 휴대폰을 들고 어디론가 전화를 걸기 시작했다. 바나와 수아, 미연이 의문 가득한 표정으로 인하를 쳐다보자 그녀는 미소를 지었다.

"어, 지금 노래방 올 사람. 누구누구 있냐면, 미연이랑 수아랑 바나."

인하의 엄청난 실행력과 리더십 덕분에 자유전공학과 학생 세 명 정도가 노래방에 합류하기로 했다. 바나는 그들을 기다리며 노래 한 곡을 예약했다. 자신이 부를 노래는 아니었다.

"좀 불러라." 바나가 마이크 두 개를 수아와 미연에게 건네며 볼멘소리로 말했다. 수아는 귀찮다는 듯한 표정을 지으며, 그리고 미연은 또 헤헤 웃으며 마이크를 건네받았다. 두 사람이 노래를 부르는 동안, 모르는 번호로 메시지 하나가 도착했다.

—로맨티코, 부를 줄 아나?

뭔 소리야. 바나는 그렇게 생각하며 모르는 번호를 유심히 봤다. 그러다가 문득, 개강총회 때의 기억이 스물스물 되살아나는 것을 느꼈다. 그녀가 원래 기억하던 건, 도연이 떠난 뒤 지안이 계속해서 어묵탕 국물을 자신의 앞접시에 리필해 준 것과 술을 좀 더 마신 것, 현우 선배와 단둘이 밖으로 나가 편의점에서 바나나 우유를 산 것과 자신의 4인실 기숙사로 들어간 것뿐이었는데……. 중간중간 다른 기억들이 바나의 뇌 속을 비집고 들어오기 시작했다. 바로 지안이 "번호 좀"이라며 휴대폰을 내밀었던 기억과 바나가 휘청휘청하며 자신의 번호를 적을 때 그가 바나의 어깨를 잡고 똑바로 서 있을 수 있도록 해주었던 기억이다.

—1분 뒤 도착. 부를 줄 알면 우선예약 좀.

메시지가 하나 더 도착하자 바나는 답장 없이 휴대폰을 테이블 위에 올려놓곤, 리모컨을 들어 〈로맨티코〉라는 노래를 예약했다. 남녀가 함께 부르는 듀엣곡이었다. 그리고 정말 1분 뒤, 지안이 그의 친구들과 함께 노래방 문을 벌컥 열었다. 그때 개강총회에서 봤던 키 큰 애랑 실실 웃는 애랑 같이 있었다.

지안은 말없이 뭘 달라는 듯 손을 내밀었고, 바나는 자연스럽게 마이크를 건네주었다. 적어도 1년 전쯤부터 이걸 하기로 했던 사람들처럼, 원래부터 이건 두 사람이 부르기로 약속되어 있는 것처럼, 그들은 함께 노래를 부르기 시작했다.

노래방 분위기는 완전히 바뀌었다. 말로만 들었던 지안과 바나의 노래 실력이 수면 위로 떠오르자 '그게 진짜였네!' 하는 표정으로 다들 쳐다보았다. 지안이 중학교 때부터 직접 밴드부를 운영하며 리드보컬과 기타를 맡았다는 사실이라든지, 바나의 가족이 할머니부터 고모, 삼촌, 외할머니, 이모까지 모두 음악 관련 전공자라는 사실이라든지 하는 이야기들은, 그들의 노래 실력에 대한 기대감을 무한대로 증폭시킨 뒤 실망감을 안겨주기 딱 좋은 배경지식들이었다. 하지만 듣기 좋은 음색을 타고난 지안의 목소리와 허스키하고 음감이 탄탄한 바나의 목소리가 어우러지자 다들 감탄을 금치 못하고 두 손을 들어 리듬을 타며 환호했다. 특히 지안의 친구인 건수는 눈을 반짝이며 뭔가 좋은 아이디어가 떠오른 듯 묘한 표정을 짓기까지 했다.

"오, 아름다운 너의 목소리는 내가 원하는 모든 것을 허락했지―."

하지만 바나는 노래방 안에 있는 동기들과는 완전히 결이 다른 생각을 하고 있었다. 바나는 이날 처음으로 지안이 활짝 웃는 모습을 봐버렸다. 찬찬히 돌이켜 보니, 지안이 피식 웃는 건 봤어도 활짝 웃는 건 처음 보았다. 안 그래도 지안의 독특한 입 모양을 '귀엽다'고 여기고 있던 바나였는데, 웃을 땐 또 동굴입이야? 바나는 노래를 부르는 동안 그의 활짝 웃는 얼굴에서 눈을 뗄 수가 없었다. 그렇게 사납고 시크해 보이던 인상이…… 웃을 땐 팔자 눈썹에 완전히 반달눈이 되는 건 바나가 20년 평생을 사는 동안 처음 겪어보는 반전 아닌 반전이었다.

노래방이 있는 건물에서 우르르 나올 때, 바나는 친구들과 저녁으로 어떤 메뉴를 고를지 고민하고 있었다. 하지만 누군가는 팀플을 하러, 누군가는 과제를 하러, 또 누군가는 커피를 마시러 뿔뿔이 흩어졌고 마지막엔 희한하게도 지안과 바나만 남게 되었다. 지안은 또다시 바나를 무표정으로 지그시 쳐다보았다. 생각보다 어색한데……. 그녀는 빠르게 인사를 하고 기숙사로 돌아가 뭐 먹을 게 없나 찾아볼 심산이었지만 인사를 하려던 순간 봄바람이 살랑이며 불어 에춰! 하며 크게 재채기를 했다. 한 번도 아니고 다섯 번이나. 약간 머쓱해하는 표정과 함께 살짝 웃으며 알레르기가 있다는 말을 했는데, 지안의 대답에 그녀의 두 눈이 휘둥그레졌다.

"아직 꽃은 그렇게 많지 않은데." 그가 재채기의 원인을 찾아 없애기라도 할 듯한 눈빛으로 두리번거리며 말했다.

"다섯 번이나 하는 걸 보면 감기 같은 건 아닌 듯하고."

"아……." 바나는 말문이 막혀 짧은 소리를 뱉었다. "그, 강아지풀 같은…… 풀 알레르기? 뭐 그런 건데……." 바나가 설명하자 지안은 '그렇군' 하는 표정으로 끄덕였다. 그러더니 그녀에게 대뜸 한 손을 내밀어 악수를 요청했다.

"친하게 지내자."

갑자기? 바나는 그의 얼굴을 한 번, 그의 손을 한 번, 또 그의 얼굴을 한 번 쳐다보았다. 당황스러웠다. 하지만 지안은 길에서 한쪽 손을 쭉 내밀고 악수를 받아주지 않으면 영원히 그 자리에 멈춰 있을 것처럼 서 있었다. 바나는 이 순간이 마치 슬로모션처럼 느껴졌다. 주변이 느려지고 이 세상에 지안과 바나, 단둘만 남아 있는 것 같은 기분이 들었다. 지안은 그녀를 그 까만 눈동자로 꿰뚫어 보듯이 쳐다봤다. 바나는 그에게 모든 것을 들키고 있는 듯한 기분이었으나, 그게 나쁘게 느껴지진 않았다. 오히려 '안전한' 느낌이 들었다.

바나는 '악수를 안 하고는 못 배길걸?'이라는 장난기와 자신감이 가득 담긴 표정을 한 이 엉뚱한 남자가 마음에 들었다. 그래서 드디어 그의 얼굴 외에 다른 것에 집중할 수 있게 되었다. 남자에게 느끼는 호감이라기보단…… 조금 오그라들진 몰라도, 그가 '소울 메이트'처럼 느껴졌다. 그러니까 이 악수 한 번으로 마치 영혼이라도 연결될 것 같다는 강렬한 직감이 그녀의 머릿속 과녁 한가운데에 푹— 박힌 것이다. 바나는 결국 지안의 손을 덥석 잡고 힘차게 악수를 하며 대답했다.

"그래, 친하게 지내자."

잠깐 동안은 정말 둘만 있는 것 같았다. 그리고 그 순간은 바나의 주머니 속에서 울려대는 휴대폰 벨소리 때문에 깨져버렸다. 현우 선배에게 온 전화였다. 바나는 현우 선배에게 아까는 노래방에서 노느라 전화를 못 받았고, 이제 저녁 먹을 거라고 설명했다. 현우 선배는 자신도 친구와 함께 저녁 식사를 했고 함께 과제를 하다가 두 시간쯤 뒤에 집에 갈 건데 가기 전에 얼굴 한번 봐도 되겠냐고 질문했다. 바나는 흔쾌히 "과제 다 하면 전화 줘요"라고 대답했다.

"배 안 고프나? 저녁 시간인데." 지안이 바나가 전화를 끊은 뒤 휴대폰을 주머니에 넣을 때까지 기다리며 물었다.

"고파. 같이 먹을래?" 바나가 잘됐다는 듯, 기대에 찬 질문을 했다.

"우리 식당 가자. 순제 먹으러." 지안이 순두부찌개와 제육볶음 2인 세트를 언급했다. 하지만 바나는 그 말을 듣곤 아쉽다는 듯 살짝 인상을 찌푸렸다.

"아, 나 아까 현우 오빠랑 먹었는데." 또 먹을까 싶어 그녀는 "순제 말고 다른 메뉴로?"라고 제안했지만…….

"난 순제 먹고 싶어서. 우리 식당은 안 되겠네. 그건 2인분부터 먹을 수 있잖아"라는 지안의 대답이 돌아왔다.

○×

일주일 뒤, 지안은 과방에서 바나를 기다리고 있었다. 그녀가 이번엔 어떤 방식으로 과방에 등장할지 상상하면서. 일주일 동안, 바나는 지안의 예상에서 크게 벗어나지 않는 행동을 해왔다. 문을 쾅! 열며 "내가 왔다!"라고 하거나 "김바나 등장!"이라고 했고, 배가 고프거나 기분이 꿀꿀하면 "하이……" 하며 축 처진 폼으로 등장했다. 두 사람은 일주일 동안 그렇게 과방에서 매일 만났다. 단둘이 만난 건 아니었다. 자유전공학과의 새로운 동아리 '더블유'의 모임 때문에 건수와 지안, 바나는 일주일 내내 과방에서 만나야만 했다.

오늘은 웬일로 바나가 지안의 예상에서 벗어나는 행동을 했다. 그녀는 늘 약속한 시간보다 3분에서 5분 전에 과방에 도착했다. 하지만 이제 약속 시간까지 1분도 채 안 남은 상태였다. 재채기하느라 늦게 오는 건 아닐 테고. 그때 과방 문이 열렸다.

바나가 먼저 들어오고 그 뒤를 현우 선배가 따라 들어왔다. 바나는 싱글벙글 웃으며 "안녕—!"이라는 다소 어울리지 않는 인사를 했다.

"이야, 이렇게 맨날 연습하는 거야?" 현우 선배가 과방에 있는 지안의 기타와 건수의 젬베, 과방 한쪽에 보관되어(버려져) 있던 낡고 짧은 건반을 보며 물었다.

"아뇨. 오늘 처음 하는 거예요. 맨날 어떻게 멤버 모집하고 운영할지 회의만 했지." 바나가 과방의 낡은 소파에 털썩 앉으며 말했다. "에췱!"

"여긴 실낸데 재채기 왜 하노." 지안이 바나에게 시선을 고정한 채 물었다. 그러자 바나는 손가락으로 현우 선배를 가리키며 한 번 더 크게 재채기를 했다.

"저 오빠가." 바나의 말에 현우 선배가 심각한 표정으로 바나를 쳐다보았다. "에췱! 저 오빠가 강아지풀로 장난쳤어." 바나가 그렇게 말하자 지안은 고개를 돌려 현우 선배를 쳐다봤고, 현우 선배는 바나를 쳐다보며 울상을 지었다. 비를 잔뜩 맞은 리트리버같이 낑낑거리는 모양새였다.

"미안해. 몰랐다니까." 그는 손을 터는 게 도움이라도 되는 것처럼 양 손바닥을 옷에 세게 문질렀다. "그냥 꽃 알레르기인 줄 알았지…… 오는 길에 재채기 멎은 거 아니었어?"

걱정스러운 표정으로 묻는 현우 선배에게 바나는 "코가

예민해져 있으니까, 에취! 이런 지하 과방에 오면, 에취! 재채기 나오는 거지, 뭐. 에취!"라며 연거푸 재채기를 해댔다.

그때, 두 남자가 동시에 액션을 취했다. 지안은 고개를 살짝 절레절레하며 테이블 위에 있는 휴지를 집었고, 현우 선배는 소파에 앉아 있는 바나의 앞으로 달려가 냅다 무릎을 꿇으며 장난이 섞인 우렁찬 목소리로 "미안합니다!"라고 크게 외쳤다. 그러자 바나는 깔깔거리며 웃었다. "미쳤나 봐, 왜 이래요?" 하며.

현우 선배는 떠나는 그 순간까지도 바나를 배꼽 빠지게 웃겨주었다. 과방 문을 열고 나설 땐 정체를 알 수 없는 마임쇼를 보여주더니 과방 문에 나 있는 창문에서 요상한 표정을 짓고 옆도 아니고 밑으로 쑤욱 사라지는 예상 안 되는 개그를 선보였으니 말이다. 현우 선배가 이상한 행동을 하고 바나가 깔깔거리며 웃는 장면에서 지안은 시선을 거두었다. 도연에게 카톡이 왔기 때문이다.

― 완전 웃기다 ㅋㅋㅋ 너 진짜 재밌는 것 같아.

"완전 웃겨. 미친 사람 같아." 바나가 여전히 낄낄거리며 말했다.

"데이트하느라 늦었나?" 지안은 도연에게 답장을 한 뒤, 바나에게 휴지를 건넸다. "코 풀어라."

"늦지 않았고, 데이트도 아니거든?" 바나는 코를 대충 스윽 닦았다. "너 기타 잘 친다 그랬지?"

"나 잘 치지. 니는 피아노 잘 친다고 했제?"

"나 잘 치지." 바나가 지안의 말투를 거의 똑같이 따라
하며 대답했다. 그러자 지안이 크게 웃었다. 방금 전의 바
나처럼.

지안이 알고 있는 여자 대부분은 자신이 농담을 하거나
장난을 치며 대화를 이끌어갈 때 같이 웃어줄 뿐이었다. 지
금 당장에 카톡을 주고받는 도연도, 말의 대부분을 'ㅋㅋㅋ'
나 'ㅎㅎㅎ'로 마무리 짓고 있으니까. 그러니 바나처럼 지안
의 말을 맞받아치거나 더 욕심내서 농담을 던지는 캐릭터
는 지안의 흥미를 돋우기에 충분했다. 하지만 바나가 남을
웃기는 데 환장하는 스타일은 아니었다. 다만, 지는 걸 싫
어해서 그런 농담들을 자주 맞받아칠 뿐이었다.

"거 좀, 가만히 좀 있어라." 여태껏 한 마디도 하지 않은
채 그저 앉아서 젬베나 통— 통— 작게 두드리고 있던 건
수가 드디어 입을 열었다. 바나는 '아, 쟤도 있지, 참' 하는
표정을 지었다. 너무하네. 지안은 그런 바나의 표정을 보며
속으로만 킬킬거렸다. 바나가 첫 연습 시간에 아슬아슬하
게 도착한 건 물론이고, 현우 선배를 데리고 와 깔깔거리
며 시끄럽게 한 것과 낡은 건반을 부산스럽게 가져와 정신
사납게 세팅하기 시작한 것이 건수의 심기를 많이 불편하

게 한 모양이었다. 지안 역시 첫 번째와 두 번째 이유에는 동의하는 바였다. 세팅은…… 느려도 능숙해 보이긴 하네.

"거— 좀, 가만— 히— 좀— 있으면— 이걸 어떻게 세팅하니?"라고 건수의 말투 역시 꽤 그럴싸하게 따라 하는 바나였다. 이번에도 지안은 푸하하 웃었고, 건수도 웃음을 참느라 입꼬리 쪽 근육이 움찔움찔하는 것이 보였다.

악기 세팅이 끝난 후, 세 사람은 처음으로 합주를 하기 시작했다. 우선 건수가 두 사람을 한 번씩 쳐다본 뒤, 통통하고 박자를 맞췄다. 그러자 바나와 지안이 코드를 서로 맞춰본 뒤 즉석에서 가볍게 연주를 시작했다. 세 사람은 호흡이 꽤 잘 맞았다. 젬베와 기타, 건반의 소리가 제법 잘 어우러졌던 것이다. 일주일 전, 바나와 지안이 듀엣곡을 부르는 장면을 직접 본 건수가 '밴드 동아리'를 제안한 것이 아주 잘한 일이었다는 사실이 밝혀지는 순간이었다.

지안은 기타를 치며 피아노를 치고 있는 바나를 슬쩍 보았는데, 그녀의 손가락이 예상보다 재빠른 것에 놀랐다. 그에 더해, 그녀의 손을 잡고 악수를 했던 일주일 전이 떠올랐다. 바나는 지안의 손을 덥석 잡고 악수를 하긴 했지만서도 움직임이 놀랄 만큼 느렸다. 지안 역시 바나가 그랬듯, 그 순간이 슬로모션처럼 느껴졌다. 물론 지안은 바나의 행동이 느려서 그렇게 느꼈을 확률이 높다고 생각했지만. 저

건 또 빠르네. 그는 계속해서 그녀가 피아노 치는 모습을 슬쩍 보았다.

세 사람의 첫 합주가 끝나자, "괜찮은데?"라며 건수가 만족스럽게 말했다. 지안도 씩 웃었고, 바나는 이렇게 신나는 활동을 한 게 처음인 듯 양 볼이 붉게 상기되어 있었다. "너무 재밌다!"라고 소리치기도 했다("근데 건반이 너무 짧아"라고 덧붙이기도 했지만). 초등학생 같군. 지안은 웃으며 그녀를 봤다.

몇 번 더 합주를 하고, 지안과 바나가 가볍게 듀엣곡 하나를 불러보면서 연습이 마무리되었다. 그리고 건수가 이번 학기에 멤버를 더 모아 공연을 기획해 보자는 결론까지 내렸다. "공여언?!" 바나가 큰 목청으로 되물었다.

"왜, 니 공연 안 해봤나?" 지안이 바나에게 물었다.

"아니? 해봤는데. 중학교 때. 전남친이랑 했지. 걔가 노래 부르고, 내가 피아노 치고."

"밴드부에서 남자친구나 사귀었나." 지안이 '쯧쯧' 하는 표정으로 말했다.

하지만 바나는 "남자친구 사귀려고 밴드부 하는 거 아냐?"라며 능글맞게 그의 말을 받아쳤다. 밴드부의 목적이 나와 다르군. 청춘사업이라니. 지안은 그렇게 생각하며 이번 밴드 동아리에서는 공연에 집중하라고 당부하려 했으나 건수가 멤버를 어떻게 모집할지에 관한 구체적인 방안을 늘어놓는 탓에 하고 싶은 말은 속에 넣어둘 수밖에 없었다.

건수의 온 관심이 이 밴드 동아리를 어떻게 크게 키울지에만 쏠려 있는 덕에 더블유의 멤버는 날이 갈수록 늘어갔고, 연습을 하는 횟수도 날이 갈수록 늘어갔다. 본격적으로 공연 준비를 시작한 후부터 많은 일이 벌어졌다. 더블유는 이제 더 이상 밴드 동아리라고 부를 수 없었다. 드럼과 베이스 기타, 다양한 느낌의 보컬들이 들어오기도 했지만 춤이나 랩 등에 관심이 있는 학생들도 합류했다. 더블유는 이제 자유전공학과를 대표하는 음악 동아리가 되었다. 그 외에도 여러 소식이 지안에게 들려왔는데, 흰 얼굴에 커다랗고 검은 두 눈이 콕콕 박혀 있는 하린은 자유전공학과의 과대표가 되었고, 반수를 시작한 학생 두 명 중 한 명은 자퇴를 했으며, 정우가 축구를 하다가 넘어져 깁스를 했다. 지안과 바나는 둘도 없는 단짝이 되었고, 바나와 현우 선배는 말을 놓았다고 했다.

바나와 현우 선배가 연애를 하기 시작했다는 소문이 과에 완전히 퍼졌을 때 지안은 왠지 모를 소외감과 쓸쓸함을 느꼈다. 밴드부에서 청춘사업 한다더니, 거짓말이었구만. 질투도 아니고 걱정도 아닌 이 감정을 이해하거나 정의 내릴 길이 없다고 판단한 뒤부터는, 도연과 함께 보내는 시간이 많아졌다. 바나가 현우 선배와 데이트를 하느라 바쁘기도 했고, 정우도 깁스를 하는 바람에 방 안에서 뒹굴고 있었기 때문이다.

바나의 말대로 도연은 솔직함보다는 남의 기분과 상황을 더 고려하는 스타일이었다. 이것은 지안에겐 없는 장점이었다. 호불호가 강한 지안과 달리 그녀는 그 누구도 함부로 대하거나 무시하지 않았고 누구에게도 차갑게 굴지 않았다. 대신 그 누구도 그녀에게 쉽사리 다가가지 못하기도 했다. 이 학교에 입학해서 도연을 처음 만난 뒤, 그녀에게 날카로운 한 수를 던지는 사람은 보지 못했다. 개강총회 때의 바나를 제외하곤. 그때 왜 웃었을까. 지안은 바나에게 이유를 물어봐야겠다고 생각했다.

"밥이나 먹자." 지안이 과방 소파에서 일어나며 말했다. 과방은 연습이 끝난 후 모두가 후다닥 사라진 터라 지안과 바나만 남아 있는 상태였다. 하린이 학생회 회의를 진행해야 해서 바나에게 얼른 과방을 비워달라 요청했다. 지안과 바나는 더블유의 주요 멤버답게 연습 뒷정리를 하는 중이었다.

"순제 먹자, 순제." 바나가 들뜬 목소리로 말했다. 그녀는 이제 건반의 선을 빼서 마무리 정리를 하고 있었다.

"점심에 현우 선배랑 먹은 거 아니라?" 지안이 사투리가 진하게 묻어나는 말투로 물었다.

"너랑 먹으려고 다른 거 먹었지." 바나가 덤덤하게, 아주 당연하다는 듯 말했다. 그녀는 마지막으로 선을 정리한 게 개운한 듯 손을 탁탁 털었다. "너 순제 좋아하잖아. 나 아니면 누가 같이 먹어줘? 1인분은 팔지도 않는 세트 메뉴를." 새침한 척 말하는 바나의 얼굴을 보니 또 피식 웃음이 나는 지안이었다. 저 지지바가…….

○×

"사장님, 순제 2인분으로 부탁드립니다." 지안이 예의 바른 말투로 주문했다.

두 사람은 우리 식당, 그러니까 자유전공학과 학생들이 '우식'이라고 부르는 식당의 테이블에 앉아 순제 2인분 세트를 기다리고 있었다. 더블유 동아리의 연습은 매일같이 진행되었고, 그때마다 바나와 지안은 우식에 찾아와 순제 2인분 세트를 주문했다. 우식에 자주 들락거리는 사이, 지안과 바나는 꽤 많이 친해졌다. 하지만 둘만 남게 되면 가끔은 이상한 정적이 찾아왔다. 그러면 바나는 무슨 말을 해서 이 정적을 없애야 할지 고민하다가도, 아니, 없앨 필요가 있나? 하는 생각을 했다. 그러면 지안은…….

"이…… 어색하면서도 어색하지 않은 분위기가 참 좋지 않냐?"

바나는 푸하하 웃곤 "그런가"라고 대답했다. 그의 말은 솔직히 앞뒤가 맞지 않았지만, 이해는 됐다. 바나는 그 말이 자신밖에 이해하지 못하는 말이라 확신하기도 했다. 둘 사이엔 이렇게 이해가 안 되면서도 이해가 되는 일투성이였다.

"그게 참 별로야. 정적이 흐르거나 어색한 분위기가 되면 그걸 극도로 싫어하고 기피하려고 하는 우리나라의 문화가." 바나가 동의하듯 고개를 끄덕이며 사장님이 들고 나오는 순제 2인분에서 시선을 떼지 못한 채 입을 헤벌렸다.

바나는 현우 선배와 우식에 다녀온 뒤로 이틀에 한 번, 아니, 거의 매일 중독된 사람처럼 우식을 찾아갔다. 바나의 동기들은 그녀의 입에서 나오는 "우식 갈 사람?"이라는 말을 제일 무서워할 정도였다. 현우 선배 역시, 아무리 남자 친구라 해도 그렇게 자주 갈 정도로 우식을 좋아하진 않았다. 다들 우식의 순제가 맛있다는 점에는 동의했지만, 한 달 내내 삼시 세끼로 먹을 정도는 아니라고 생각한 모양이었다. 그런 그녀와 매일 우식에 방문해 주는 유일한 사람이 지안이었다. 바나가 "나 아니면 누가 같이 먹어줘?"라고 했던 말은 사실 지안이 바나에게 해야 하는 말이었다.

하지만 지안도 바나만큼이나 한식을 좋아했고, 둘 다 한 가지 음식에 꽂히면 그 음식만 계속 먹는 스타일이었다. 특히 우식은 저렴한 가격 때문에 2인 세트 메뉴부터 주문할 수 있는 시스템이었으니, 매일 우식 가자고 조르는 바나의 제안을 거절할 이유는 딱히 없었다.

지안은 바나에게 수저를 건네주고(바나는 수저를 받아 찌개 국물을 먼저 후루룩 맛본 다음 맛있다는 듯 "음—!" 하며 몸을 부르르 떨었다) 자신의 수저도 마저 꺼낸 뒤, 뭔가 흥미로운 이야기를 하려는 표정으로 입을 열었다.

"제육볶음이 원래 저육볶음인 거 아나?"

"그래? 몰랐어." 바나는 대충 대답한 뒤, 말 나온 김에 먹어보자는 심정으로 제육볶음을 한 젓가락 집어 입에 넣었다. 그러곤 "다으엔 댕제?"라고 제육볶음 고기를 우걱우걱 씹으며 어눌한 발음으로 말했다.

"다 삼키고 질문하는 게 어때?" 지안의 말에 바나는 얼른 고기를 씹어 삼키고 깨끗한 입으로 "다음엔 된제?"라며 다시 물었다.

"순제지."

"여기 된장찌개도 맛있던데."

"여기는 순두부찌개가 맛있지."

지안의 취향은 확고했다. 아무렴 상관없었다. 우식에 같이 가주는 게 어디인가! 바나는 지안이 이렇게 늘 함께 우식에 가준다면 365일이라도 '순제'만 먹을 수 있었다.

"그래서, 황도연이랑은 아직도 연락 중?"

바나의 질문에 지안은 말없이 고개를 끄덕이며 순두부찌개 국물을 후루룩 마셨다. 지안의 대답에 바나는 입술을 삐쭉 내밀고 눈을 가늘게 뜨며 잔뜩 불만이 있다는 표정을 한껏 드러냈다. 그러자 지안이 픽 웃었고, 바나도 곧 따라 웃었다. 최근 바나는 지안이 웃으면 무조건 따라 웃는 버릇이 생기고 말았다.

"연락하면 안 되는 것처럼 묻는 이유가 뭐지?"

지안은 항상 이렇게 특이한 문장을 구사했다. 그는 '예스 오어 노'로 대답하는 것보단 이렇게 되묻는 걸 좋아했다. 대화 주제에 의문이 생기거나 대화하는 상대방에 대한 관심도가 크면 클수록 이런 말버릇은 더 진하게 드러났다.

"내 촉." 바나가 간단하게 대답했다.

"그날 웃은 이유는 뭐고?"

그날? 바나는 잠시 젓가락질을 멈추고서 생각에 빠졌다. 지금도 그때도 자신의 건너편에 앉아 있는 불쌍한 영혼의 잘생긴 남자를 위해 던졌던 말들과 돌아온 말들에 대해…….

"아쉬워서?" 바나가 갸우뚱하며 대답했다. "'내가 안 취했다면 이겼을 텐데' 하는 생각이었을걸."

"니 내 좋아하나?" 지안은 사투리가 강하게 섞인 억양으로 질문했다. 내일 비가 오냐, 오늘 점심 메뉴는 뭐냐, 양말은 어떤 색을 좋아하냐는 식의 톤으로 묻는 심상치 않은 질문이었다.

"어째서 그런 질문을?" 바나가 인상을 찌푸리며 물었다. 불쾌한 표정은 전혀 아니었다. 정말 어떤 연유에서 그런 식으로 사고가 흘러갔는지 궁금해하는 표정이었다.

"왜 걔를 이겨야 되는데."

아하, 그런 뜻?

"널 걱정하니까. 걱정하면 안 돼?"

바나의 대답에 지안은 긴 팔을 들어 바나의 어깨를 툭툭 쳤다. 세상에서 가장 무뚝뚝한 '토닥토닥'이었다.

"걱정해도 돼. 근데 걱정하지 마." 지안의 역설적인 대답으로 이 주제의 대화는 마무리되었다.

○×

4월이 되자 슬슬 분홍색 벚꽃이 모습을 드러내기 시작했다. 바나는 현우 선배와 달달한 연애를 즐기고 있었다. 현우 선배는 벚꽃 같은 사람이었다. 잠시 기쁘게 만나고 금세 사라지는 그런 존재. 꼬리에 꼬리를 무는 생각을 자주 하는 바나가 잠시 생각하는 걸 멈추게 하는 즐거운 존재. 생각을 멈출 때면 바나는 원 없이, 한없이 웃어댔다. 그런 현우 선배가 '여자 사람 친구'인 동기와 자주 어울렸다.

바나와 지안이 다니는 이 작은 캠퍼스에는 학교의 명물인 큰 벚나무가 기숙사 앞에 떡하니 자리 잡고 있었는데, 지안이 룸메이트인 정우와 기숙사 규칙을 정하고 나와 처음 제대로 캠퍼스를 둘러볼 때 봤던 그 큰 나무였다. 4월 말부터 벚꽃 잎이 흩날리는 게 절경이라 수많은 캠퍼스 커플이 이 나무를 배경으로 사진을 찍거나 추억을 쌓아 올렸다. 바나는 사실 꽃과 풍경, 자연 같은 것엔 관심이 없었지만 현우 선배가 "우리 꽃구경은 꼭 해야 돼!"라고 말해두었기 때문에 반드시 꽃을 보러 가야 하는 상황이었다.

그해에는 유난히 일찍 기숙사 앞의 벚나무에서 벚꽃 잎이 아름답게 흩날리기 시작했다. 학교 뒷문에서 기숙사 쪽으로 향하던 바나와 현우 선배는 멀리 보이는 큰 벚나무를 보고야 말았다.

"뭐, 예쁘긴 하네"라고 바나는 심드렁하게 이야기했고 현우 선배는 "아! 여기 벌써 피면 안 되지. 우리 학교 뒤에 있는 벚꽃 길 먼저 걸었어야 했는데"라며 아쉬워했다. 그런 현우 선배의 툴툴거림이 귀엽다고 생각하던 바나는 그 큰 벚나무 아래에서 펼쳐진 어떤 장면을 보고 경악을 금치 못한 채 표정이 굳어버렸다. 바로…… 지안과 도연이 다정하게 손을 잡고 지나가는 모습이었다.

씨발…… 조졌다.

문제 2

함께 식사를 하는 것은 관계에 어떤 영향을
미치는가?

_____

_____

_____

_____

햄버거 적선

바나는 머릿속이 복잡해졌다. 그간 지안과 같이 우식을 다니며 도연과 절대 사귀면 안 된다는 말을 수없이 해버리지 않았는가. 최악 중 최악이었다. 한편으론 지안에게 배신감을 느끼기도 했다. 그래도 대학에서 친하게 지낸 친구 중한 명이었는데, 나한테 한마디 말도 없이! 그토록 도연에 관한 이야기를 자주 했고, 그러니 말할 타이밍을 잡기도 아주 쉬웠을 텐데! 저 배신자…….

현우 선배는 "오— 너네 사귀냐?"라며 반갑게 그들을 향해 웃어주었다. 도연의 두 뺨이 지금 흩날리고 있는 벚꽃색처럼 변했다. 지안이 현우 선배에게 꾸벅 인사를 한 후 씨익 미소 지으며 바나를 바라보았다. 지금 웃음이 나와? 바나는 지안이 짓는 미소의 의미를 해석할 수가 없었다. 할말 역시 딱히 없었다. 그 상황에서 '이 배신자'라든지 '야, 너 나한테 말 한마디도 없이?' 혹은 '내가 애 욕을 얼마나 해댔는데!'라고 말해버리면 상당히 이상해지니 말이다. 대신 바나는 깜짝 놀랄 만한 표정 연기를 하며 반갑게 지안과 도연에게 인사했다.

"야! 축하해! 너네 사귀는구나?" 나, 여우주연상 타겠어. 바나가 엄청 뻔뻔하게 두 사람에게 축하를 건네자, 지안이 살짝은 어리둥절하고 조금은 쑥스러운 표정으로 바나를 바라보았다. 바나는 말과 표정 대신 주먹에 '이 배신자'라는 감정을 실어 "대박"이라고 말하며 지안의 팔뚝을 퍽— 쳤다.

"억!" 하고 소리치며 지안이 도연의 손을 잡고 있던 손을 풀어 자신의 팔뚝을 어루만지기 무섭게 도연이 호들갑을 떨며 걱정을 했다.

"어머! 괜찮아?!"

하, 참 나. 누가 보면 칼로 찌른 줄 알겠네. 바나는 이렇게 생각하면서도 "아, 미안. 너무 세게 쳤다"라고 웃으며 능청스럽게 사과했다.

"진짜 강하군." 지안은 계속 아파하며 다시 도연의 손을 잡았다.

"언제부터 사귀었냐!" 바나는 '이 배신자'라는 감정이 지안에게만 느껴지도록 지안의 눈을 보고 물었다. 하지만 대답을 듣기 전에 현우 선배가 자신의 동기인 '여자 사람 친구'에게 온 전화를 받았다. 전화를 끊은 뒤, 현우 선배는 바나에게 잠시 누군가 만나고 오겠다고 했고, 바나는 심기 불편한 표정으로 현우 선배에게 따지기 시작했다.

"또 그 언니지? 희진 언니?"

"알잖아, 친한 거. 너랑 지안이처럼."

바나는 기분이 확 상했다. 지안이는 지안이고, 그 언니는 그 언니지. 하지만 기분이 상한 건 바나뿐만은 아닌 듯했다. 도연 역시 심기가 불편한 눈치였다. 벌써 자유전공학과에는 '누가 누구랑 사귄다더라' 하는 소문 외에도 '한지안과 김바나가 엄청나게 붙어 다닌다더라' 하는 이야기도 꽤 많이 퍼져 있었기 때문이다. 도연의 입장에서 여자친구는 자신인데, '한지안'에 관련된 이야기에 자신이 아닌 '김바나'가 끼어 있는 것이 아무래도 싫을 수밖에 없었다. 사실은 끼어 있는 수준이 아니라, '한지안' 하면 '황도연' 대신 '김바나'가 먼저 딸려 오는 정도라고 하는 편이 더 정확할지도 몰랐다. 하지만 그런 도연의 마음을 아는지 모르는지, 지안은 대뜸 바나와 현우 선배에게 식사 제안을 했다.

"형님, 같이 식사나 하실까요?"

"아, 미안. 나 희진이랑 과제 하고 밥 먹기로 했어."

"그 언니랑 그만 좀 놀아!"

바나가 화를 내며 현우 선배에게 따졌지만, 현우 선배는 지안에게 바나를 잘 부탁한다는 투로 "셋이 밥 먹으면 되겠네!"라고 하곤 휘릭 사라져 버렸다. 바나는 멀어져 가는 현우 선배의 모습을 물끄러미 보다가, 코너를 돌아 나오는 희진 언니의 모습도 봐버렸다. 키가 꽤 크고 이목구비가 시원시원한 바나와는 완전 스타일이 반대인 여자였다. 귀엽고 단정한 단발머리에, 작은 키에, 오밀조밀한 얼굴. 그리고 바나는 아직 가지지도 못한 과잠을 입고 있는 여자였다. 재수 없어. 바나는 기분이 상한 듯한 표정을 짓고 있었지만 도연도 만만치 않게 짜증이 난 표정이었다. 둘만 하는 데이트에 남자친구의 여사친이 끼는 건 그 어떤 여자친구도 바라지 않을 테니 말이다.

"우식이나 가자." 우식이라면 사족을 못 쓰는 바나고, 지안은 바나가 기분이 상했다는 걸 눈치채 버렸으니 지안의 입에서 당연히 나올 말이었다.

"나 우식 싫은데. 사쿠라 가고 싶어." 도연이 싱긋 웃으며 지안에게 바나가 좋아하는 음식은 먹지 않겠다는 의사 표현을 했다. 사쿠라라니, 그 맛대가리 없는 집을.

'사쿠라'는 바나가 현우 선배와 처음으로 갔던 학교 근처 식당이었다. 학교 앞에는 일식집이 하나밖에 없었고, 바나가 일식을 좋아한다는 말에 현우 선배가 다짜고짜 "하나밖에 없는 맛집이야!"라며 데려간 곳이었으며, 동시에 그녀가 다시는 안 가겠다 선언했던 곳이었다. '하나밖에 없다는 점'과 '맛집' 사이에는 아무 인과관계가 없잖아. 그렇게 바나는 지안과 함께 밥을 먹긴 어렵겠다고 말해야 할 이유를 하나 더 찾아냈다.

"난 사쿠라 며칠 전에 다녀와서. 너네끼리 가!" 바나는 친구들과 밥 먹겠다는 핑계를 더 대고 터덜터덜 기숙사로 들어갔다.

하지만 사실 바나는 '같이 밥 먹을 친구들' 같은 건 없었다. 다들 이 시간엔 강의가 있거나 이미 점심을 먹은 뒤였으니. 바나는 1학년 주제에 워낙 완벽하게 수강신청을 한 탓에, 같이 듣기로 한 강의 신청에 실패한 친구들과 식사 시간이 맞지 않았다. 이런저런 생각을 하며, 이승을 떠도는 귀신처럼 기숙사 4층에 있는 남녀공용 휴게실을 떠돌던 바나는 밴드 동아리 더블유의 창시자라 할 수 있는 키 크고 덩치 큰 김건수와 마주쳤다.

"니 뭐 하노?" 건수는 바나를 볼 때마다 짓는 '도대체 알 수가 없는 인간상인 여자'라는 표정으로 바나에게 물었다.

"배고파서." 그녀의 대답에 건수는 마른세수를 했다. 건수는 대체로 바나의 행동을 탐탁지 않아 했다.

"뭐, 하냐고." 건수는 '뭐'를 강조하며 다시 물었다.

"배고파서…… 뭐 먹을까 생각 중."

그러자 건수가 들고 있던 햄버거 하나를 건넸다. 좋아하며 호들갑 떠는 바나를 보더니 인상을 잔뜩 찌푸리곤 "하나 남아서"라는 말을 덧붙였다. 바나가 휴게실 아무 데나 자리를 잡고 햄버거를 먹기 시작하자, 건수는 인사 한마디 없이 홱 돌아 휴게실을 나가려 했다. 하지만 바나가 급하게 건수를 불러 세웠다.

"야! 어디 가?"

"방."

"왜? 나랑 놀아. 너 바빠? 할 일 있어?" 바나가 따발총 같은 질문을 쏟아냈다. 무뚝뚝하긴 해도 거짓말은 좀 서툰 편인 건수는 바나의 말에 딱히 대답할 거리를 떠올리지 못한 듯 머뭇거렸다. 다른 사람이었다면 빨래를 하러 간다든지, 방 정리나 과제를 하러 간다든지 하는 거짓말을 했을 텐데. 워낙 바나의 텐션이 높은 데다가 폭풍같이 질문을 해서 건수는 대답하기가 조금 곤란한 모양이었다.

"……딱히 바쁜 건 없는데."

"그럼 와서 앉아!"

건수는 탐탁지 않은 표정으로 최대한 뭉그적거리며 바나 쪽으로 걸어가 그녀의 맞은편에 앉았다. 이 상황을 어떻게 빠져나갈지 머리 굴리는 소리가 바나 귀에까지 들릴 지경이었다. 그녀는 건수가 다른 생각을 하지 못하게 그의 스케줄을 물어보았다.

"바쁘다." 건수는 바나의 질문에 간결하게 대답했다.

"매정하긴." 바나는 이렇게 말하곤 다시 햄버거를 한 입 크게 베어 물었다.

햄버거를 다 먹을 때까지 건수는 휴대폰을 만지작거리며 바나 앞에 앉아 있어주었다. 바나는 다 먹은 햄버거 포장지를 조심스럽게 구기며 '아, 오늘 뭐 하지' 하고 고민했다. 조심스럽게 구겼는데도, 손에 햄버거 소스가 조금 묻었다.

"나랑 놀래?" 바나가 휴게실 벽에 달려 있는 휴지를 두 장 탁탁 뽑아 손을 닦으며 대뜸 물었다.

"남자친구랑 안 노나?"

"그분이 워낙에 바쁘셔야지." 그녀가 불만 가득한 목소리로 툴툴거렸다.

"지안이랑 놀아라."

"지안이도 워낙에 바쁘셔야지." 그녀가 한층 더 불만 가득한 목소리로 툴툴거렸다. "여자친구가 생겨서는……."

"여자친구가 생겼다고?" 건수가 놀라며 물었다.

뭐지? 비밀로 했어야 했나. 하지만 바나는 이내 어깨를 으쓱했다. 비밀로 하는 사이였다면 그렇게 대놓고 벚나무 아래를 지나가진 않았을 것이다. 그것도 두 손을 꼭 맞잡은 채로! 으.

"니 좀 심심하겠노." 건수가 툭 던진 말에, 바나는 자신에게는 지안 말고도 친구가 많다고 반박했지만 속으로는 건수의 말에 동의하고 있었다. 심심하겠지. 이제 엄청 심심할 거야. 몇 마디 대화도 안 해본 건수마저 이렇게 말해주는데, 한지안, 너는 어떻게 나한테 이럴 수가! 그녀는 다시 한번 열이 뻗쳤다.

바나가 이런저런 생각을 하며 가만히 자신의 손에 있는 햄버거 포장지를 내려다보는 사이, 건수는 이때다 싶어 자리에서 슬슬 일어날 준비를 했다. "뭐…… 좋아하는 영화라도 보든가, 그라면서 시간 때워라"라고 하며 자리에서 일어나려던 찰나, 바나가 테이블을 탕! 치며 소리쳤다.

"〈해리포터〉 정주행이나 할까?" 그러자 건수의 눈이 반짝였고, 그는 다시 자리를 잡고 앉았다.

"영화 다 가지고 있나? 여덟 편 다?" 세상 진지한 목소리였다.

건수도 바나도, 소설 《해리포터》의 엄청난 팬이었다. 그 어떤 개그맨이 와도 무표정을 유지하곤 '정신 사납다'라고 평가할 것 같던 건수가, 바나의 〈해리포터〉 영화 캐릭터 성대모사에 무너졌다. 그녀의 모든 행동을 부담스러워하고 탐탁지 않아 했던 그 건수가 맞나 싶을 정도로. 그는 휴게실 테이블을 손으로 탕탕 치며 크게 웃었다. 정말 이상한 웃음소리였다.

"호―! 호―! 호―!"

……뭐야? 생각해 보니 한 번도 건수가 빵 터져서 웃는 모습을 본 적이 없는 바나였다. 난생처음 실제로 들어보는 산타 할아버지식 웃음소리에 잠깐 얼이 빠졌다가, 바나 역시 크게 깔깔거리며 웃기 시작했다.

"으하하하하! 웃음소리 왜 저래!"

"호―! 호―! 호―! 니 웃음소리도 만만치 않다! 오호―! 호―! 호―!"

바나는 건수의 이상한 웃음소리에 힘입어 계속해서 성대모사 개인기를 펼쳤고("이렇게 하잖아, 프로테고― 모멘툼―") 건수는 그녀의 개인기에 정신을 못 차리고 얼굴이 시뻘게진 채로 웃었다. 바나는 속으로 건수의 연락처를 '산타 건수'로 저장해야 할지도 모르겠다는 생각이 들었다.

두 사람은 결국 즉흥적으로 함께 영화를 보러 가기로 했다. 스트리트 댄서들이 나오는 시리즈 영화였다. "난 춤을 잘 추고 싶어"라는 바나의 뜬금없는 말에 건수가 "나도"라는 어이없는 대답을 했기 때문이다. 둘은 영화를 다 본 뒤에, 영화관을 나와서부터 같이 버스를 타고 기숙사에 도착할 때까지 영화에 나오는 비보잉 댄스를 따라 추면서 왔다.

남들이 보기엔 그저 흐물흐물 삐걱삐걱하는 두 명의 바보처럼 보였겠지만.

마침내 기숙사 엘리베이터 앞에 닿자 둘은 춤추는 것을 멈췄다. 일단 둘 다 춤 실력이 형편없었고, 누군가에게 선보이기 위한 춤이 아닌 그냥 서로의 모습이 웃겨서 낄낄대며 추던 춤이었으므로 아는 사람이 많은 기숙사에서까지 그럴 순 없다는 판단이었다. 특히 건수는 영화관에서부터 기숙사에 올 때까진 평소의 건수와 180도 다른 모습으로 깨방정을 떨어댔는데, 기숙사 엘리베이터 앞에 서자 자신의 모습이 갑자기 부끄러워졌는지 얼굴이 시뻘겋게 달아올라 있었다.

"어이, 김건수 씨. 얼굴이 거의 신라면이세요"라고 바나가 웃음을 겨우 참는 표정으로 말하자, 건수는 얼굴이 더 붉으락푸르락해졌다. 그러곤 갑자기 버럭 하며 "아무한테도 말하지 마라!"라고 하곤 남자 방이 있는 5층에 내렸다. 엘리베이터 문이 닫히기 직전까지 바나는 밝은 목소리로 건수를 놀렸다.

"말! 안! 할! 게!"

자신의 4인실 방에 도착해 침대에 벌러덩 눕자 갑자기 피곤이 몰려왔다. 오늘 하루는 참 많은 일이 있었으니 말이다. 평소와는 완전히 다른 건수의 은밀하고 비밀스러운 모습을 봐버렸고, 재밌는 영화도 봤다. 오늘 건수는 바나에게 전혀 화내지 않았다. 물론 중간에 팝콘을 먹겠다는 건수에게 "난 팝콘 싫어하는데. 나초 먹는데"라고 딴지를 걸어 건수가 마른세수를 한 번 더 해야 했지만, 평소의 건수와 다르게 그 부분은 아주 스무스하게 넘어갔다. 공짜 햄버거도 먹었고,《해리포터》이야기도 잔뜩 했고, 현우 선배와 보는 벚꽃 풍경은 예상했던 것보다 좀 더 흥미로웠고, 지안과 도연이 손을 맞잡은 광경도…… 봤다.

"배신자……." 혼자 중얼거리자 그녀의 동기이자 룸메이트인 친구들이 쳐다봤지만, 바나가 평소에도 워낙 자주 혼잣말을 중얼거리는 터라 크게 신경 쓰지는 않았다. 그리고 바나의 휴대폰에 메시지 하나가 도착했다. 지안의 메시지였다. 양반은 아닌가 봐. 바나는 그의 메시지를 확인하기 위해 휴대폰을 들었다.

4층 휴게실의 컵라면

바나는 지안에게 온 카톡을 뚫어져라 쳐다보고 있었다. 그러나 눈은 반만 뜬 채로 '얘 봐라……' 하는 표정이었다.

—4층 ㄱ

아주 간단한 메시지였다.

두 사람이 우식만큼이나 자주 가는 곳이 있었으니, 바로 기숙사 4층에 있는 남녀공용 휴게실이었다. 바나가 이날 건수와 영화를 보러 가게 된 것도 기숙사 4층의 남녀공용 휴게실을 서성이다가 마주쳐서였다. 사실 바나는 가끔 본인도 모르게 자신의 숙소가 있는 6층이 아닌 4층에 내릴 때도 있었다.

4층은 바나에게 휴게실, 그 이상의 역할을 하는 공간이었다. 바나와 지안은 그곳에서 기숙사 규칙을 어겨가며 몰래 받아 온 파닭을 먹기도 했고 미리 편의점에서 잔뜩 쟁여

둔 컵라면을 먹기도 했다. 기숙사에는 각 층마다 휴게실이 있었고, 집처럼 편하게 있을 수밖에 없는 기숙사 특성상 남녀 학생 모두 같은 성별의 학생만 마주칠 수밖에 없는 각 층의 휴게실을 서성이기 마련이었다. 하지만 바나와 지안은 성별이 달랐고, 그것은 두 사람이 만날 장소가 제약되어 있다는 뜻이었다.

이 캠퍼스에서 꽃은 기숙사 앞의 거대한 벚나무에서만 피는 건 아니었다. 두 사람은 4층 휴게실에서 늘 대화의 꽃을 피웠다. 지안과 바나는 스무 살치곤 굉장히 심층적이고 철학적인 대화와 토론을 하는 것을 좋아했다. 이야기를 나누다 보면 웃음이 터지기도 하고 불타는 논쟁이 벌어지기도 했다. 정치, 문화, 사회, 인간관계, 가족 등…… 가리는 주제가 없었다. 어떤 날은 영국 소설《해리포터》와 일본 만화《나루토》를 두고 열띤 토론을 벌였다.《해리포터》의 팬인 바나와《나루토》를 즐겨 보던 지안은 각 창작물의 구조가 비슷하다는 점에 동의하며 두 작품의 차이점을 찾아가던 중이었다.

"동양과 서양의 차이라고 볼 수 있겠네." 지안이 고개를 끄덕이며 말했다. "하나는 불교 윤회사상이고, 하나는 기독교 철학이 바탕이고."

"남자 작가와 여자 작가의 차이가 더 클 듯." 바나가 받아쳤다. "둘 다 똑같이 여자 하나에 남자 둘이잖아. 똑같이 세 명의 주인공이 등장하는데, 하나는 여자가 큰 활약을 하고 하나는 여자가 하는 게 없어."

어떤 날은 '신은 존재하는가'에 대해서, 어떤 날은 '엄마와 아빠 중에 평균적으로 자식에게 표를 더 많이 받는 쪽은 어디인가'에 대해서, 또 어떤 날은 '사랑'에 대해서 이야기를 나누었다.

"사랑은 일시적인 거야." 지안이 덤덤하게 말했다. 이 말을 들은 바나는 입을 쩍! 벌리며 충격받은 마음을 온 얼굴로 표현했다. 그러자 지안은 "입 크네"라며 픽 웃었다.

"어떻게 그런 말을!" 바나가 지안의 픽 웃는 모습에 힘입어 더욱더 과장스러운 몸짓으로 그에게 핀잔을 주었다.

"니는 사랑을 하고 있나?" 지안이 또 한 번 덤덤한 목소리로 물었다.

"나? 그렇…… 겠지?" 바나가 '이건 대체 뭔 질문이야?' 하는 표정을 지으며 얼떨떨하게 대답했다. 그러곤 생각에 잠겼다. 그러면 지안은 생각이 꼬리에 꼬리를 물고 또 꼬리에 꼬리를 무는 듯한 바나의 표정을 반찬 삼아 구경하며 라면을 한 입 후루룩 먹곤 했다. 생각이 많은 바나를 아무 생각 없이 웃게 만들어주는 사람은 현우 선배였고, 그녀가 끝없이 생각에 잠기도록 하는 사람은 지안이었다.

이렇게 오랫동안 이야기를 하다 보면 시간이 새벽 3시, 혹은 4시가 훌쩍 넘어가기도 했다. 이야깃거리가 있거나 먹을 것이 있는 쪽이 먼저 4층에 가자고 제안하는 편이니 '4층 ㄱ'라는 이 메시지는 지안이 뭔가 할 이야기가 있다는 뜻일 거라 바나는 예상했다. 그래, 양심이 있으면 할 얘기도 있으시겠지. 바나는 입술을 삐쭉 내밀며 4층으로 가기 위해 방을 나섰다.

"오늘 뭐 했노."

사실 만나자마자 "이 배신자야!"라며 역정을 낼 계획이었지만, 지안은 바나가 좋아하는 라면을 종류별로 들고 와 내밀며 오늘의 일과를 물었다. 매콤한 볶음 라면……? 아니면 짜장 라면……? 순식간에 고민에 빠진 바나는 잠시 물끄러미 지안이 내민 라면들을 보다가 짜장 라면을 선택했고, 지안은 바나가 선택하지 않은 또 다른 라면을 먹으며 평범하게 대화를 나누기 시작했다. 기숙사 4층 휴게실은 수많은 학생이 먹고 간 음식 냄새가 배어 있었고, 환기가 잘 안 되는 구조 탓에 공기가 텁텁하고 후끈했다.

바나는 자신이 오늘 무엇을 했는지 시시콜콜 이야기하기 시작했다. 건수가 자신에게 바로 이 공간에서 햄버거를 적선해 준 일, 같이 《해리포터》 이야기를 하다가 춤 잘 추고 싶다고 수다를 떨게 된 일, 그리고 춤추는 사람들이 잔뜩 나오는 영화를 보러 간 이야기까지.

"팝콘 먹었나?" 지안이 대뜸 물었다.

"나 팝콘 안 좋아해. 나초 먹어."

"나도." 그가 웃으며 대답했다. 그래서 바나도 따라 웃으며 이야기를 이어갔다.

기숙사로 돌아오는 길 내내 건수와 형편없는 브레이크 댄스를 췄던 것, 엘리베이터 앞에서 제정신이 돌아온 건수가 괜히 민망함에 버럭 소리를 지른 이야기까지 다다랐을 때 바나는 생각 없이 낄낄거리며 웃고 있었다("아, 참. 건수가 아무한테도 말하지 말라고 했는데" 하며 킥킥거리기도 했다). 정신없이 이야기를 하다 보니 다시금 벚나무 아래에서의 그 장면이 떠올랐다.

"야, 이 배신자야." 바나가 갑작스럽게 정색하자 지안은 웃음이 픽 튀어나왔다. 그러곤 재빨리 바나 앞에 있는 컵라면을 확인했는데 역시나 싹싹 비운 상태였다. 바나는 지안에게 역정을 내기 시작했다.

"말을 했어야지! 잘되고 있다! 이미 잘되는 중이다! 곧 정말로 잘될 것이다!"

"너무 갑작스럽게 그렇게 된 거라." 지안이 변명의 느낌이 전혀 없는 덤덤한 말투로 대답했다.

"뭐? 갑작? 그런 게 어딨냐? 연애에!"

"니는 현우 선배랑 갑자기 사귄 거 아니라?"

사투리가 섞인 지안의 날카로운 질문에 바나는 잠시 멍한 얼굴을 했지만, "아닌데? 난 2월 OT 때부터 차근차근 단계를 밟아나가던 중이었거든?"이라며 반박했다.

"대단하네." 지안이 나지막이 말했다. 비꼬는 건지, 아니면 정말 칭찬을 하는 건지, 속을 전혀 알 수 없는 무표정이었다.

두 사람은 한동안 침묵 속에 있었다. 다시 먼저 말을 꺼낸 쪽은 지안이었다.

"근데 영화 왜 건수랑 보러 갔노. 내랑 보러 가지." 뜬금없는 지안의 질문에 바나는 하! 하며 어이없다는 듯 눈을 굴렸다. "건수가 고생이 많았겠네."

지안의 놀리는 투의 말에 바나는 박박 우기며 반박했다. 건수가 먼저 햄버거를 자신에게 적선해 주었고 자신의 성대모사에 얼마나 깔깔거렸으며 먼저 영화나 보라고 했던 쪽도 건수였고 영화를 보러 가자 했을 때 억지로 끌려가는 표정은 절대 아니었다는 것이 바나의 주장이었다. 지안은 계속해서 아무리 그렇다 해도 건수가 단둘이 영화를 보러 갈 캐릭터는 아니라고 의견을 냈다.

"서로 놀아줬다 치지, 뭐." 바나가 지친 듯 말했다.

"왜 건수 귀찮게 하노." 바나는 또 한 번 발끈했다. 오늘 애가 날 여러 번 열받게 하네?

"그럼 니가 나랑 놀아주든가!"

하지만 지안은 그녀의 말에 오히려 킬킬거리며 웃었다. "화를 내네……"라고 중얼거리기도 했다. "다음엔 내랑 영화 보기로 약속해라. 나초나 먹게."

"응." 바나가 그의 말이 끝나기 무섭게 칼같이 승낙의 대답을 던졌다.

"약속했데이?" 지안이 한 번 더 확인하듯 묻자 바나는 알겠다고 한 번 더 대답을 해주었다. 약속까지 할 필요가 있나. 어차피 언젠가는 보러 가겠지.

"대신 너도 약속해. 나한테 비밀 만들지 않기로." 바나가 꽤 진지한 표정으로 말했다.

"니한테 비밀 없어."

"와— 황도연이랑 사귄다고 말 안 한 건 비밀 아냐?"

"선의의 침묵이었지." 지안이 미소 지으며 대답했다. "니가 그렇게 싫어하는데."

"선의의 침묵? 그건 선의의 '거짓말'이라고 하는 거야. 아, 약속해! 약속하라고!" 바나가 떼를 썼다. 그러자 지안은 알겠다며 그녀를 달랬다. 바나는 못 믿겠다는 듯 그에게 약속을 재차 확인했고 지안은 걱정하지 말라며 계속해서 믿음을 줄 만한 대답을 했다.

"나, 약속 잘 지켜."

하긴, 시간 약속 지키는 거 보면 칼같긴 해. 바나의 역정은 짧았고 지안과의 대화는 길었다. 두 사람은 그렇게 아무렇지 않게 평소로 돌아가 길고 긴 대화를 나누다 기숙사를 순찰하던 사감 선생님의 꾸중을 들은 뒤 각자의 방으로 돌아가기로 했다.

"여기 밤 12시 넘으면 출입 금지예요!"

바나는 사감 선생님의 말에 "그럼 휴게실이지만 쉬는 건 12시까지 해야 된다는 거야, 뭐야?"라고 구시렁댔다.

하지만 지안은 "새벽 4시 30분은 좀 많이 늦긴 했지"라며 사감 선생님의 말을 옹호했다. 바나는 인정한다는 듯이 고개를 끄덕였다. "그리고 우리 9시부터 연습 있잖아. 어차피 더 일찍 잤어야 해."

사실 바나는 토요일 9시부터 있는 더블유 연습 일정을 새까맣게 잊고 있었지만, 지안에게 그걸 티 냈다간 또 쯧쯧거리며 잔소리를 할 게 분명했기 때문에 알은척을 했다. 그러나 지안은 바나가 까먹은 걸 당연하게 아는 눈치였다. 하여튼 이래서 눈치 빠른 녀석들은······.

"내일 연습 때 봐." 바나가 엘리베이터에서 내리는 지안을 향해 인사했다.

"내일 아니고, 오늘." 지안이 정정해 주곤 손가락을 다 붙인 후 손을 흔들지 않고 손바닥만 보여주는 특유의 인사법으로 그녀에게 "잘 자고"라는 말을 덧붙였다. 아— 저 까칠한…….

12시가 넘었으니, 날이 바뀐 건 사실이라 '내일'이 아니라 '오늘'인 건 맞지만……. 지안은 늘 저렇게 너무 팩트만 따지는 버릇이 있었고 바나는 그게 종종 짜증났다. 잘생겼으니까 봐준다. 그녀는 그렇게 생각하며 잠깐이라도 더 자기 위해 급하게 침대에 누웠다.

느글느글한 크림빵

바나가 잠들고 정확히 네 시간 30분 뒤, 두 사람은 과방에서 다시 재회했다. 건수와 다른 더블유 멤버들도 있었다. 이들은 졸린 눈을 비비며 한동안 말없이 과방에 덩그러니 널브러져 있었다. 그 누구도 먼저 "이제 연습 시작하자"라는 말을 꺼내지 않았다.

이들의 모습은 공연을 딱 한 달 앞둔 밴드의 모습 같진 않았다. 다들 아침이라 그런지 의욕이 없고 졸려 보였다. 바나는 이제 다섯 번째 하품을 하며 말을 꺼냈다.

"어리— 어식버터—."

"하품 좀 다 하고 말해라." 하품을 하느라 발음이 부정확한 바나를 보며 지안이 말했다. 바나는 하품을 끝낸 후 졸린 표정으로 코를 긁으며 다시 이야기했다.

"우리— 우식부터 먹자."

"연습부터 하자."

더블유의 창시자이자 오늘부로 이 동아리의 '회장'이 된 건수가 회장답게 드디어 '연습'이라는 말을 꺼냈다. 바나는 조금 슬픈 표정이 되었지만, 할 수 없이 일어나 슬리퍼를 질질 끌며 건반 앞으로 가서 앉았다. 지안은 이미 도착하자마자 기타를 붙잡고 있었기 때문에 딱히 준비할 게 없었지만 졸음을 떨쳐내기 위해 기지개를 크게 한 번 켠 후 자세를 고쳐 앉았고, 건수는 젬베 앞에 앉아 가볍게 퉁— 퉁— 쳐보기 시작했다. 나머지 멤버들도 각자 저마다의 짧은 준비 시간을 가졌다.

오늘은 신입 멤버들의 솔로곡을 테스트해 본 뒤 공연 인원과 순서를 정하는 날이었다. 지안과 바나의 듀엣곡, 지안의 솔로곡은 이미 확정이어서 남은 구성만 채우면 되는 상황이었다. 쟤, 듀엣 연습할 생각은 있는 건가? 지안은 그렇게 생각하며 멍 때리는 바나를 쳐다보았다.

연습 중간에 잠시 쉬는 시간이 있었다. 담배를 피우러, 화장실을 가러, 다들 뿔뿔이 흩어졌고 바나와 지안만이 과방에 남았다.

"넌 왜 담배 피우러 안 가?"

"노래해야 되는 사람이 담배는 무슨."

"아하." 바나가 '오— 대단한데—' 하는 표정으로 지안에게 엄지를 날렸다. 지안은 코웃음을 쳤다.

쉬는 시간이 끝나면 회장 건수의 엄청난 열정 아래 곡의 구성과 순서 등을 정해야 하는 순간이 올 테니 잠깐이라도 소파에 길게 누워 휴식을 취하고 싶은 바나에게 때마침 현우 선배 전화가 왔다. 손에 뭘 들고 있는 걸 싫어하는 바나는 소파에 옆으로 누운 채, 휴대폰을 볼 위에 올려두고 통화를 시작했다. 짧게 안부를 나누고 전화가 끝나자 지안은 "이어폰을 사용하든지, 아니면 고개를 똑바로 세워서 전화를 받든지 해라"라고 핀잔을 주었다. 바나는 전화를 끊은 뒤 몸을 일으켜 소파에 앉은 상태였는데, 보란 듯이 고개를 옆으로 90도 젖히고 볼 위에 휴대폰을 올려둔 채로 지안에게 "이게 편해"라고 장난스레 말했다. 지안은 그런 바나의 모습을 사진으로 찍어두었다. 어이가 없기도 하고 진귀한 이 장면을 꼭 기록해 둬야 한다는 이유에서였다.

"듀엣 연습은 언제 할래?" 지안이 자신이 찍은 바나의 사진을 보며 물었다. 바나는 "연습 시간에 하거나, 노래방 가서 자주 맞춰보자"라고 대답했다.

"그 핑계로 공부는 안 하고 노래방 다니려고?" 지안이 다 꿰뚫어 보는 듯한 눈빛으로 그녀를 쳐다보며 말했다. 하지만 바나는 뻔뻔하게 대답했다.

"공부는 니가 할 때 할게."

"믿어도 되나?"

"당근." 바나가 소파에서 벌떡 일어나 지안에게 새끼손가락을 내밀었다. 지안은 미소 지으며 자신의 새끼손가락을 내밀었고 그렇게 두 사람은 손가락을 꼬아 약속을 했다.

"얼라들이가?" 건수가 과방에 들어오다 두 사람의 모습을 보더니 한마디 던졌다.

쉬는 시간이 끝난 뒤, 건수가 멤버들에게 연습에 얼마나 더 참여할 수 있는지, 공연 예정일의 스케줄은 어떻게 되는지 등을 파악하는 동안 바나는 주린 배를 움켜잡고 비실대고 있었다. 이후 멤버들은 떠났지만, 더블유의 중심 멤버라 할 수 있는 지안과 바나는 건수에게 붙잡혀 다른 회의를 더 해야 했다.

"주혁이는 솔로를 하나 해도 될 것 같다. 랩도 한 곡 넣고, 지안이 니가 솔로를 하나 더 할 수 있겠나?" 건수가 엄청나게 진지하게 물었다.

"할 수 있지. 주혁이랑 내랑 〈먼지가 되어〉를 할게. 그리고 내가 솔로곡 두 개, 동희가 랩 하나, 다 같이 단체곡 하나, 내랑 야랑 듀엣 하나." 지안이 바나를 가리키며 말했다. "이렇게 하면 일단 여섯 곡은 확정이잖아. 나머지가 안 채워지면 내랑 야랑 한 곡 더 하면 되고."

"그래 주면 고맙지. 그리고 우리 드럼 세트랑 긴 건반을 좀 구해야 된다."

"드럼은 공연장에 있다던데. 건반이 문제지." 지안이 심각하게 바나를 쳐다보며 물었다.

"니 저 건반은 좀 짧다 했⋯⋯."

지안이 본 바나의 모습은 가관이었다. 눈은 반쯤 풀려 있고 입을 헤― 벌린 채 과방에서 조용히 똑딱거리는 시계만 쳐다보고 있었으니. 시계를 보니, 벌써 12시가 넘은 시간이었다.

"배고프나." 지안이 바나에게 물었다.

"어." 바나는 시계에 시선을 고정한 채 말했다. 그러나 뒤에 이어지는 그녀의 말들은 바나답지 않게 놀랍도록 빠르고 간결하고 정확하고 프로페셔널했다. "건반 짧아. 돈 모아서 사자, 싼 걸로. 가격은 내가 알아보고 단톡방에 남길게! 그리고." 바나가 이제야 지안을 쳐다보며 뭔가 말하려는 그를 제지했다. "이해했어. 여섯 곡. 너랑 나랑 두 곡 할 수도 있다는 것까지. 그럼 회의 끝인가?"

지안은 그런 바나의 모습이 웃기기도 하고 신기하기도 했다. 사람이 극한의 상황에 다다르면 초인적인 힘을 발휘한다던데, 이 상황이 바로 그런 상황이 아닌가 싶었다.

"다 된 것 같네." 지안이 건수를 보며 말했다. "일단 밥 좀 먹자고." 그러곤 바나의 소원대로 식사를 제안했다.

"제발, 제발, 제발, 제발, 제발, 제발." 바나가 엄청나게 빠른 속도로 부탁을 반복했다. "우식 먹자, 제발." 그녀는 자신의 한계를 호소하고 있었다. 목소리엔 절박함과 다급함이 담겨 있었지만, 표정에선 단호한 결의 같은 게 엿보였다.

"그래, 우식 먹자"라고 건수가 웬일로 달래듯이 말했고, 바나는 "아싸!" 하며 아이처럼 좋아했다. 세 사람은 곧 과방을 정리하기 시작했다. 그리고 그 과정에서 지안은 또 한 번 바나가 빠르고 간결하고 정확하고 프로페셔널해지는 모습을 봤다. 그녀는 자신의 건반에 연결된 선을 모두 해제해 "챡— 챡—" 하는 효과음까지 추가하며 요란스럽게 정리를 했고, 심지어 건수와 지안의 정리까지 도와주었다. 골 때리는 애네. 왠지는 모르겠지만 웃음이 흘러나왔고, 자신이 요즘따라 바나의 모든 행동에 코웃음을 치며 그녀를 관찰하는 빈도수가 잦아졌다는 것까지 깨달았다.

정리가 모두 끝나자, 바나는 "얼른! 빨리! 퀴클리! 허리업!"이라고 외치며 건수를 과방 문 쪽으로 밀어냈다. 그리고 마지막으로 지안의 팔목을 잡곤 "아, 빨리 나오라고!" 하며 끌고 나오는데, 과방 문 쪽으로 나간 건수가 "어?" 하며 어떤 방향을 보고 의아한 표정을 지었다.

바나는 "왜왜, 누구 왔어?" 하며 여전히 지안의 한쪽 팔목을 붙잡은 상태로 과방 밖으로 나왔다. 과방 밖에 서 있던 사람은 바로 지안의 여자친구, 도연이었다. 도연이 양손에 빵을 잔뜩 들고, 지안의 팔목을 세게 붙잡고 있는 바나의 손을 물끄러미 보고 있었다.

○×

"맛이 좋네." 다시 과방으로 들어온 세 사람과 지안 옆에 앉아 있는 도연의 모습은 제삼자가 봤다면 헛웃음이 터질 법한 장면이었다. 과방에는 조금 전까지 바나가 미친 듯이 빠르게 치우던 악기와 각종 음향장비 대신 크림빵을 비롯한 온갖 달달한 간식이 줄지어 놓여 있었다. 분위기는 전혀 달달하지 않았지만.

이 어색한 분위기를 무마하기 위해 건수가 그 무뚝뚝한 성격에도 불구하고 슬며시 꺼낸 말이 바로 '맛이 좋다'였다. 도연은 기계적으로 건수에게 "고마워"라며 웃어 보였다.

"멋진 여자친구다!" 건수가 어색하게 껄껄거리며 덧붙였다. 도연은 다시금 기계적으로 웃어 보이며 "그런가?"라고 대답했다.

"맛있다. 어디서 사 왔어?"라고 바나 역시 밝게 웃으며 도연에게 말을 걸었다.

"빵집."

도연이 싱긋 웃으며 대답했다. 그래…… 빵집……. 바나가 민망한 듯한 시선을 지안에게 보냈다. 아마 텔레파시라는 게 실제로 있었다면 '어떡해?'라는 말이 지안에게 들렸을 것이다.

하지만 그건…… 그러니까 바나가 지안의 손목을 꽉 붙잡고 있었던 그 우연한 스킨십은, 단순히 우식을 빨리 먹고 싶은 마음에 튀어나온 행동일 뿐이었다. 지안뿐 아니라 건수 역시 과방 밖으로 거칠게 밀어냈던 그녀가 아닌가. 단지 지안이 바나의 흔치 않은 빠릿빠릿한 행동을 신기해하는 바람에 맨 뒤에 있었고, 마음이 급해진 바나는 그녀를 지그시 바라보던 그를 질질 끌고 나왔을 뿐이었다.

게다가 바나는 오늘만큼은 정말 한식이 먹고 싶었다. 벚나무 아래를 지나가던 지안과 도연이 사쿠라라는 맛없는 일식집에 가는 바람에, 그리고 건수가 적선해 준 음식이 햄버거였기 때문에! 그녀는 정말 얼큰한 순두부찌개와 매콤한 제육볶음 세트가 먹고 싶었다. 심지어 밤에 지안과 야식으로 먹었던 라면마저도 짜장 라면이었다! 바나의 얼굴엔 짜증과 민망함, 허탈함 등 아주 다양한 감정이 마구 섞여 나타났다. 이럴 줄 알았으면 볶음 라면 먹을걸.

지안 역시 가시방석이기는 마찬가지였다. 어제 벚나무 아래를 지나가며 도연이 했던 말이 이런 의미인 줄은 몰랐다.

"더블유 활동은 할 만해? 내가 도와줄 건 없어? 연습하느라 밥도 못 먹는 건 아니지?"

그리고 그가 한 말도 도연에게 빵 같은 걸 챙겨 오라는 의미는 아니었다.

"도와줄 거 없어. 밥 못 먹으면 빵 같은 거 먹겠지."

순간적으로 바나가 개강총회에서 한 말이 지안의 뇌리를 스쳤다.

"도연이랑 나의 표현 방식에 차이가 있다는 건 인정할게. 근데, 그 차이가 너랑은 없다고 할 순 없을걸? 너도 내 방식에 가깝지, 도연이 방식에 가깝진 않을 텐데." 그러자 또 하나의 다른 장면이 떠올랐다. 지안과 도연이 연애를 하기 시작한 순간이었다.

"우리 오늘부터 1일인 거다."

'오늘부터 1일' 같은 건 하등 쓸모없는 문화라고 여기는 지안이었지만, 어쨌거나 정식으로 교제를 시작한 좋은 날이고 분위기를 망칠 순 없으니 "그래"라고 대답했다. 이래서 선의의 거짓말 같은 게 필요하다는 거지. 지안은 남녀 사이에 기념할 기념일은 '결혼기념일'이면 충분하다고 생각하는 타입이었지만 두 사람의 평화를 위해, 그리고 좋아하는 여자친구를 위해 하는 거짓말은 괜찮다고 생각했다.

"근데, 그…… 김바나랑 많이 친해?" 도연이 약간 불편한 감정을 내비치며 질문했다.

"친한 듯한데?" 애매한 대답을 했지만, 이게 지안의 진심이었다. 물론 지안은 바나와 친하게 지내고 싶지만, 바나 역시 같은 마음인지에 대해선 섣불리 판단하면 안 된다는 결론에서 나온 대답이었다.

"애들이 너랑 김바나랑 뭐 있는 줄 알아."

"그게 뭔 말이로, 걔 남자친구 있는데"라고 진하게 사투리 억양이 섞인 대답을 하긴 했지만, 동기들이 자신과 바나를 그렇고 그런 사이로 본다는 건 처음 듣는 소식이라서 그게 그렇게 보이려나? 하고 갸웃했다.

물론 바나와 자주 밥을 먹긴 한다. 하지만 그건 우식에 가고 싶은데, 우식 귀신은 바나밖에 없으니 그런 것이다. 새벽에도 기숙사 휴게실에서 자주 이야기를 나누긴 하지만 바나 말고 건수나 정우 그리고 다른 동기들과도 자주 만난다. 물론 그들과는 지안의 2인실 기숙사에서만 만나서, 남들 눈에는 잘 안 띌 수도 있겠지만.

"너 맨날 김바나랑 논다며. 나랑은 안 놀고."

"니는 맨날 9시 땡 하면 알바하러 가잖아. 그럼 난 친구들이랑 노는 거지. 그게 이상한 거라?"

'남녀 사이에 친구는 없다'라는 말을 납득할 수 없는 지안의 가치관에, 도연은 정식으로 반박하진 않았다. 하지만 지안은 도연이 속마음을 드러내는 방식이 자신과는 차이가 있다는 사실은 간과했다. 도연은 그의 대답에 납득한 것이 아니라, 납득하지 못해 입을 꾹 다물었던 것임을 지안은 이제야 깨달았다.

느끼하네. 지안은 이미 몇 입 베어 문 크림빵을 손에 쥐고 물끄러미 바라보았다.

"빵을 잘 사 왔네."

그리고 선의의 거짓말을 도연에게 했다.

○×

바나는 숨을 좀 돌리기 위해 화장실을 찾았다. 크림빵이라니. 속이 느글거렸다. 느글느글해……. 기숙사로 돌아가기 전에 편의점에 들러서 요즘 굉장히 핫한 불닭볶음면이나 사야겠다고 다짐했다. 그렇게 맵다던데. 혹시 모르니 우유와 아이스크림도 사야지. 이런 생각들을 하니 혀에 남아 있던 크림빵 맛이 그나마 없어지는 기분이었다.

그리고 그때, 화장실로 도연이 들어오자 바나의 목구멍으로 다시 크림이 올라왔다. 으윽. 도연은 손을 씻고 있는 바나 옆에 서서 거울을 통해 싱긋 웃어주었다. 바나도 도연에게 씨익 웃음을 지어주었다.

"진짜네, 지안이가 말한 게." 도연이 손에 묻은 설탕과 크림 같은 것들을 떼어내며 말했다. "너 웃을 때 치열이 엄청 가지런하다던데." 도연의 말에 바나는 씨익 웃으며 드러내고 있던 이를 스윽 감췄다.

"하하." 바나는 무미건조하게 입만 벌려 웃었다. "빵 맛있게 잘 먹었어. 배고파 죽는 줄 알았거든. 근데 얘네가 연습에 미친 건지, 회의를 끝낼 생각을 안 하더라고……. 아깐 배고파서 다 막 등 떠밀어 나오는 중이었어."

"그랬구나." 도연이 쏴아 하며 수도꼭지를 틀어 손을 씻기 시작했다. "현우 선배랑은 잘 지내?"

"백현우? 뭐, 그렇지?" 바나의 촉이 날카롭게 섰다. 무슨 이야기를 하려고.

"어제 보니까 김희진 이야기가 나오길래." 도연이 그녀답지 않게 희진 언니를 공격적인 투로 언급했다. 이 얘기를 하려고 했군.

"거슬린다니깐." 바나가 도연의 저의에 맞추어 킬킬대며 말했다. 이 얘기를 원할 테고……. "짜증 나 죽겠어."

"괜찮아. 그래도 현우 선배는 너를 좋아하니까 너랑 사귄 거 아냐." 도연이 따스한 투로 바나에게 미소를 보내며 말했다. 이 얘기가 결론이겠군.

"그렇지! 어차피 사귀는 건 나니깐." 바나는 한 번 더 자신이 여우주연상을 타지 않으면 이상할 정도라고 생각했다. "내가 이긴 거지!"

바나의 말을 들은 도연은 기분이 말끔해진 표정으로 손을 탁탁 털곤 핸드드라이어 밑에 넣어 말리기 시작했다. 바나는 혀에 남은 크림이 아직도 텁텁했다.

○×

'크림빵 사건' 이후, 도연은 저녁이 되기 전에 캠퍼스를 떠났다. 토요일이어서 수업이 없었고, 정말 순전히 더블유의 연습 중에 먹을 맛있는 것을 가져다주기 위해 도연이 학교에 온 것이어서 지안은 보답으로 그녀와 짧은 데이트를 하고 시간에 맞춰 버스 정류장까지 데려다주었다. 버스를 타고 떠난 그녀에게 예의상 '감동받았다'라는 메시지도 보냈다. 그 뒤에는 '다음부턴 너무 무리해서 오지 않아도 돼'라고 적어 보내는 것도 잊지 않았다. 도연이 그 메시지를 어떻게 받아들일지는 미지수지만.

이후 지안은 다시 기숙사 앞으로 돌아와 바나에게 전화를 걸었다. 노래방에 같이 가기 위해서였다. 노래방 갔다가, 우식이나 들러서 순제나 먹여야겠다. 지안 역시 점심으로 먹은 크림빵에 속이 느끼해서 매콤한 찌개가 필요했다. 그래서 전화도 가벼운 마음으로 걸었다.

앞으로도 이런 일상이 반복될 것이다. 기숙사가 아닌 부모님 집에 살며 집 근처에서 아르바이트를 하는 도연은 늘 일찍 캠퍼스를 떠나야 할 것이고 그러면 지안은 4층 휴게실에 출몰하는 기숙사 터줏대감 바나를 찾을 것이다. 4층에 없다면, 그녀는 1층에 있을 것이다. 아주 저렴하게 카레와 주먹밥, 과일 스무디 등을 먹을 수 있는 1층의 분식집에도 그 터줏대감은 자주 출몰하니까. 특히 술 마신 다음 날이면 해장을 한답시고 딸기 스무디를 꼭 사 먹을 테니까. 결국 캠퍼스를 떠나야 하는 도연은 늘 캠퍼스에 남아 있는 바나를 끝까지 불편해할 것이다. 지안은 사랑하는 여자친구와 달달한 크림빵 같은 데이트를 마친 후 아끼는 친구와 매콤한 순제 같은 시간을 보내는 일상을 멈추지 않을 테니.

"나와라. 1층으로." 그녀가 전화를 받자, 지안이 말했다.

하지만 바나는 그의 제안을 거절했다.

우식, 노래방, 1층 분식집, 4층 휴게실. 이 모든 제안에 바나는 단 한 번도 거절을 한 적이 없었다. 지안이 연락을 하면 쫄래쫄래(물론 동작은 느렸지만) 뛰쳐나왔고 연락을 굳이 하지 않더라도 가보면 바나가 있었던 적이 한두 번이 아니었다. 갑작스러운 거절에 지안은 조금 혼란스러웠다.

뭐지, 선 긋는 건가? 지안은 의아한 마음에, 그리고 왠지 모르게 올라오는 짜증을 담아 휴대폰 너머로 바나에게 질문했다.

"왜 안 되는데."

"나 데이트하러 갈 건데?"

숙취엔 딸기 스무디와 카레

"요즘 많이 바쁜가 보네?"

더블유의 공연 연습이 진행되고 있는 연습실에서 지안이 바나를 빤히 쳐다보며 물었다. 그러나 바나는 눈을 찌푸린 상태로 자신의 악보만 들여다볼 뿐이었다.

"응. 좀 바쁘네."

지안의 표정은 무표정이었지만 아주 미세하게 눈썹을 꿈틀거리며 바나에게 다른 질문을 했다.

"듀엣 연습은 언제 할 건데."

바나는 크림빵 사건 이후로 쭉 지안을 피해 다녔다. 지안은 동기들이 여럿이서 듣는 수업, 혹은 더블유 연습을 하는 과방에서만 그녀를 가끔 볼 수 있었고, 그토록 함께 자주 갔던 우식이나 1층 분식집, 4층 남녀공용 휴게실에선 그녀의 머리카락조차도 찾을 수 없다는 사실을 알게 되었다.

그래서 유치하게도, 크림빵 사건이 있기 전 그녀와 새끼손가락을 걸고 약속했던 일을 언급할 수밖에 없었다.

"노래방 가서라도 연습한다매?"

"지금 하자." 바나가 태연하게 대답했다.

"여기서도 연습하고, 노래방에서도 연습한다며." 지안이 맞받아쳤다.

"안 돼. 나 공부해야 돼." 그녀가 장난스럽게 새침한 표정을 지으며 말했다. "너도 공부 좀 해라!"

"공부도 분명히 나 따라다니면서 한다고 했던 것 같은데." 지안이 날카로운 말투로 말했다.

하지만 바나는 지안의 기분을 전혀 눈치채지 못했다는 듯이 행동했다. 지안은 그녀의 행동이 다 연기라는 걸 알 수 있었다. 아주 쉬운 일이었다. 바나의 행동은 늘 지안의 손바닥 위에 있으니. 그렇다면 하나의 문제만 남았다. 도대체 왜 저러는 거지?

"우리 듀엣을 하나로 줄이고, 차라리 너 솔로곡을 하나 더 할래? 아, 너무 많은가." 심지어 바나는 이런 제안을 하기도 했다. 지안은 심호흡을 가장한 한숨을 길게 뱉었다.

"공연이 얼마나 남았다고 그런 소릴 하노."

"아니, 뭐…… 니가 더블유의 에이스니까!" 바나가 밝은 표정으로 대충 대답했다. 지안의 표정은 그리 밝지 못했다.

바나는 지안에게 친구 이상의 존재였다. 지안이 좋아하는 작품과 바나가 좋아하는 작품이 구조상으로 얼마나 일치하는지, 각 작품에는 서양철학과 동양철학이 어떻게 녹아 있는지, 현대 사회의 결혼과 출산 문제는 어떻게 해결해야 하는지를 두고 새벽 4시 30분까지 떠들다가 기숙사 사감에게 걸려 터덜터덜 방으로 돌아가는 이 관계를, 이젠 잃을 수도 있다는 생각이 들었다. 아니, 어쩌면 이미 잃었는지도 몰랐다.

벚꽃은 빨리 져버렸다. 도연과 손을 잡고 지나가던 찬란한 벚나무는 이제 그냥 기숙사 앞에 우뚝 선, 시야를 가리는 커다란 나무로만 보였다. 기숙사 뒷문으로 나와 담배를 한 대 태우며 지안은 멍하니 어딘가를 보고 있었다. 그의 앞에는 사시사철 악착같이 초록색을 고수하는 묘목이 줄지어 심어져 있었다. 이런 나무를 보고 다들 절개와 지조가 있다고 하지만 지안의 생각은 달랐다. 계절감도, 시간의 흐름도 전혀 못 느끼게 만드는 이 나무가 왠지 웃기기도 하고 얄궂기도 했다. 벌써 봄이 끝났네. 그는 그렇게 생각하며 불이 꺼진 담배꽁초를 쓰레기통에 버리곤 기숙사로 다시 들어갔다.

"어디 갔다 이제 와."

룸메이트 정우가 장난기 넘치는 밝은 얼굴로 건수의 팔

뚝을 툭 치며 물었다. 자유전공학과 남학생들이 그 좁은 지안의 2인실에 옹기종기 모여 있었다. 이미 방바닥에는 몰래 들여 온 맥주와 안주가 늘어져 있었다.

"김바나랑 햄버거 먹다 왔다." 건수의 대답에 지안은 말 없이 먼저 맥주 한 캔을 따서 몇 모금 마셨다. 이제 바나가 자신을 피해 다니는 것에 조금 덤덤해지긴 했지만 그래도 자신에게 연락 한 통 없이 건수와 4층 휴게실에서 햄버거나 먹으러 다닌다는 사실이 탐탁지는 않은 표정이었다.

"김바나는 생파 안 가?" 정우가 의아하다는 듯 물었다.

"누구 생일 파티." 지안이 궁금해하는 걸 건수가 물었다.

"이하린이 오늘 권인하 생파 간다고 어쩌고저쩌고하던데." 정우가 대답했다.

"가가 뭐 햄버거 하나 먹었다고 배부르겠나." 건수가 고개를 절레절레하며 대답했다. 생일 파티라⋯⋯. 지안은 공연이 얼마 남지 않은 이 시점, 그리고 바나와 친한 친구 중 한 명인 인하의 생일 파티가 있는 이 시점에 결단을 내려야 한다는 사실을 깨달았다. 그는 "이하린이랑 사귀냐?"라든지 "잤냐?"라든지 "아, 안 사귄다고! 생각보다 애가 이상해"라든지 하는 그들의 대화에는 전혀 끼지 않고 잠잠한 표정으로 생각에 잠겼다.

분명 오늘 밤 바나는 술에 절어서 기숙사로 들어갈 테

고, 내일은 주말이니 기숙사 학생들밖엔 사람이 없어 학교
가 한적할 것이다. 그럼 바나는 분명 1층 분식집에서 파는
딸기 스무디를 마시러 일어나자마자 1층으로 내려올 것이
다. 지안은 본인도 1층 분식집에서 파는 카레를 좋아하니,
카레도 먹을 겸 내일 아침 일찍 1층으로 내려가 딸기 스무
디를 시켜놓고 바나를 기다릴 계획을 세웠다. 계획을 세우
니 답답한 속이 조금 풀리는 듯했다. 그래서 그는 "아니, 안
사귈 거라니까!" 하고 역정을 내는 정우와 "지랄하네" 하며
낄낄거리는 친구들의 대화에 끼기 시작했다.

 "이렇게 지 마음을 모른다." 지안이 웃으며 정우에게 말
했다.

 답답한 속이 풀린 지 24시간이 채 지나지 않았는데, 지
안의 속은 다시 답답해졌다. 딸기 스무디를 시켜놓고 카레
를 먹고 있다가 딸기 스무디 속의 얼음 입자들이 녹기 시작
할 즈음 지안은 할 수 없이 스무디를 마셨다. 다시 시켜줘
야겠군. 자신이 예상했던 것보다 조금 늦게 내려오는 바나
에게 무슨 일이 생긴 건 아닌지 걱정되기도 했다. 아니면,
날 피해 다니는 사이에 술 마신 다음 날 마시는 음료가 달
라지기라도 한 건가? 엘리베이터 쪽에서 여자들의 웃음소
리가 왁자지껄하게 들릴 때, 지안은 바나가 드디어 1층 분

식집에 등장하는구나 싶었지만 웃음소리의 주인공들은 인하와 미연, 수아, 하린이었다. 그들은 지안에게 평범한 인사를 한 뒤 음료를 다섯 잔 사 갔다. 그중 하나는 딸기 스무디였다. 아예 상황을 통제하는 거군. 바나의 친구들이 떠나고 바나를 위해 사두었던 딸기 스무디 역시 다 마시고 나자 기다렸다는 듯 도연에게 연락이 왔다.

—뭐 해?

—나 카레 먹는 중. 1층에서.

—정우랑 아침 먹나 보네.

도연은 지안과 바나의 관계에 대놓고 집착을 하거나 추궁하진 않았다. 대신 다른 말들로 지안에게 경고 아닌 경고를 했고, 그 과정에서 지안은 피로감을 느꼈다. 암호를 하나하나 해석해야 하는 미션이 매 순간 주어지는 느낌이었다. 미션을 완수하고 나면, 다른 퀘스트들이 기다리고 있었다. 지안의 퀘스트는 아니었다. 바나가 절대 해주지 않을 것 같은, 혹은 해줄 수 없는 것 같은 일들을 도연이 직접 하는 퀘스트들이었다. 그녀는 지안과 같이 듣는 수업에서 괜스레 과제 리스트를 뽑아서 주기도 했고 조별 과제에서도 지안이 부당하게 많은 역할을 맡은 것 같다며 역할 분배가 잘 되어 있는지 확인하기도 했다. 자신의 조도 아닌데 말이다. 리포트나 독후감 과제가 생기면, 글 쓰는 걸 귀찮아하는 지안을 위해 본인이 과제를 해주겠다고 했다. 그는 도연의 그런 행동들이 지안을 너무나도 사랑해서 하는 행동들임을 알고 있어서 더 답답했다.

왜 성별이 다르다는 이유만으로 이런 긴장된 상황이 계속해서 생겨야 하는가? 결국 지안은 근원적인 질문마저 머릿속에 떠올리게 되었다. 그러나 이제는 도연에게 답장을 해야 했다. 어떤 내용을 적어 보낼지 고민에 빠져 있을 때쯤 절묘하게도 건수와 정우가 1층 분식집에 모습을 드러냈다. 그는 카레와 정우, 건수가 절묘하게 겹치는 사진을 찍어 도연에게 전송했다. 지안은 이런 일상이 반복되는 것은 두 사람의 관계에도, 지안에게도, 도연에게도 좋지 않을 거라 생각했다.

—맛있네. 니는 뭐 먹노.

지안은 사진과 함께 이런 카톡도 함께 보낸 뒤, 바로 도연과의 채팅방에서 나와 바나와의 채팅방을 열었다. 뭐라고 쓸지 전혀 고민되지 않았다.

○×

"미친년들 아니야?"

수아가 버럭 화를 내며 술잔을 쾅! 테이블에 내려놓았

다. 바나는 깜짝 놀라 얼른 주변을 살폈다. 술집엔 듣는 귀가 많으니까, 위험했다. 그리고 인하의 생일 파티니까 인하 얘기를 해야 되는 거 아니야?

"계속 이야기해 봐. 그래서, 어떻게 된 건데? 누가 그런 소문 냈는데?" 하지만 인하 역시 바나의 이야기를 듣고 싶은지, 차분히 물었다.

"몰라, 나도……." 바나는 그렇게 대답하면서도 아까 건수와 햄버거를 먹으며 대화를 나눴던 4층 휴게실을 떠올렸다.

바나가 며칠 만에 드디어 4층의 남녀공용 휴게실에 모습을 드러낸 건, 아까…… 그러니까 건수를 만났던 오후 시간대였다. 그녀는 오랜만에 등산을 해서 정상에 올라온 사람처럼, 휴게실에 들어서자 콧구멍을 벌렁거리며 깊게 숨을 들이마셨다.

"음— 쾌쾌한 공기."

"빨리 들어가라"라며 한 남자가 4층 휴게실 문을 막고 있는 바나를 슬쩍 밀었다. 휴게실의 밝은 빛이 살짝 가려지는 걸 보니, 굳이 확인하지 않아도 그 남자가 건수임을 바로 알 수 있었다.

두 사람은 햄버거를 하나씩 쥐고 4층 휴게실에 자리를 잡고 앉아 식사를 하기 시작했다. 건수는 이번에도 햄버거를 두 개 사 왔고, 이번에도 바나가 휴게실에 있었고, 이번에도 햄버거를 하나 적선해 주었지만 이번에는 그리 탐탁지 않은 느낌이 아니었다. 대신 살짝 농담을 던졌다.

"햄버거 몇 개 먹노."

"햄버거? 한 개 반 정도?" 바나는 당연하다는 듯이 건수에게 대답했다. 일생일대의 짓궂은 개그 멘트를 던진 것이 무색해지자 건수는 쩝— 하고 햄버거를 씹었다.

"내가 남자친구도 있으면서 여기저기 꼬리 치고 다니는 개쌍년으로 소문이 났다는 이야기의 출처는 언제 말해줄 건데?"

"말 안 해주지." 건수가 단호하게 답했다.

"치사." 바나가 눈을 가늘게 뜨고 '실망'이라는 텔레파시를 쏘는 표정으로 건수를 쳐다보자 그는 어이가 없다는 듯 바나에게 "니 그런 거 신경 쓰는 그런 아가?"라고 했다.

소문을 처음 듣게 된 건 지안을 피해 다니느라 심심해진 바나가 건수에게 치근덕대기 시작했을 무렵이었다. 물론 이성으로서 치근덕댄 건 아니었다. 바나는 그저 수강신청을 완벽하게 한 탓에 자신의 동기들과 수업 시간이 달라 심심했을 뿐이었고, 심심함을 달래줄 인물로 지난번 바나 앞에서 쪽팔린 모습을 잔뜩 보여준 건수가 당첨되었을 뿐이다.

"야, 영화나 보러 가자. 너 할 거 없잖아."

"니가 그러니까 그런 소문이 돌지, 임마." 건수는 귀찮아서 농담하듯 이런 말을 던졌지만 개구리는 그 돌에 거하게 맞았다. 바나의 충격받은 표정을 보니 그 개구리는 이미 기절 혹은 사망한 듯했다.

소문이 신경 쓰이지 않는다고 하면 거짓말이겠지만, 그래도 바나는 꽤나 회복 탄력성이 좋은 편이었다. 오히려 그런 소문이 퍼지면 퍼질수록 더욱더 그렇게 행동하는 모습까지 보일 수 있는 긍정적인 캐릭터이기도 했다. 하지만 이번에 바나는 자신보다는 지안이 좀 더 신경 쓰였다. 출처도 모르는 소문이지만 그 소문이 같은 과 학생들에겐 안줏거리가 된다는 것은 안 봐도 뻔한 일이었고, 그렇다면 지안과 자신이 늘 같이 붙어 다니는 게 그의 평판에 좋게 작용할 리 없다는 판단이었다.

"간다." 건수가 다 먹은 햄버거 포장지를 구기며 벌떡 일어났다.

"어디 가? 벌써 다 먹었어? 좀 기다려주면 안 돼?"

"질문을 하나만 해라." 건수가 버겁다는 듯한 표정으로 말했다. "지안이 방에서 모인다."

아, 그래. 거기가 너네 아지트긴 하지. 바나는 얼른 햄버거를 입에 우걱우걱 쑤셔 넣고(건수는 인상을 찌푸렸다) 포장지를 구겨 쓰레기통에 던졌다. 이번에도 역시 햄버거

소스가 손에 살짝 묻었다. 그러곤, 다섯 손가락을 가지런히 붙인 채 손바닥을 보이며 건수에게 가볍게 잘 가라고 인사했다. 생각해 보니, 지안이 늘 하던 손동작이었다.

"야! 무슨 일 있으면 바로 말해! 어?" 수아가 말했다. 바나는 이번에도 지안의 손동작을 보이며 시크하게 괜찮다는 듯한 표정을 지었다. 수아는 뒤가 구리다는 표정이었지만 이제 기숙사 문을 닫을 시간이 다가오고 있었기 때문에 발걸음을 옮겨야 했다. 바나는 술기운에 휘청휘청하며 수아, 인하, 미연과 함께 기숙사로 향했다. 어디서부터가 꿈인진 모르겠지만 어느 순간부터 기숙사 앞의 큰 벚나무가 움직이며 바나에게 호통을 쳤다. "천하에 못돼 처먹은 쌍년!"이라며. 그 때문에 바나는 후다닥 뛰어서 기숙사 안으로 얼른 도망쳐야 했다. 벚나무는 끝까지 바나의 뒤에서 쩌렁쩌렁 소리를 지르며 괴롭혔고, 룸메이트들이 살랑거리는 마지막 봄바람을 느끼기 위해 열어놓은 창문 사이로 벚꽃 칼날이 무수히 쏟아져 들어와 바나의 양 뺨을 세차게 때렸다. 바나는 괴로워하며 눈을 번쩍 떴다. 벚꽃 칼날이 아니라 책상 위에 있던 수많은 프린트물이 바람에 날려 바나의 얼굴 위로 떨어진 것이었다.

아침에 술에 절어 힘겨운 몸을 일으킨 바나는 손을 더듬

더듬하며 휴대폰부터 찾았다. 휴대폰은 침대 한쪽에 프린트물이 날리지 않도록 모아둔 더미 위에 있었다. 지안에게서 온 메시지는 한 통도 없었다. 뭐, 내가 피해 다니는 거니까. 남자친구인 현우 선배에게선 딱 한 통의 메시지가 도착해 있었다.

　—그래! 재밌게 놀아랑!

　바나는 휴대폰에 있는 현우 선배의 메시지를 아직 잘 떠지지 않는 눈으로 빤히 쳐다보았다. 미연이는 사랑꾼 남자친구가 한 시간마다 전화해서 얼른 기숙사에 들어가라며 닦달을 하던데, 얜 뭐야?

　분명 현우 선배는 어제도 '희진'이라는 동기와 놀았을 것이다. 물론 바나가 친구의 생일 파티에 간다는 말을 듣고 현우 선배 역시 '자연스럽게' 자신의 동기들과 술자리 약속을 잡은 것이겠지만…… 그 자리에는 희진 언니도 분명 있었을 것이다. 아, 느낌이 이상해. 바나는 그 희진 언니라는 존재에게 이상하고도 강력한 촉을 느끼고 있었다. 하지만 바나는 이제 자신의 '촉' 같은 건 믿지 않기로 했다. 도연을 향한 자신의 촉이 틀렸다는 사실이 크림빵 사건이 있던 날 증명되었기 때문이다. 바나는 도연에게 희진 언니였다. 그리고 바나는 도연을 절대 이길 수 없다. 사실은, 이기고 지는 문제도 아니었다. 도연을 향해 울렸던 촉은 사실 도연이 바나에게 느꼈을 촉이었다.

난 거슬리는 존재야. 바나는 희진 언니를 두고 했던 말을 자신에게 했다. 그날 도연 역시 바나가 한 말을 자신에게 했을 테니. "그렇지! 어차피 사귀는 건 나니깐."

그래서 바나는 희진 언니에 대한 자신의 촉을 잠시 꺼두기로 했다. 그래도 숙취가 여전했다. 일단 정신부터 차리기 위해 힘겹게 침대에서 나왔다. 방 한가운데에 서서 보니, 룸메이트인 하린과 수아, 미연이 모두 방에 없었다. 그리고 그때, 방문을 벌컥 여는 소리가 들렸다. 바나의 룸메이트들과 인하였다.

"야! 정신 차리고 이거나 마셔." 인하는 양손에 음료를 하나씩 쥐고 있었는데 그중 하나는 바나에게 주기 위해 사온 딸기 스무디였다. 바나의 얼굴에 약간의 화색이 돌았다. "오, 뭐냐?"라고 외치며 바나는 딸기 스무디를 한 입 쭉 빨았다. 시원하고 상큼한 것이 목 안에 흘러 들어오자 머리가 띵해짐과 동시에 한결 개운해지는 걸 느꼈다. 인하, 하린, 미연, 수아는 각자의 음료를 들고 1층 침대나 바닥, 의자에 털썩 앉았다.

"호랑이도 제 말 하면 온다더니, 어제 그렇게 한지안 애길 했는데 한지안 1층에서 만났잖아. 딸기 스무디 시켜놓고 있던데." 수아가 말했다.

"걔가 딸기 스무디를 먹고 있다고?" 바나가 놀라 물었다.

"응. 카레랑 같이 먹고 있던데?"

"아, 카레." 바나는 '그럼 그렇지' 하는 표정으로 고개를 끄덕였다. 그러곤 딸기 스무디를 한 번 더 쭉 빨았다. "오우, 맛있어."

"너 1층에 갈 거야?" 하린이 조심스럽게 바나에게 물었다. "지안이 있잖아……."

설마……. 바나는 머리가 띵해진 표정으로 하린을 쳐다보았다. 확실히 딸기 스무디가 띵할 만큼 차갑긴 했지만 스무디 때문은 아닌 것 같았다. 하린의 표정에는 많은 것이 담겨 있었고, 동시에 바나의 머릿속에서도 많은 것이 솟아오르기 시작했다. 알 수 없는 소문의 출처가…… 너냐?

촉을 믿지 않기로 한 바나는 대신 논리적이고 이성적인 태도로 사실관계를 따져보기로 했다. 그런 악의적인 소문을 내려면 지안과 바나 중 한 사람에게 악감정이 있어야 한다. 아니면 그저 가십거리를 좋아하는 사람일 수도 있다. 혹은 바나가 요즘 자주 어울려 다니는 건수의 측근일 수도……. 하린은 이 셋 중 두 가지에는 확실히 해당되지 않았다. 그렇다면 가십거리…… 가십거리 때문에? 바나는 의심을 떨쳐내기 위해 고개를 절레절레 젓다가 창밖을 보게 되었다. 아까 꿈에서 벚꽃 칼날이 날아들던 창문 밖에선 벚꽃 대신 벌써부터 여름의 녹진한 기운이 날아들고 있었다. 벌써 봄이 끝났네.

"우식 먹으러 갈 사람." 바나의 말에 모두가 '또 우식이냐' 하는 표정을 지었다. 우식이 얼마나 맛있는데……. 아쉽긴 하지만 어쩔 수 없었다. 혼밥을 잘하는 바나지만 2인분부터 판매하는 식당의 룰을 깰 수는 없으니.

요즘 들어 대학 생활이 아주 조금, 정말 아주 살짝 지루해졌다. 자신이 지안을 피해 다니느라 그렇다는 것을 알게 된 건 최근이었지만, 어쨌든 바나는 지안과 함께 신나게 놀던 지난달이 그리워졌다.

그래도 괜찮았다. 마침 현우 선배에게 '미안해, 어제 술 먹느라 카톡을 못 했어. 넌 몇 시에 들어갔어? 보고 싶어'라는 적당히 달달한 카톡이 도착했고, 친구들과 노는 것도 꽤 재밌으니까. 게다가 며칠 뒤에 바나는 친구들과 함께 신촌에 있는 고급 칵테일바에 놀러 가기로 했다. 바나는 칵테일바에 가는 상상을 하다 보면 지안과 노는 것이 그립지 않을지도 모른다는 작은 희망을 품었다. 이런저런 생각을 하던 중 지잉— 하고 휴대폰이 울렸다.

—우식이나 먹으러 가자.

지안의 문자 한 통에 바나는 저항 없이 수락의 답장을 보낼 뻔했다. 그러나 끝끝내 정신을 붙잡았다.

─애들이랑 점심 약속 있는데.

그리고 요상한 답장이 왔다.

─햄버거 좋아하나?

갑자기 웬 햄버거? 바나는 의아함에 고개를 갸우뚱했지
만 지안은 워낙에 특이한 질문들을 많이 하니까……. 지금
은 다음 주에 갈 칵테일바에 집중하자, 그렇게 마음을 다잡
으려 노력했다.

─안 좋아해.

대환장 칵테일바

바나는 기대했던 '칵테일바 출동 계획'에 약간의 차질이 생겼다는 사실을 알게 되는 바람에 짜증이 나서 마시고 있던 커피 컵을 탁 하고 내려놓아야 했다. 그 때문에 짜증의 갈색 파편들이 바나의 옷에 튀었다. 카페에서 사용하는 컵이 플라스틱이어서 다행이었다. 컵 깨질 뻔했네.

"민증 없어도 괜찮지 않을까?" 하린이 까맣고 큰 눈을 불쌍하게 뜨며 말했다.

"아직도 안 빌렸어? 야, 너 '빠른'인 거 속상한 건 알겠는데, 우리 내일 가야 돼!" 수아가 답답하다는 듯 말했다.

"빌려, 내일까지." 바나가 단호하게 말했다. 그러곤 티슈를 들어 갈색 파편들을 스윽스윽 닦았다. 지안이 옆에 있었다면 커피 자국을 더 번지게 한다고 잔소리를 했을 것이다.

"빌릴 사람이 없어. 나 서울 생활 처음이잖아." 하린이 입술을 삐쭉 내밀며 말했다.

"여기 처음 아닌 사람 누가 있냐?" 인하가 대답했다.

"아, 근데 나 정우랑 이번 주에 남산 가기로 했다?" 갑자기 뭔 소리야? 바나는 잔뜩 짜증이 난 듯 눈썹을 꿈틀거렸다. 지금 갑자기 그 얘기를 왜 하는데? 분명 지난주 인하의 생일 파티에서, 다 같이 신촌의 핫한 칵테일바를 찾아 나서자고 먼저 말을 꺼낸 사람은 하린이었다.

"오— 진짜 잘되려나 봐." 미연이 흐흐흐 웃으면서 하린의 말에 맞장구를 쳐주었다. 바보 같은 웃음은 여전했지만 빛나는 미모 역시 여전했다. 3년을 넘게 만난 남자친구만 아니었어도 자유전공학과 남학생들의 마음을 여럿 싱숭생숭하게 만들었을 그녀는 하린의 말에 유일하게 대답해 주고 있는 사람이었다.

"참, 너 지안이랑 다음 주에 시간 있으면 같이 남산 갈래? 정우가 좋아할 것 같아서. 지안이랑 제일 친하잖아." 하린이 해맑게 말했다.

"뭔 소리 하는 거야. 한지안 여친은 황도연이라고." 바나가 쌀쌀맞은 말투로 그녀의 입을 닫게 했다. "그리고 내일까지 민증이나 구해봐."

"안 구해지면 우리한테 말해. 계획을 바꾸면 되니까. 다 같이 노는 게 제일 중요하지." 이 그룹에서 리더 및 엄마의 역할을 하고 있는 인하가 깔끔하게 정리하며 대화를 마무리 지었다.

그래서 네 사람은 잠시 칵테일바 이야기는 접어두고 일상 이야기를 하기 시작했다. 물론 대부분 '남자'와 '연애'에 관한 이야기였고, 거의 하린이 신나서 떠드는 상황이었다.

"근데 난 너 남친 같은 사람이 좋더라." 하린이 미연의 남자친구에 대해 이렇게 말하자 다들 얼굴에 물음표를 드리우며 하린을 쳐다보았다. 그러자 하린은 어색하게 웃으며 "아니, 아니, 그런 게 아니라…… 그렇게 연락 자주 하고 집에 빨리 들어가라고 하는 거…… 완전 날 사랑한다는 거잖아? 로맨틱한 것 같아"라고 수다스럽게 말을 이었다. 미연은 자신의 남자친구가 언급되는 것이 불편한 듯 바보같이 "허허" 웃으며 대화를 마무리 지으려 했다. 바나는 그런 미연을 도와주었다.

"정우는 좀 로맨틱하냐?"

"뭐…… 저번에 내가 짧은 바지 입고 가니까 뭐라고 하긴 하더라?" 하린이 수줍게 웃으며 말했다. 하린의 말을 들은 바나는 하고 싶은 말을 내뱉지 않기 위해 다시 커피잔을 들어 올려 커피 한 모금과 함께 말을 삼켰다. 정우와 그리 친한 건 아니지만, 지안의 말을 통해 들었던 정우는 밝고 농담을 잘 던지는 스타일일 뿐, 좋아하는 여자의 옷차림에

왈가왈부를 하는 편은 아니라고 알고 있었기 때문이다. 좋아하는 사람에겐 달라질 수도 있겠지. 하지만…… 진짜 썸을 타고 있는 게 맞긴 한가? 바나는 지안의 말과 자신이 봐왔던 정우의 모습 그리고 하린이 떠드는 대부분의 말에 과장이 조금 섞여 있다는 사실을 토대로 꼬리에 꼬리를 무는 생각을 하다가 결국 '정우가 하린에게 관심이 있다'라는 문장이 참이 아닐 수도 있겠다는 촉을 세우기까지 했다. 근데 아닐 수도 있잖아. 내가 또 오해하고 있는 것일 수도 있어. 이런저런 추리를 하는 동안에도 하린은 계속 정우에 대해 떠들었다. 미연이 대충 맞장구를 치며 대화를 이어가고 있어 자신이 딱히 공들여 가며 리액션을 하지 않아도 된다는 생각이 들었을 때쯤…… 하린의 입에서 '지안'이라는 이름이 나왔다.

"그거 알아? 나 여기 기숙사 처음 들어오는 날에 지안이랑 행정실에서 마주쳤거든. 근데 지안이가 나 역사학과 지망하는 거 알고 있더라?"

"어떻게 아는데?" 바나가 하린에게 되물었다.

"몰라! 같은 역사학과 지망생으로서 친하게 지내자고 하던데."

친하게 지내자고? 어디서 많이 들어본 말인데.

"그래서, 친하게 지내자면서 악수했어?" 바나의 말투는 명백히 취조를 하는 투였다.

"아니, 악수는 안 했는데."

하린의 대답으로 바나는 또 하나의 촉을 세웠는데, 바로 '한지안은 이하린에게 친하게 지내자고 한 적이 없었을 것이다'라는 가설이었다. 그는 친하게 지낼 사람에게 악수를 요청하는 웃기고 특이한 행동을 하는 사람이니 말이다. 바나는 아마도 하린이 지안의 말을 과장해서 해석했거나 기억 오류가 있었을 거라고 추측했다. 물론 마음 한편에는 이미 '하린은 허언을 자주한다'라는 문장이 성립이 되어 있었으나 애써 무시했다. 넘겨짚지 말자. 내가 모르는 게 있을 수도 있지.

기숙사에서 사탕을 나눠 먹었던 그날부터 하린은 자연스럽게 바나의 친구들 무리와 함께하게 되었다. 그러나 바나를 포함한 친구들은 하린과 보내는 대부분의 시간 동안, 약간씩 불편한 감정을 가친 채로 지내야 했다. 미연의 남자 친구를 서슴없이 언급하거나, 지안과 더블데이트에 오라는 말도 안 되는 제안을 하거나, 인하에게 눈썹 정리는 그렇게 하는 게 아니라고 하거나, 수아에게 치마보단 바지가 잘 어울린다고 하는 등의 언행을 하는 그녀를 마냥 편한 마음으로 대할 수는 없는 노릇이었다. 그래도 그들은 계속 하린과 어울렸다. 하린은 자유전공학과의 과대였고 이건 그들이 하린을 조금이나마 더 관대하게 봐줄 수 있는 요소이긴 했다. 과대를 등지다가는 1년밖에 하지 못하는 자유전공학과의 각종 활동에 약간의 제약이 생길지도 모른다는 계산 때문이었다. 물론 이건 이성적인 바나의 생각이고 나머지 친구들은 하린이 말을 좀 거슬리게 할지언정 자신들에게 딱히 크게 나쁜 짓, 혹은 속된 말로 '엿 먹이는 짓'을 하지 않아서 그럴 수도 있었다.

드디어 칵테일바에 가기로 한 날, 바나와 그녀의 친구들은 우르르 몰려다니며 우여곡절 끝에 신촌에 도착했다. 누구는 머리띠를 놔두고 오고 누구는 틴트를 안 가져왔다며 오는 길 내내 아우성이었지만, '엄마' 역할을 하는 인하의 결단력 있는 지휘 아래 무사히 버스에서 내릴 수 있었다. 서로에게 화장품과 액세서리를 빌려주는 것으로 타협을 보라고 인하가 일렀기 때문이다.

하지만 그게 끝은 아니었다. 곤란할 땐 언제든 발 벗고 나서서 도와주는 관계면서도, 서로에게 곤란한 일이 없을 때는 사사건건 부딪히는 요상한 사이인 수아와 바나가 또 투닥거리기 시작했기 때문이다.

싸움의 시작은 덤벙대는 성격인 수아가 버스에 우산을 두고 내린 일부터였다. 바나는 이미 아이들의 툴툴거림에 상당히 지쳐 있었는데, 수아가 바로 '머리띠를 놔두고 온 친구'였다. 결국 바나는 수아의 가방을 함께 뒤져 머리띠를 찾았다. 머리띠와 새하얀 얼굴의 붉은 입술, 치마와 블라우스를 매치한 러블리한 패션은 수아의 트레이드 마크였다. 머리띠를 찾느라 물건을 꺼내는 바람에 우산이 쏙 빠져버렸고 그대로 버스에서 내린 것이었다.

"아니, 비도 안 오는데 우산은 왜 들고 다녀?" 바나가 수아에게 핀잔을 주었다.

"아, 저번에 비 올 때 챙겼던 거 가방에서 안 빼서 그랬다, 왜!"

"그러게, 가방 정리를 미리미리 좀 해."

"너는 가방 정리 미리미리 해서 좋겠다!"

"응. 난 물건 안 잃어버리잖아."

그러나 둘은 늘 그렇듯 쿨하게 화해했다. 물론 인하의 중재가 있었지만, 두 사람은 이런 작은 티격태격에 크게 의미를 두지 않는 편이었다.

하지만…… 문제는 또 발생하고 말았다. 칵테일바 입구에 도달했을 때였다. 하린이 들어가기 전 "그……"라고 하며 친구들을 멈춰 세웠기 때문이다. 그러곤 까맣고 큰 눈을 불쌍하게 뜨며 "나 민증이 없는데, 어떡해?"라고 했다.

"하린아. 너 민증 준비해 놓은 거 아니었어? 없으면 우리한테 말하라고 했잖아." 인하가 최대한 침착한 말투로 물었다. 그러나 그 속에는 명백히 분노가 서려 있었다. 원래 같았으면 바나나 수아가 버럭 짜증을 냈을 텐데, 한 번도 화 낸 적이 없는 인하가 나긋나긋 이야기를 하자 모두가 얼어붙었다. 하린은 통통하고 오밀조밀한 입술을 삐죽 내밀고 불쌍한 표정으로 "미안해"라고 말했다. 그리고 그때, 미연이 입을 열었다. 평소처럼 바보 같은 말투에 헤헤 웃는 표정이었지만…….

"그럼 너 집에 가." 수아와 바나는 놀라 눈을 동그랗게 뜨며 서로를 쳐다보았고 하린은 기분이 확 상한 듯 정색을 했다.

다섯 사람은 잠시 정적 속에 덩그러니 서 있었다. 미연은 여전히 흐흐 웃고 있었지만 더 이상 하린 쪽을 쳐다보지 않았다. 이 일로 확실히 알게 된 사실 두 가지는 '이하린과는 거리를 두는 편이 좋겠다'라는 것과 '정미연을 잘못 건드리면 안 되겠다'라는 것이었다.

결국 바나가 칵테일바에 먼저 들어가 보기로 했다. 혹시 민증 검사를 하지 않을지도 모르니 우선 들어가 보자고 의견이 모였기 때문이다. 그렇게 바나는 심호흡을 크게 하고 칵테일바의 문을 열고 들어갔다. 그리고…… 거기서 보지 말아야 할 장면, 아니, 사실은 꼭 봐야만 하는 장면을 목격했다.

바로 자신의 남자친구인 현우 선배가 그 망할 희진 언니와 키스를 하고 있는 장면이었다.

"저게 뭐야." 그녀가 나지막이 중얼거렸다.

바나는 평소에 드라마나 영화에서 흔히 등장하는 여주인공의 행동을 이해하지 못하는 편이었다. 바람을 피우는 애인을 상대로 지질하게 굴며 "다시 돌아오면 용서해 줄게"라든지, "아직 사랑해서 못 헤어지겠어" 같은 대사를 치는 여주인공들 말이다. 그녀는 만약 자신이 비슷한 상황에 처하게 되면 절— 대로 가만히 있지 않을 거라 확신했다. 저런 건 빅엿을 먹이든가, 복수를 해줘야 한다고 생각했다. 그러나 드라마와 현실은 확실히 달랐다. 바나는 절— 대로 가만히 있었으니.

뭐, 완전히 가만히 있진 않았다. 바나는 순간적으로 몸을 돌려 친구들이 칵테일바에 못 들어오게 하고 "야, 나가, 나가. 민증 검사한다"라며 뻔뻔하게 연기를 했다.

스무 살이 되면 신촌이나 홍대, 이태원 같은 곳을 누비며 유명한 맛집, 혹은 인싸들만 간다는 펍이나 이자카야에 가고 싶었다며 수다를 떨다가 잡게 된 약속이었다. 캠퍼스 밖을 나가는 '첫 약속'이었단 말이다. 틴트와 머리띠를 두고 와도, 투닥거리며 싸웠어도, 그들은 끝까지 칵테일바로 향했다. 하린이 민증을 들고 오지 않은 상황에서도 바나는 끝까지 시도해 보겠다고 칵테일바의 문을 열기까지 했다. 하지만…… 바나를 포함한 다섯 명의 스무 살은 설렘 대신 실망을 가득 안은 채 다시 학교 앞으로 돌아와야 했다. 표면적인 이유는 '하린이 민증을 안 가져왔기 때문'이었지만 사실은 바나가 '민증 검사를 칼같이 하는 술집이라고 거짓말을 했기 때문'이었다. 아니, 진짜 이유는 따로 있지……. 아이들은 바나의 말을 의심 없이 믿었다. 천만다행이었다. 바나가 본 그 장면은, 그녀는 꼭 봐야 하는 장면이었지만 다른 이들은 절대 봐서는 안 되는 장면이었다. 만약 이 장면을 다른 사람이 봤다면…… 하린이 봤다면?! 바나는 몸을 부르르 떨었다.

바나와 친구들은 그냥 학교 앞에 있는 칵테일바에서 놀기로 했다. 학교 앞에 있는 칵테일바여서 사실은 칵테일바라기보단 일반 술집에 가까웠지만…… 어쨌든 'bar'라는 이름을 가졌으니 괜찮다는 생각이었다. 물론 바나는 아까 목격한 그 장면 때문에 정신이 완전히 나가 있었다. 그래도 티를 내진 않았다. 엄청나게 태연하게 친구들과 노는 자신의 모습을 보며 스스로 놀라기도 했다. 아니면, 나 너무 충격받아서 미친 건가? 그 칵테일바에 정신머리를 두고 온

걸 거야, 분명.

"야, 너 무슨 생각 해. 뭔 일 있어?"

그래도 인하는 역시 눈치가 빨랐다. 바나는 재빨리 "화장실 가고 싶은데, 남녀공용이라서 좀 고민되네"라고 둘러댔다. 인하한테 말해볼까? 인하는 바나를 아주 잘 위로해 줄 것이 분명했다. 하지만 지금 바나에게 필요한 건 '위로'가 아니었다. 단호한 판단과 냉정한 조언…… 뭐 그런 것들이 필요했다. 위로는 상황을 해결해 주지 않으니 말이다. 그런 사람이 누가 있을까, 고민하는 척을 해봤지만 떠오르는 사람은 딱 한 명밖에 없었다.

"어? 한지안이다." 바나는 생각에 잠겨 있다가 수아의 말에 고개를 번쩍 들었다. 구석 깊숙한 자리에서 지안과 도연이 술을 마시고 있었다.

"그럼 내가 여기서 할 수 있는 게 뭔데?" 지안이 황당하다는 듯이 도연에게 되물었다.

바나와 그녀의 친구들이 발견한 지안과 도연은 구석 깊숙한 자리에서 언쟁을 벌이고 있었다.

○×

더블유의 연습이 없는 유일한 날이었다. 건수와 정우가

볼링 치고 와서 간단하게 술 한잔 하자고 했지만 도연이 이 날을 오매불망 기다려왔기에 지안은 두 친구의 제안을 거절했다. 바나는 여전히 연락이 잘 되지 않았다.

"우식 싫다니까. 나 우식 싫어해." 도연이 투정을 부렸다. 이럴 때면 그녀는 두 눈썹을 팔자로 만들어 치켜올리곤 입술을 삐죽 내미는 버릇이 있었다. 그때마다 얇은 쌍꺼풀 라인이 적나라하게 드러났다.

"쌍꺼풀 풀린다." 지안이 농담을 툭 던지면 눈썹은 언제 그랬냐는 듯 쉽게 스르르 풀렸다. 그리고 금세 싱긋 웃는 얼굴로 돌아왔다. 바나는 '예쁜 미소상'이라도 받을 것처럼 치열이 가지런하고 입꼬리가 특이하긴 했지만 도연의 웃는 모습도 만만치 않게 매력적이었다. 특히 한쪽 볼에만 들어가는 옅은 보조개는 가까이서 자세히 보지 않으면 못 알아차리는 숨은 포인트였다.

이렇게 매일이 평화로웠으면 좋겠다고 생각했지만 그건 지안의 희망사항일 뿐이었다. 도연은 여전히 지안에게 암호 풀이 미션을 주고 있었고 그 미션은 지안이 불의의 사고를 당해 코마 상태에 빠지거나 더블유를 그만두는 게 아니라면 절대 멈추지 않을 것이었다. 공연 날짜가 점점 다가오는 데다 연습 시간이 아니면 마주칠 수도 없는 바나 때문에 연습에 들어가면 지안의 휴대폰은 감감무소식 모드로 바꿰었다. 도연은 그럴 때마다 맛있는 간식을 사 들고 오거나 연습하는 지안을 구경하며 기다렸다. 그녀에게 '연습'은 곧 '김바나'였으니.

"너 우식은 맨날 먹잖아." 도연의 말은 종종 이런 식으로 '바나랑'이라는 말이 생략되어 지안에게 던져졌다.

그들은 우식 대신 파스타를 먹고, 노래방을 갔다가, 한적한 거리를 거닐었다. 도연은 지안에게 기념으로 스티커 사진을 찍자 했지만 지안이 싫어하는 것 중 하나가 스티커 사진임을 밝히자 아쉬운 대로 스마트폰을 들어 셀카를 찍는 것으로 마무리했다.

"너무 추워." 도연이 DVD방 소파에 다리를 길게 늘어뜨리고 앉아 있는 지안의 품에 포옥 안기며 말했다.

"에어컨 꺼달라고 했어." 지안은 추위를 많이 타는 도연의 어깨를 감쌌다.

그리고 칵테일바에 도착했을 때, 도연이 지안의 휴대폰으로 사진을 찍다가 바나의 사진을 봐버렸다. 바나가 고개를 옆으로 젖힌 상태에서 볼 위에 휴대폰을 올려둔 사진이었다. 이것이 두 사람이 학교 앞 칵테일바에서 싸우게 된 시발점이었다.

"사진 찍는 거 좋아하나 보네."

"그런 식으로 말하지 말고, 본론을 말해."

지안은 도연이 던지는 암호 풀이 미션에 점점 지쳐갔다. "그냥 더블유를 그만두라고 말하라고." 도연은 그의 말에 작게 입을 벌리고 허— 하며 숨을 들이마셨다. 말문이 막힌 표정이었다. 그렇게 두 사람은 한참을 싸웠다.

지안의 앞에 있는 마르가리타는 잔 끝에 묻은 소금이 전혀 없어지지 않은 상태였고, 도연의 앞에 있는 블루 하와이는 얼음이 녹아 블루가 아니라 스카이 블루가 되어가고 있었다.

"그럼 내가 여기서 할 수 있는 게 뭔데?" 그의 말에는 황당함이 묻어 있었지만, 도연의 표정에도 역시 당혹감과 분노가 묻어 있었다.

"그건 네가 고민해야 하는 거 아니야?" 지안은 이번에도 도연이 자신한테 퀴즈를 낸다고 생각했다. "걔가 다시 네 팔목을 붙잡고 끌고 나오는 일이 없도록 하라는 소리잖아. 그게 어려워?"

"그때 말고 언제 그랬는데?"

도연은 이번에도 작게 입을 벌리고 허— 하며 숨을 들이마셨다. 하지만 말문이 막혔다기보다는 말하기를 도중에 포기한 듯 보였다.

"그래, 연습해. 열심히 해. 더블유 활동 열심히 하고, '친구'들하고도 재밌게 놀고." 도연이 포기한 듯이 차갑게 말하자 지안은 답답하다는 듯 도연을 바라보았다. 그 표정에 도연이 상처를 받지 않을 리 없었다. 도연의 한쪽 눈에서 눈물이 한 방울 도르륵 떨어졌다. 지안은 한숨을 쉬며 티슈를 한 장 건네주었다. 도연이 눈물을 닦는 동안 먼 산을 보며 출입구 쪽을 응시하던 지안은, 익숙한 뒤통수가 술집을 나서는 걸 발견했다. 부스스하고 숱이 많은 머리칼이었다. 지안은 휴대폰의 시계를 보았다.

"알바 갈 시간이네."

그 말에 도연은 다른 쪽 눈으로도 눈물을 도르륵 흘렸다. 지안은 그녀가 우는 이유를 도무지 알 수 없었다. 아르바이트 가는 시간을 알려줘서 자신에게 서운한 건지, 아니면 그냥 서운해서 목소리만 들어도 눈물이 터져 나오는 건지. 지안은 도연처럼 말에 다른 뜻을 담아 퀴즈를 내거나 암호 풀이 미션을 주는 스타일이 아닌데…… 어쩌면 도연은 지안의 말과 행동 하나하나를 열심히 풀고 있을지도 모른다는 생각이 들었다.

"빨리 갈게, 그럼." 도연은 더욱 차오르는 눈물을 애써 참으며 이를 악물고 나지막이 말했다.

"그냥 갈 시간이라고 말한 거야."

지안은 도연을 버스에 태워 보냈다. 도연은 버스 창밖으로 지안을 보지 않았다. 버스가 떠난 뒤, 지안은 터덜터덜 걸어 기숙사로 향했다. 이야기할 상대가 필요하다 느꼈다.
사실은, 이야기할 '김바나'가 필요한 건지도 몰랐다. 숨김없
이 속뜻 없이 현재의 상황만 나열한 채로 이야기를 진행할
수 있는 사람이 필요했다. 하지만 마지막 카드였던 '우식'
도 거절당한 상황이었다. 그는 기숙사에 가다 말고 편의점
으로 향했다. 정우와 함께 2인실에서 오붓하게 라면을 먹
으며 맥주를 마실 생각이었다.

편의점에서 한참 라면과 맥주를 고르고 계산을 하려던
찰나, 휴대폰이 울렸다. 지안은 휴대폰을 확인하더니 빠르
게 답장을 하곤 실컷 품 안에 안아 들었던 맥주와 라면을
모두 제자리에 두고 황급히 편의점을 떠났다. 아까와 달리
힘차게 성큼성큼 걸으며, 전화로 "파닭 간장 한 마리, 4층
휴게실로 부탁드려도 될까요?" 하고 예의 바르게 치킨을
주문하기도 했다.

○×

바나는 벌러덩 침대에 누웠다. 친구들과 칵테일바에서
놀고, 방에 들어와 세수를 하고, 가볍게 수다를 떨 때까지
만 해도 기분이 괜찮았다. 하지만 눕자마자 속이 쓰려왔다.
술 때문은 아니었다. 이불을 뒤집어쓰고 소리 없이 울어볼

까, 생각도 했다. 하지만 눈물은 나지 않았다. 대신 숨이 콱 막히고 가슴이 답답했다.

눈물을 흘리면서 우는 게 아닌, 속으로 우는 듯한 기분이었다. 화가 난 건지, 슬픈 건지, 아니면 사귄 지 두 달밖에 안 됐는데 헤어지는 것(그것도 바람 때문에)이 쪽팔려서 그런 건지 알 수 없었다. 셋 다겠지. 분명한 점은, 오늘 밤은 잠들기 글렀다는 것이다.

그녀는 다시 한번 생각했다. 누군가 말할 상대가 필요하다. 이 사건과 자신의 감정을 이야기했을 때 그럴싸한 위로 같은 걸 건네는 사람이 아니라, 정확히 자신의 상황을 판단하고 조언해 줄 사람 말이다. 물론 바나가 감정을 배제하고 이야기할 수 있도록 이야기 도중 "헐!"이라든지 "세상에, 괜찮아?" 하는 필요 이상의 반응을 하지 않으며 또 입이 무거운 사람이어야 했다.

빙빙 돌아왔지만, 결국 답은 '한지안'이었다. 하지만 먼저 선을 그은 쪽은 바나였다. 다짜고짜 지안에게 '4층?'이라는 메시지를 보낼 수는 없는 노릇이었다. 염치도 없고 말이야. 이기적이긴 해도…… 우선은 안부 인사를 하며 피해 다닌 일을 사과하고 우식이라도 한 끼 사주는 것이 순서라고 생각했다. 그렇게 바나는 한참 동안 지안에게 뭐라고 메시지를 보낼지 고민하다가 가장 자연스러워 보이는 말 한

마디를 생각해 냈다.

　―야, 뭐 하냐.

　정말 순식간에 답장이 왔다.

　―4층 ㄱ

　그제야 바나는 눈시울이 붉어졌다. 그녀는 짧게 훌쩍이
곤 침대에서 빠져나와 방을 나섰다.

치킨에 넘어오는 여자

그렇게 두 사람은 정말 오랜만에 4층의 남녀공용 기숙사 휴게실에서 얼굴을 맞대고 앉을 수 있게 되었다.

"안녕?" 지안은 늘 바나를 만나면 이렇게 인사했다. 언제든 말이다. 그녀를 본 지 일주일이 넘었든, 10분이 지났든. 그 가늘고 긴 손가락을 가지런히 모은 채 손을 들어 인사했지만, 이번에도 역시 손을 흔드는 일은 불필요하다고 여기는 듯 조금의 움직임도 없이 손을 잠깐 고정시키는 인사법이었다. 바나는 이런 지안의 인사법에 처음엔 "웬 안녕?"이라고 답했고, 그다음엔 "응, 하이!"라고 답했다. 시간이 지난 뒤에는, 지안의 특이한 인사법과 목소리 톤을 똑같이 따라 하며 "안녕?"이라고 되받아쳤다. 그럴 때마다 지안은 바나를 보며 픽 웃었다.

"오랜만이네."

"오랜만이라고?" 바나가 지안을 피해 다닌 게 사실이긴 해도, 그들이 만난 게 '오랜만'은 아니었다. 적어도 바나에겐 그랬다. 그들은 수업과 연습, 그리고 같은 기숙사에 살고 있다는 이유로 종종 마주칠 수밖에 없는 환경이었으니까. "뭐가 오랜만이야?"

"여기서 보는 게 오랜만." 지안이 대답하자 바나는 수긍한다는 듯 고개를 끄덕이며 "뭐…… 내가 선 긋긴 했지"라고 말했다. 그 말에 지안 역시 고개를 끄덕였다. 바나의 수긍에 수긍하는 모습이었다. 선 그었지. 우식도 거절하고.

"내가 지금부터 말하는 거, 아무한테도 말하지 마. 알겠지?" 바나가 엄청나게 진지한 말투로 당부했다. 그러자 지안은 빨리 말하라며 그녀를 재촉했다. "비밀이라고. 알겠어?" 바나가 버럭 하며 단호하게 말했다.

"아, 알겠다고. 빨리 말하라고." 지안은 여전히 그녀에게 본론을 재촉했다.

"약속부터 하라고, 비밀이라고."

"그걸 꼭 약속을 해야 믿나?" 짜증이 확 섞인 까칠한 대답이었지만, 바나에겐 그 어떤 말보다도 강한 신뢰를 주었다. 지안과 진지한 대화를 한 지 너무 오래되는 바람에 그가 어떤 사람인지조차 가물가물해진 게 아닌가 걱정하며 바나는 이야기를 시작하려 했다. 근데…….

"내 약속은 못 믿겠다면서 새끼손가락까지 걸어놓곤." 바나가 툴툴거렸다.

"이야기를 하라니까." 지안이 눈을 감고 말했다.

"파닭을 시키자."

"이미 시켰어."

그의 단호한 말에 바나는 두 손을 모아 자신의 입을 틀어막으며 '헙' 하는 소리를 냈다. 지안은 처음엔 웃었다. 파닭 하나로 갈대같이 흔들리는 스타일이라니. 하지만 그다음에는 그 냉정하고 이성적인 지안도 당황할 수밖에 없었다. 바나가 흐느끼며 울기 시작했기 때문이다. 우는 것이 굉장히 부끄러운 듯 고개를 아주 푹 숙이고 정말 작은 소리로 흐느끼고 있었다. 파닭 하나에 우는 스타일이라니……. 도대체 오늘 하루에 어떤 일이 있었길래, 파닭 하나 시켜줬다고 이렇게 난리인가. 그는 무뚝뚝하면서도 다정하게 긴 팔을 들어 고개를 푹 숙인 그녀의 뒤통수에 손을 가만히 올려놓았다. 흐느끼느라 약간씩 들썩이던 어깨가 동작을 멈추었다. 그녀는 고개를 숙인 채로 심호흡을 시작한 듯했다. 허어어어(들이마시고) 후우우우우(내쉬고)를 몇 번 반복하던 그녀는 조용히 자신의 뒤통수에 얹혀 있는 지안의 손을 살포시 앞에 내려놓은 다음 서서히 상체를 들어 올렸다. 그러더니 눈두덩이를 꾹꾹 누르는 마사지를 시작하며 실소를 터뜨렸다.

"왜 웃는데?" 지안이 물었다.

"쪽팔려서." 바나가 손등으로 눈두덩이를 식히듯 지그시
누르며 말했다. 바나가 드디어 두 손을 얼굴에서 뗐을 땐
눈과 코 등 부을 수 있는 모든 부위가 퉁퉁 부어 발갛게 올
라와 있었다. 지안은 겨우 웃음을 참아냈다. 바나가 자신의
앞에서 우는 게 처음만 아니었으면 바로 웃음이 터졌을지
도 모르는 일이었다. 그러나 나중에도 울 일이 생기면 자신
의 앞에서 울었으면 좋겠다는 생각에, 그는 필사적으로 입
꼬리에 힘을 주었다. 때마침 치킨 배달원에게 음식이 곧 도
착한다는 연락이 왔다.

"내가 받으러 갈게." 바나가 힘없이 일어나며 말했다.

"남자 화장실에?" 지안이 놀라며 물었다.

"뭐, 이 시간에 누가 있으려나?" 바나가 별거 아니라는
듯 대충 대답했지만 지안은 말이 되는 소리를 하라며 바나
를 다시 자리에 앉혔다. 아무리 4층 남자 화장실이 거의 쓰
이지 않고 몰래 배달 음식을 받는 명소로 유명하다 해도,
굳이 변수가 생길 만한 행동은 하지 않는 것이 좋다는 판단
이었다.

지안과 바나가 사는 기숙사는 특이한 구조로 지어진 건
물이었다. 기숙사 앞에는 바나와 지안이 각자 연인의 손을

잡고 지나갔던 키 큰 벚나무가 있었다. 이는 기숙사생이 아닌 다른 학생들도 아주 잘 알고 있는 사실이었다. 그러나 기숙사 뒷문이 4층에 있다는 건 기숙사를 몇 번 드나들어봐야 알 수 있는 사실이었다. 지안이 기숙사 화장실이 아닌 외부에서 담배를 피우고 싶을 때 가끔 나오던, 사시사철 푸른 낮은 묘목들이 있는 그곳이 바로 4층으로 연결되는 기숙사 뒷문이었다. 배달원들은 늘 그 뒷문 쪽으로 와서 바로 보이는 남자 화장실 창문으로 배달 음식을 은밀히 전달해주곤 했다.

지안이 바나가 가겠다는 것을 말리고 4층 남자 화장실에서 파닭을 가져왔을 때, 바나는 이미 두 손을 가지런히 모은 채 정갈한 자세와 경건한 마음으로 그를 기다리고 있었다. 두 사람은 우선 파닭을 정신없이 해치웠다. 뭐 때문인지는 몰라도, 그렇게 갑작스럽게 펑펑 울어버린 바나에겐 이런 충전의 시간이 필요하다 판단했기도 했고 파닭이 너무나도 먹음직스러워 보여서이기도 했다. 4층 휴게실에는 한동안 쩝쩝거리며 닭고기를 씹는 소리와 꿀꺽꿀꺽 콜라 마시는 소리만 들릴 뿐이었다. 시간이 좀 지난 뒤, 지안이 먼저 "아, 배불러"라며 젓가락을 내려놓았다. 바나는 아직 열심히 먹는 중이었는데, 그녀는 먹는 속도 역시 느린 편이었기 때문이다.

"버써 다 머거써?" 바나가 입에 있는 치킨을 우물우물 씹으며 말했다.

"미안한데, 입 안에 있는 음식물을 다 처리한 후에 말하는 건 어때?"라고 지안이 차분하게 이야기하자 바나는 치킨을 열심히 씹어 삼킨 뒤 콜라를 한 모금 마시고 다시 "벌써 다 먹었어?"라고 물었다.

"계속 먹을 거야. 빨리 이야기를 해봐."

"나 좀 먹자." 바나가 젓가락으로 파닭 하나를 더 집으며 말했다.

"먹으면서 하면 되지."

"먹으면서 하면 니가 또 '입 안에 음식물을 다 처리한 후 말하는 건 어때?'라고 할 거잖아." 바나가 지안의 성대모사를 그럴싸하게 하자 지안이 큭큭거렸다.

지안은 말없이 바나를 기다려주었다. 그동안 지안은 바나에게 도연에 대한 이야기를 늘어놓았다. 더블유 연습을 열심히 하라는 건지, 하지 말라는 건지 모르겠다는 말도 했고 오늘 먹은 '마르가리타'라는 칵테일이 맛있었다는 말도 했다. 물론 몇 모금밖에 못 마셨지만. 운 건 얘기하면 안 되겠지. 그건 도연이에 대한 예의가 아니니까.

"오, 나도 마르가리타 마셨는데. 아까 너 거기 있었지?"

"니도 내 봤나. 나도 니 봤는데." 지안이 덤덤하게 대답했다. "니도 마르가리타 먹었나."

"응. 소금 짭짤하니 묻어 있는 거, 맛있어."

"칵테일바는 왜 갔노?"

바나는 칵테일바 이야기가 나온 김에 요 며칠간 이어진 '이하린의 민증 사건'을 이야기하기 시작했다. 그렇게 이야기하던 중, "그래서 내가 먼저 들어가서 민증 검사를 하는지 확인해 보겠다고 했어. 근데 거기서……." 이 파트에서 바나는 길게 찢어진 큰 눈을 천천히 깜빡일 뿐, 말을 이어가지 못했다. 그리고 짧은 한숨을 쉬며 양쪽 눈썹을 치켜올렸다. "맞아, 이 얘기 하려고 널 불렀어."

"듣고 있어. 계속해 봐." 지안은 그녀를 다시 한번 기다려 주었다.

바나는 그 충격적인 장면을 다시 떠올리자 방금 먹은 파닭을 다 토할 것 같았다.

"들어갔는데, 다른 여자랑 키스를 하고 있더라고." 바나는 평소보다 빠른 말투로 지안에게 문장을 내뱉었다. 빨리 이야기하면 그 사실이 사라지기라도 할 것처럼. "나만 봤어. 다른 애들은 못 봤어. 아무도 몰라. 그 오빠도 몰라. 이제 너는 알지…… 너랑 나는 알지…… 우린 알아……." 바나는 주절주절 덧붙였다.

"현우 형이 바람을 피웠다고?" 지안은 역겹다는 듯 눈 한

쪽을 찌푸리며 되물었다. 믿을 수 없다 생각했지만, 또 듣고 보니 그럴 법도 했다. 매일같이 희진 언니인지 뭔지와 어울려 다니던 현우 선배가 아닌가. 갑자기 지안은 역겨움을 넘어서서 찝찝한 분노가 피어오르는 것을 느꼈다. 바나가 '파닭을 미리 주문해 뒀다'는 말에 눈물을 팡팡 쏟을 만큼 멘탈을 부숴놓은 사람과 헤어지지 않을 것 같다는 직감이 들었기 때문이다. 그 증거로, 바나는 테이블 위에 올려놓은 휴대폰에 현우 선배의 이름이 뜨자 전화를 받기 위해 4층 휴게실을 나가버렸다.

○×

"여보세요?"

바나는 4층 휴게실 앞의 복도를 서성이며 조용한 목소리로 전화를 받았다. 현우 선배는 바나가 전화를 받을 줄 몰랐던 것처럼 "아" 하고 놀랐다. 그러곤 "안 자네?"라는 말을 덧붙였다.

본인이 전화해 놓고, 안 자네? 바나는 짜증이 확 피어올랐다. 이 짜증은 단순히 현우 선배가 그녀에게 밤늦게 전화했다는 이유 때문만은 아니었다. 칵테일바, 희진 언니, 키스…… 이런 것들 때문이겠지.

"깨 있었어. 왜 전화했어?" 바나는 자신의 침착한 목소리와 대답에 소름이 끼쳤다. 그리고 충격적이면서도 당연한 사실을 하나 깨달았다. 자신은 바람 현장을 목격해 놓고도 잘못을 캐묻고 빅엿을 먹이는 복수극을 계획하기에는, 너무나도 자존심이 강했다.

현우 선배의 목소리는 한껏 취했고, 또 목이 메어 있었다. 툭 건드리기만 해도 울음이 터질 것 같은 목소리였다. 바나는 울분이 터졌다. 울어야 할 사람이 누군데……. 이미 울었지만. 그것도 누구 앞에서…….

"왜 그래? 무슨 일 있어?" 역시나 놀랍도록 냉정하고 차분한 목소리의 바나였다. 그녀는 슬슬 그런 자신의 모습에 적응하기 시작했다.

"미안해." 현우 선배는 다짜고짜 사과를 했다. 바나는 그 사과의 이유를 알고 있었고, 현우 선배의 입으로 다시 한번 듣고 싶지 않았다. 그러나 현우 선배는 자신이 오늘 누구와 있었으며, 어디에서 뭘 했는지 다 실토하기 시작했다. 그래서 바나는 방금 먹은 파닭을 토할 것 같다고 또 한 번 생각했다. 이렇게 구구절절 설명하는 이유가 뭔데? 본인이 먼저 헤어지자고 하기엔 죄책감이 들어서 이별 통보를 해달라는 것인지, 먼저 깨끗하게 이야기하면 자신의 죄책감도 덜고 바나도 용서해 줄 수 있을 것 같아서인지. 무엇이 진짜 이유든 간에…… 바나의 기분이 불쾌하기는 마찬가지였다.

"그래서, 나한테 듣고 싶은 말이 뭔데?" 바나의 목소린 여전히 차분했다. 다만 이제 꾹꾹 눌러 담은 분노가 살짝 서려 있었다.

"딱히…… 없어. 그냥 미안할 뿐이야. 정말 미안해."

"일단 알았어. 취한 것 같은데 자. 다음에 마저 이야기하자."

끝끝내 '헤어지자'는 말은 그녀의 입에서 나오지 않았다. 드라마 주인공들처럼 매달려 울고불고하거나, 버럭 하며 왜 그랬냐고 화내는 장면 역시 없었다. 끝까지 침착하고 차분하게 이야기를 들었고 맨정신에 다시 이야기하자는 결단까지 내렸다. 차분함, 침착함, 냉정함. 그렇게 지안에게 '솔직함'에 대해 침 튀기며 설파하던 바나는 정말로 솔직하지 못한 사람이었다.

○×

바나는 다시 4층 휴게실로 들어왔다. 지안은 아까와 같은 자세로 기다리고 있었다. 바나는 터덜터덜 걸어가 의자에 털썩 힘없이 앉았다.

"헤어지자고 못 했어. 다음에 다시 이야기하자 그랬어. 다음에 만나서 내가 뭐라고 해야 해?" 바나의 슬픈 목소리가 4층 휴게실뿐 아니라 지안의 머릿속까지도 가득 채워버렸다. 그녀의 슬픔이 두개골을 깽— 하고 때리는 느낌이었다. 지안은 짧고 작게 한숨을 쉬곤 "애가 왜 그렇게 어리하냐"라고 핀잔을 주었다.

지안의 '어리하다'는 말에 바나는 허억—! 하는 표정을 짓곤 충격이라는 듯 지안을 바라보았다. 그렇게 쳐다볼 것까지야. 지안은 그럼 대체 자신에게 무슨 말을 바라는 건지도 궁금해졌다. 이미 헤어지지 못했다는 사람에게 헤어지라는 말은 소용이 없을 테고, 용서해 주고 잘 만나보라는 말을 하기엔 용서할 수 없는 행동을 했으니…… 지안에겐 바나가 바보 같아 보일 뿐이었다. 평소엔 아주 똑똑한 사람이라고 생각했지만…… 이번만큼은 정말 어리하고 바보같았다.

"그래, 나 멍청하다!" 바나가 빈정 상한 투로 툴툴댔다.

"일단 듀엣 연습에 몰두를 해." 지안은 다른 말을 꺼냈다. 마땅한 해결책을 제시해 주기도 어려운 상황이었고 대화가 계속되면 될수록 바나의 감정만 더 상할 뿐, 상황이 나아지진 않을 것 같아서였다. 게다가 지안 역시 이 주제로 대화를 계속 이어가고 싶지 않았다. 내가 다 기분이 더럽네.

"알겠냐고." 그는 바나의 대답을 재촉했다.

"알았어." 바나는 뽀로통하게 대답했다.

"노래방이나 가자, 내일."

"응."

"건수한테 듀엣 한 곡 더 추가하자고 해놓을 테니까, 연습에나 신경 써. 그 불결한 자식한테 전화 따위 할 생각은 말고. 알아들었나?" 바나는 여전히 지안이 자신에게 '어리하다'라고 말해서 기분이 상해 있으면서도, '불결한 자식'이라는 어휘 선택이 웃긴 듯 입꼬리를 씰룩거렸다.

"대답해라."

"알았다고."

지안은 바나의 툴툴거리는 대답을 듣곤 바나에게 물을 떠다 주었다. 그리고 바나 대신 먹은 것을 재빨리 정리하기 시작했다. 그녀가 이걸 정리할 정신 상태도 아니고, 정리를 한다 해도 속도가 느려 한참이 걸릴 테니 말이다. 지금 그녀에게 필요한 건 충분한 휴식과 수면이었다.

"가만히 앉아 있어라." 지안은 이렇게 말하며 정리를 마무리했다. 하나도 남지 않은 파닭의 은박지를 구겨 일반 쓰레기통에 넣고, 박스를 접어 재활용 쓰레기통에 넣었다. 그 동안 바나는 휴지를 뜯어 와 흘린 양념을 닦았다.

"도연이, 내 말이 맞지?" 그녀가 양념을 닦은 휴지를 마구 구기다가 손에 양념을 묻히며 말했다. "에이 씨"라며 구긴 휴지로 손에 묻은 양념을 닦았다.

"어떤 말."

"방식의 차이…… 내가 맞았어." 그녀는 재활용 쓰레기통 앞에 멈춰 서 있는 지안에게 뚜벅뚜벅 다가와 구겨진 휴지를 일반 쓰레기통에 던져 넣었다. "내 촉이 맞았어."

'통찰력'을 '촉'이라고 부르는군.

"그래서?" 지안이 바나를 똑바로 보며 물었다. '그래서 어쩌라고?'가 아니라 '그래서 내가 어떻게 하면 되는데?'의 뜻이었다. 도연이었으면 여기서 또 한 번 눈썹을 팔자로 만들었을 것이다.

"그래서?" 하지만 바나는 그에게 방법을 알려주는 사람이었다. "너에게 없는 장점은 너에게 없는 단점일 수도 있어. 장점과 단점은 종이 한 장 차이니까. 그 사람의 특징이 너에게 장점일지, 단점일지를 따져보면 되는 거지." 바나는 그렇게 말하며 손에 아직 살짝 찐득하게 남아 있는 양념의 흔적을 물끄러미 바라보았다.

"단점이라고 판명되면, 연애를 끝내는 건가?" 지안 역시 그 흔적을 보며 물었다.

"그…… 런 소리는 아닌데. 끝내라는 게 아니고……." 바나가 곤란하다는 눈으로 지안을 보았다. 하지만 지안은 여전히 바나의 손을 보고 있었다.

"그래. 알아들었어." 지안은 바나의 팔목을 덥석 잡고는 휴게실에 있는 싱크대의 물을 틀어 그녀의 손을 갖다 댔다. 바나가 붙잡힌 팔목을 한 번, 지안을 한 번 쳐다보았다. 아까 울었던 눈이 아직 부어 있었다.

"찐득하게 남아 있는 채로 갈 거라?" 바나는 쩝— 하며 손을 물로 대충 씻었고 지안은 그녀가 손 씻는 걸 기다려주다가 4층 휴게실의 불을 껐다. "가자."

두 사람은 그렇게, 기가 막힌 이유로 다시 함께하게 되었다. 연습도 열심히 해야 할 것이고, 4층 휴게실에서 파닭과 라면도 맛있게 먹어야 할 것이고, 1층에서 딸기 스무디와 카레도 챙겨 먹어야 할 것이며, 우식에서 순제 2인분을 시켜놓고 기다리는 일상이 다시금 시작될 것이었다.

문제 3

X와의 술자리에서 나누면 안 되는 대화는
무엇인가?

_____

_____

_____

_____

참치, 장어, 소고기, 곱창

: 스물일곱 :

'글을 쓰기 위해'라는 핑계로 교묘하게 계획된 실수를 저지른 스물일곱 살의 바나는 4년 전 헤어진 전남자친구와 통화를 하는 중이었다. 그녀는 자신과 마찬가지로 역시나 전화를 끊을 생각이 없어 보이는 지안의 태도가 매우 흡족스러웠다. 두 사람은 바나가 몇 년 만에 처음으로 지안에게 전화를 걸어 "아직도 나를 좋아하나 보네"라는 말을 들은 이후로 계속 통화를 이어나가고 있는 상태였다.

"좋아. 내가 백현우가 바람난 거 직접 목격하고, 니가 치킨 사준 것까진 오케이. 거기까진 나도 생생히 기억나니까." 처음에 오갔던 대화는 이런 식이었다. '글을 쓰기 위해'라는 핑계를 완성하기 위한 인터뷰가 진행됐기 때문이다. 지안과 바나의 기억 조각들이 합쳐지자 눈앞에 생생하게 그때의 장면들이 펼쳐졌다. 풀 냄새에 재채기를 하는 바나와 시간이 멈춘 듯 악수를 하던 두 사람, 비처럼 흩날리는 벚꽃과 그 아래에서 손을 맞잡고 있던 지안과 도연. 재밌다, 재밌어. 전형적인 캠퍼스물이야.

"오늘은 여기까지만 인터뷰해도 될 것 같은데." 지안이 말했다. 도연의 이야기를 꺼내는 게 불편한 건가?

"뭐, 그래. 나머진 다음에 이야기하면 되지."

이후 그들은 바나의 핑계는 잠시 접어두고 시시콜콜한 이야기를 이어나갔다. 그 때문에 바나는 책상 의자에 앉아 있다가, 거실에 있는 소파에 앉았다가, 결국엔 자신의 침실로 다시 기어 들어갔다. 이제 바나는 구불구불한 파마머리를 풀어헤치고 침대에 옆으로 길게 누워 이불을 덮고 있었다. 그리고 볼 위에는 휴대폰이 올려져 있었다. 손에 뭘 들고 있는 걸 싫어하는 그녀는 통화가 길어질 때면 늘 볼 위에 휴대폰을 올려두곤 했다. 지안은 그 모습을 사진으로 찍어주었고, 그 사진은 바나의 옛 드라이브에 고스란히 저장되어 있었다. 그리고 오랜 시간이 지난 지금도 지안의 잔소리가 휴대폰 너머로 들려왔다.

"에어팟을 써." 담담한 목소리였다.

"너랑 전화하느라 배터리 다 썼어." 바나가 대답하자 지안은 잠시 말이 없었다.

"……벌써 네 시간이 넘게 통화를 했네."

바나 역시 지안의 말을 듣고 살짝 놀라 휴대폰을 볼에서
떼 시간을 확인했다. 정말로 네 시간이 넘어가고 있었다.

"이런 마약 같은 지지바." 장난기 넘치는 지안의 목소리
가 휴대폰 너머로 들려왔다.

"언제는 술 같다면서."

"그걸 다 기억하나?" 지안이 놀랍다는 듯 물었다.

바나는 기억력이 그렇게 좋은 편은 아니었지만, 신기하
게도 지안과 있었던 일은 대부분 기억했다. 인터뷰할 때에
도 지안이 헷갈려 하는 부분들을 바나가 채워줄 정도였다.

"너랑 있었던 일은 다 기억해. 말 한 마디, 한 마디 다 기
억해."

지안은 원래 기억력이 좋은 편임에도 디테일보다는 사
건의 흐름 정도만 기억해 냈다. 그가 어떤 말을 했는지 바
나가 말하면 "그랬나?"라고 대답하는 수준이었으니. 물론
정말 기억이 안 나는 건지, 기억 안 나는 척을 하는 건지는
알 수 없었지만.

"너는 왜……." 바나가 말끝을 흐렸다. '왜 기억을 못 해?
아니면 못 하는 척해?'라는 말을 하려 했다. 지안은 계속 말
하라며 재촉했지만, 그녀는 임기응변으로 다른 문장을 만
들어냈다. "왜 전화 안 끊어?" 그다지 좋은 임기응변은 아
니었다.

"전화 끊으라고?" 지안이 서운함을 살짝 담아 물었다.

"아니, 나야 뭐…… 친구도 몇 명 없고 전화할 사람도 없으니까 네 시간씩이나 이러고 있어도 되지만, 넌 친구 많잖아."

"그게 무슨 상관인데?" 지안은 정말 의아하다는 말투로 물었다. 그를 못 본 지 여러 해가 지났지만, 바나는 정말로 의문스러워하는 그의 표정을 생생하게 상상할 수 있었다. 그래, 이런 애였지. 큭큭, 웃음이 나기도 했다.

"아냐, 슬슬 배고프네." 바나가 말을 돌렸다. 지안은 그 사실을 눈치챘는지, 아니면 바나가 정말 전화를 끊으려 한다고 생각했는지 말을 돌리는 그녀의 장단에 맞춰 마지막으로 바나에게 여러 가지를 물어보았다. 자신이 꿈에 나오면 어떤 모습으로 나오는지, 뭐라 말하는지, 어떻게 등장하며 어떤 행동을 하는지 등에 대해 상세하게 질문하는 그가, 바나는 귀엽다는 생각이 들었다. 너무나도 지안다운 질문들이어서 픔 하고 웃음까지 나왔다. 인터뷰어와 인터뷰이가 구분이 안 가는구만.

"그냥…… 4년 전 모습으로 나와. 잘생기고 다정하고 무뚝뚝해. 어떤 때는 토바코에서 만나는 꿈이고 어떤 때는 4층 휴게실에서 만나는 꿈이야. 맨날 동굴입으로 웃으면서 나한테 와. 가끔은 우식 먹자고도 하고." 바나는 꿈속에서의 지안을 상세하게 설명해 주었다.

"지금은 많이 다른데." 지안이 말했다. "머리 스타일도 다르고, 옷 입는 스타일도 다르고, 성격도 다르고." 그는 자신이 예전과는 많이 달라졌다는 말을 자주 했다. 바나 역시 그가 조금 변한 것 같다고 느꼈다. 물론 좋은 방향으로.

"어쩌다 그렇게 변하셨소?"라는 바나의 장난스러운 질문에, 나이도 20대 후반이 되었고, 그동안 여러 가지 일을 겪어서 그렇다고 지안이 대답했다. "난 지금 네 모습을 모르니까 그때의 모습으로 나오는 거겠지. 그래도 화내거나 잔소리하는 모습은 하나도 안 나와. 그냥 다 다정하게 나와. 가끔은 안아주기도 하고, 키스도 해."

"키스를 한다고?" 지안이 놀라며 물었다. "니 진짜 아직도 내 좋아하나 보네."

바나는 그의 말에 아니라고 대답할 수도 그렇다고 대답할 수도 없었다. 미련? 그런 것 같지도 않았다. 그녀는 그저 평소에 지안을 자주 떠올렸을 뿐이었다. 지안과 헤어지고 난 후 몇 명의 남자와 몇 번의 썸을 타고 한 명의 남자와 오랜 연애를 했지만, 지안 같은 사람을 만날 수 없어 매번 갈증을 느끼기도 했다. 다시 그때처럼, 지안과 했던 사랑 같은 걸 할 수 있을 것 같지도 않았고. 그럼 난 왜 연락을 한 거지? '너에 관한 소설을 쓴다'라는 대외적인 핑계 말고, 진짜 이유가 뭐지?

"짝사랑하냐고 물어보는 거야, 지금?" 바나가 장난을 조금 섞어 질문하며 대답을 회피했다.

"그런 셈이지." 그러나 지안은 진지하게 대답했다.

"그럴 수도 있겠네." 바나가 애매하게 말했다.

지안은 "음—" 하며 짧게 생각하는 듯한 소리를 내곤 한동안 아무 말도 하지 않았다. 그리고 잠시 뒤 "사진 하나 보냈다, 봐라"라고 했다.

지안의 말에 바나는 다시 볼 위에 얹은 휴대폰을 들어 메시지를 확인했다. 스물일곱의 한지안. 그의 무뚝뚝한 표정이 그대로 담긴 사진 한 장이 와 있었다.

"오늘부턴 이 얼굴이 꿈에 나올 거야." 지안이 말했다.

잔인한 놈……. 꿈에 그만 좀 나오라고 했더니, 이젠 다른 버전의 꿈을 꾸라고 보란 듯 사진을 보내버리는 그가 괘씸했지만, 바나는 그의 사진에서 눈을 떼지 못했다. 스물하나, 스물둘의 앳된 얼굴은 사라졌지만 여전히 날카로운 눈매와 콧대, 턱선을 가지고 있었다. 헤어스타일도 많이 변했다. 적당히 앞머리를 내려 자연스러우면서도 댄디한 헤어스타일을 고수하던 그가 앞머리 없이 5:5 가르마를 한 채긴 머리를 바람에 마구 흩날리도록 내버려두고 있는 사진을 보자니, 약간의 신기함과 이질감이 느껴졌다.

"머리 엄청 기네. 완전 여자들 단발 수준."

"서른 되기 전에 이런 머리도 한번 해볼라고. 왜, 별로라? 더 기를 건데." 그가 진한 사투리 억양으로 물었다.

"아냐, 나 이런 머리 좋아해." 바나가 웃으며 대답했다.

"오늘은 자기 전에 그 사진을 보고 자. 그러면 그 모습의 내가 나오겠지."

꿈에 나오지 말라고 전화를 했더니, 꿈에 나올 수 있는 자신의 모습을 보여주는 그가 얄궂다는 생각이 들었지만, 오늘 밤 자기 전에 이 사진을 봐야겠다 다짐하기도 했다. 지안과 바나는 그렇게 전화를 마무리했다. 식사 시간이 다 됐다는 이유에서였다.

"맛있게 먹고." 다정하고 무뚝뚝한 말이 들리자, 바나도 "응, 너도"라며 미소를 머금은 말을 보냈다.

그렇게 두 사람은 긴 시간 동안 한 전화를 끊었다. 전화를 끊은 후 처음 5분은 멍한 기분이 들었다. 허탈하고 허무하면서도 뭔가 붕 뜨는 듯한…… 그러니까 썸 탈 때 느끼는 설렘과 비슷하면서도 굉장히 다른 기분이었다. 그리고 냉장고에서 냉동식품을 꺼내 전자레인지에 데우는 동안에는 지안이 보낸 그의 사진들을 다시 봤다(지안은 전화를 끊자마자 자신의 다른 사진들을 우르르 보내두었다). 잘생겼네. 그가 지금은 어떻게 생겼을지, 실제로도 보고 싶어졌다.

음식이 다 데워졌을 때 지안에게 카톡 하나가 더 왔다.

—소설 다 쓰면 보여줄 거임?

바나는 '원한다면'이라고 답장했다. 이렇게 그녀는 소설을 핑계로 계속 지안과 연락을 하고 지내기로 했다. 재밌네, 짝사랑.

평생 짝사랑이라곤 단 한 번도 해보지 않은 바나는 20대 후반이 되어서야 타의로 시작하게 된, 그것도 짝사랑 상대의 언급으로 시작하게 된 짝사랑이 꽤나 흥미로웠다. 한번 해보지, 짝사랑 까짓것. 앞으로 시작될 자신의 짝사랑의 행보가 어디로 튈지 모르는 이 상태가 즐거웠다. 가장 재밌는 부분은, 짝사랑 상대가 지속적으로 만남을 제안하는데 짝사랑 당사자인 바나는 그 제안을 물 흐르듯이 흘려보내는 작업이었다.

헤어진 전남자친구와의 재회가 두렵진 않았다. 다만 그를 만났을 때 자신이 자제력을 발휘할 수 있을지 강한 의심이 들었을 뿐이다. 바나는 지안을 만나자마자 그의 품에 꼭 안길 수도 있다고 생각했다. 심하면 키스를 해버릴지도 몰랐다. 더 최악인 경우는…… 그에게 묻고 싶었던 것들을 와르르 쏟아내는 것이겠지. 바나는 생각을 떨쳐버리려 머리를 좌우로 세게 흔들었다. 하지만 생각이라는 건 그런 식으로 떨어지는 성질을 가진 것은 아니었다.

그날부터 두 사람은 일어나서 잠들 때까지 서로의 일상을 공유하며 연락을 이어나갔고 통화도 하루에 한 번씩은 꼭 했다. 하지만 첫 번째 통화를 한 이후, 바나가 연락의 구실로 삼았던 인터뷰는 잠시 중단되었다. 대신 두 사람은 시시콜콜한 이야기들을 잔뜩 했다. 20대 초반에 그들이 했던 심오하고 깊은 주제의 대화는 전혀 아니었다. 오히려 지금이 더 20대 초반 같다고 할 수 있을 정도로, 너무나도 하찮고 가벼운 이야기들이었다. 그리고 그중에는 꼭 지안의 술자리 제안이 들어가 있었다.

지안은 가끔 정말 뜬금없이 전화를 해 "오늘 참치 먹으러 간다" 같은 말로 대화를 시작했다. 두 사람이 사귀는 동안 한 번도 함께 참치를 먹은 적이 없다는 사실이 놀랍고 아쉽다는 듯 말을 이어나가다가, 물 흐르듯이 "조만간 참치 한번 먹으러 가자고"라는 술자리 제안까지 도달하기도 했다.

참치에 이어 언제는 장어, 언제는 소고기, 언제는 오마카세, 또 언제는 소곱창도 툭툭 튀어나왔다.

"왜 자꾸 만나재? 만나면 확 키스해 버릴 수도 있어, 나." 바나가 농담조로 웃으며 말했다. 물론 3분의 1 정도 진심이 섞여 있긴 했다.

"괜찮아." 지안이 덤덤하게 대답했다. "니는 느리고 나는 빨라서 충분히 피할 수 있어."

"내가 그렇게 보고 싶어?"라고 다시 한번 농담조로, 하지만 정말 궁금한 마음을 담아 질문했다. 그러나 지안은 이번에는 바나의 농담을 맞받아치지 않았다. 다만 착잡한 말투로 "술 한잔 하기가 이렇게 힘들어서야……"라며 그녀의 질문을 회피했다. 안 보고 싶나 보지?

"이번 주 목요일." 바나가 생각에 잠긴 채로 '얘는 왜 맨날 내 질문에 똑바로 대답을 안 하는 걸까' 하고 입을 삐쭉 내밀며 잔뜩 불만족스러운 표정을 짓고 있을 때, 지안이 대뜸 말했다.

"뭘?" 바나가 지안의 말을 따라가지 못하고 되물었다.

"만나자고. 안 되나?" 지안은 진한 사투리 억양을 담아 직구를 날렸다.

여태껏 이것저것 핑계를 대며 만나자고 하던 말과 달리 그냥 던져버린 '날짜'였다. 참치, 장어, 소고기, 오마카세, 소곱창 같은 핑계에는 참치는 안 땡겨서, 장어는 맛집이 멀어서, 소고기랑 오마카세는 비싸서, 소곱창은 며칠 전에 돼지 곱창을 먹었기 때문에, 라는 하찮고 말도 안 되는 핑계로 맞서왔다. 하지만 날짜에는 핑계를 대기가 어려웠다.

"알았어."

그렇게 두 사람은 4년 만에, 재회를 약속했다.

―목요일, 망원, 오후 5시.

지안은 전화를 끊은 뒤에 이런 카톡을 보내며 망치를 쾅쾅쾅 내리쳐 판결을 내리는 판사처럼 약속을 확정지어 버렸다.

황금비율 모츠나베

수요일 밤이 되자 바나는 잠이 오질 않았다. 원래도 불면증이 있는 터라, 잠이 안 오는 게 당연했다. 그녀는 마치 소풍 가기 전날 잠 못 이루는 유치원생처럼 눈을 말똥말똥 뜨고 천장만 바라보다가, 해가 뜨기 직전에야 잠이 들 수 있었다. 그렇게 한지안 판사가 판결을 내려버린 목요일이 되었다.

나갈 준비를 할 시간이 오자, 차라리 잘됐다는 생각이 들었다. 수면 시간이 부족해서 이날 할 일을 다 하지도 못했지만, 뜨거운 물로 샤워를 하니 마음이 좀 진정되는 느낌이었다. 화장실에 아주 크게 노래를 틀어놓고 흥겹게 흥얼거리며 샤워를 하는 동안은 지안을 만나는 일에 대한 떨림이 사그라들었다.

그리고 그 사그라든 떨림은 바나가 뜨거운 김이 모락모

락 피어나는 샤워부스에서 나오자마자 다시 생겨났다. 화장실 문을 열자 스르르 피어오르듯 문 사이를 빠져나가는 뜨거운 김을 보고 있자니, 자신의 안정된 마음도 저렇게 스르르 빠져나가는 것 같아 다시 조바심이 들기 시작했다.

그녀는 머리에 수건을 돌돌 만 채로 화장대 앞에 섰다. 사실 화장대도 아니었다. 평소에 화장을 잘 하지 않는 그녀는 현관에 있는 거울 옆에 작은 바구니를 걸어두고 그 안에 필수적인 화장품들만 소소하게 보관해 놓았다. 립스틱도 장밋빛으로 딱 한 개만 갖고 있었고 아이섀도도 갈색으로 딱 한 개만 갖고 있었다. 미팅이 있는 날에도 가볍게 눈썹 정리를 한 후 아이라인만 찍 그리는 게 버릇이 되어버린 그녀는, 전남친을 4년 만에 만나러 갈 땐 어떤 화장을 해야 할지 감이 안 잡혔다. 분명 대학생 때는 여러 가지 화장을 시도해 봤고 화장에 나름의 자부심도 있었는데 말이다. 화장 어떻게 하는지 까먹은 것 같은데.

일찍 준비를 시작했음에도 그녀는 약속 시간에 10분이나 늦었다. 그러나 더 큰 문제가 있었다. 바로 말을 듣지 않는 그녀의 심장 소리였다. 긴장한 심장 소리가 너무나도 크게 울려서 그녀가 타고 있는 택시 안이 베이스가 웅장하게 울리는 클럽이 된 것만 같았다.

─미안한데…… 10분 정도 늦을 듯.

그녀는 지안에게 미리 카톡을 보냈다. 시간 약속을 철저하게 지키는 지안은 역시나 약속 장소에 일찍 도착한 모양이었다. 그는 '1분에 만 원'이라는 장난스러운 답장을 보냈다. '도착하면 전화하고'라는 말도 덧붙였다. 멀미가 심한 바나는 얼른 휴대폰을 다시 가방에 넣고 에어팟을 귀에 끼웠다. 4년 만에 만나는데 토하면서 등장할 순 없지. 노래를 들으면 좀 마음이 진정될까 싶어서이기도 했다. 물론 효과는 없었다. 망할, 왜 이렇게 긴장이 되는데? 첫 데이트의 설렘도 아니고, 그를 다시 만나 잘해보고자 하는 마음으로 가는 것도 아니고, 그를 짝사랑해 보기로 이상한 결심을 하긴 했지만서도 얼굴만 봐도 떨리는 진짜 짝사랑도 아닌데, 뭐가 이렇게 긴장되고 떨리는지 바나는 알 수가 없었다. 하긴, 내가 뭘 알겠어. 짝사랑을 해본 적도 없으면서.

5시 10분쯤, 바나는 택시에서 내렸다. 주변을 둘러봤지만 인파가 너무 많아 그가 어딨는지 찾을 수 없었다. 바나는 몇 발자국씩 움직이며 그에게 전화를 걸기 위해 휴대폰을 들었는데, 전화를 걸려고 하는 그 순간 진동이 울렸다. 화면엔 '한지안'이라는 이름이 떠 있었다. 통화 버튼을 얼른 눌러 전화를 받음과 동시에 어디냐고 물어보려 했지만 "거기 그대로 가만히"라는 말에 움직이던 몸을 멈췄다. 그리고 몇 초 뒤, 지안의 목소리가 들렸다.

"오랜만이네."

바나는 빠르게 뒤를 돌아보았다. 그가 보내주었던 사진보다 훨씬 더 잘생긴 지안이 미소 지으며 손을 내밀고 있었다. 바나 역시 지안을 보며 씩 웃었고, 그가 내민 손을 잡았다. 악수를 하기 위해서.

모든 것이 느려지는 기분이었다. 마치 슬로모션처럼. 주변에 있는 수많은 사람이 모두 사라지고 세상에 지안과 바나, 단둘만 있는 것 같았다. 사실은, 처음으로 악수를 하던 스무 살의 두 사람이 그대로 멈춘 채 시간이 한참이나 흐른 것 같았다.

○×

지안 역시 처음으로 악수를 하던 때를 회상하고 있었다. 여전히 느리군. 시공간이 뒤틀린 것 같은 이 느린 동작. 그리고 웃고 있는 바나에게 "왜 이렇게 좋아하나?"라고 장난스럽게 질문했다. "그렇게 좋나?"

두 사람은 재회한 감격을 쏟아내거나 그동안 잘 지냈냐고 안부를 물으며 천천히 걷는 식의 감상적인 행동은 하지 않았다. 지안이 예약해 둔 식당에 빨리 도착해야 했기 때문이다. 물론 지안이 바나가 늦을 것을 대비해 예약 시간을 넉넉하게 잡아두어 완전히 늦은 건 아니었지만…….

"혹시 몰라. 맛집이라서 칼같이 노쇼 처리할 수도 있어."

지안은 여전히 느린 바나의 발걸음을 맞춰주려 애쓰며 터벅터벅 걸어갔다. 하지만 바나는 수많은 인파 속에서 지안의 빠른 걸음을 따라잡기가 버거워 보였다. 평일이긴 해도 아직 방학이라 그런지 거리엔 사람이 꽤 많았고 바나는 그 많은 사람 속에서 지안을 놓치지 않기 위해 본능적으로 그리고 습관적으로 그의 팔꿈치 쪽 옷을 붙잡았다.

"같이 가." 그녀가 약간은 애처롭게 말하자, 지안은 잠깐 뒤를 돌아보곤 자신의 옷을 붙잡고 있는 그녀의 손을 떼어낸 뒤 그녀의 팔꿈치를 잡아당겼다.

"빨리 가야 돼. 예약 시간 때문에." 그는 그렇게 말하면서 걸음 속도를 늦추지 않는 대신 바나가 자신을 잃어버리지 않도록 계속해서 신경 쓰며 걸었다.

다행히 두 사람은 굉장히 유명한 일식당에서 무사히 식사를 할 수 있었다. 지안은 자리에 앉자마자 "2인 세트랑 맥주 500씩 두 잔 부탁드립니다"라고 예의 바르게 주문까지 마쳤다. 식당은 전형적인 일본풍이었고 은은한 조명이 일부 설치된 어두운 분위기였다. 문득 바나가 '일식'이랍시고 일본 피규어를 잔뜩 전시해 두는 '한국 냄새 나는 일본풍'의 가게를 별로 좋아하지 않았던 사실이 떠올랐고, 그녀

역시 지안과 같은 걸 떠올린 듯 입을 열었다.

"기억나? 학교 앞에 맛 더럽게 없는 일식집. 너 거기서 나랑……."

"기억나지. 맥주 마시고 사케?" 지안이 바나의 말을 끊으며 물었고 바나는 고개를 끄덕였다. 명치가 콱 막히는 과거 이야기를 떠올리기에는 이 식당의 분위기가 아까웠기 때문이다. 바나의 입꼬리에 살짝 힘이 들어간 것을 본 지안은 "오늘 우리는 야키니쿠랑 모츠나베를 먹을 거야"라며 바나 앞에 앞접시를 세팅해 주었다. 바나의 입꼬리가 풀렸다.

지난번 통화에서 한 '인터뷰'라는 탈을 쓴 '과거 기억해 내기 과정'은 지안에게 그리 유쾌하지 않았다. 그는 과거 이야기를 최대한 피하고 싶었지만, 바나는 소설을 쓸 때 필요하다며 당사자의 이야기를 매우 듣고 싶어 했다. 최대한 사건 위주로 이야기를 풀어나가려 했으나, 바나의 디테일 지적이 상당히 많이 쏟아졌다. 그녀는 지안이 무슨 말을 했는지, 심지어 도연에게 무슨 말을 했는지까지 생생하게 기억하고 있었다. 하지만 바나는 오늘도 과거 이야기를 할 계획인 듯 보였다. 이런 식으로 두 사람의 과거 이야기를 하다가, 뒤에 이어질 내용들을 떠올리니 지안은 '꼭 과거 이야기를 전부 다, 지금 당장 해야 되나?'라는 말을 하고 싶었다. 그랬다간 바나의 입꼬리에 또 힘이 들어갈 게 뻔해서 목에 턱 걸린 말이었다.

시원한 맥주는 바로 나왔고, 두 사람은 4년 만에 건배를 하곤 벌컥벌컥 맥주를 들이켰다. 톡 쏘는 탄산과 텁텁하고 차가운 뒷맛이 목구멍을 때리자 두 사람의 입에선 절로 "캬—" 소리가 나왔다. 지안의 목에 걸렸던 말도 맥주와 함께 한꺼번에 내려가는 기분이었다. 바나는 한 번 들이켠 걸로 부족한지 맥주잔을 한 번 더 입에 갖다 댔는데, 지안은 그사이 바나의 앞접시 옆에 수저를 놓아주었다. 그러자, 바나는 입에 갖다 대던 맥주잔을 떼고 지안을 빤히 바라보았다. '왜?'라는 표정을 내비치자 바나는 기분이 좋은 듯, 신기한 듯, 놀란 듯한 복합적인 감정이 담긴 미소를 지으며 어깨를 으쓱했다.

"기억하네?" 바나의 수저는 그녀의 앞접시 왼쪽에 놓여 있었다.

"음식 나온다." 지안은 그녀의 질문에 대답하지 않았다.

고급스러운 일식 메뉴가 줄줄이 등장했다. 지안은 그녀의 앞접시에 음식을 재빨리 놓아주었다. 즉석에서 구워 먹는 고기 요리인 야키니쿠였다.

"빨리 먹어봐." 지안의 말에 바나는 왼손으로 젓가락을 들고 고기를 한 점 입에 넣고는 감탄사를 연신 외쳐댔다.

"미쳤다. 미쳤어. 와우. 대박." 그녀는 미간을 잔뜩 찌푸렸다. "보여? 이 진실의 미간."

진짜 여전하네. 지안은 바나가 그동안 하나도 변하지 않은 것이 인상적이었다. 그렇지만 그녀가 딱히 바뀌어야 할 부분이 없다는 것도 알고 있었다. 특히 좋아하는 걸 하거나 저렇게 맛있는 음식을 먹을 때면 초등학생…… 아니, 유치원생 같은 텐션을 마구 뿜어내는 모습은 공식적이거나 예의를 차려야 하는 자리만 아니라면 꽤 웃기고 귀여우니까.

그녀의 여전한 모습이 계속 보고 싶어서였는지, 지안은 쉴 새 없이 그녀의 앞접시를 채워주었다. 지안의 바람대로 바나는 계속해서 아이 같은 리액션을 해대며 음식을 먹었다. 음식이 사라짐과 동시에 두 사람의 맥주잔도 비워졌고 지안은 바로 사케를 주문했다. 그녀는 빠르게 잔을 비웠고, 지안은 그럴 때마다 사케를 잔에 채워주었다. 아직도 술 잘 마시려나? 살짝은 걱정하면서. 아니면 주량이 다시 줄었으려나. 스무 살 때는 반병도 못 마셨던 것 같은데.

야키니쿠를 다 먹어치운 뒤 나온 메뉴는 지안이 예고한 대로 모츠나베였다. 사케와 함께 즐기기 적당한 따뜻하고 담백한 국물 요리. 지안은 국자를 사용하려는 바나에게서 국자를 빼앗곤 그녀의 국그릇에 말없이 모츠나베를 덜어주었다. 높은 확률로 국물을 쏟을 것이 뻔했기 때문이다. 국자를 잡는 손 모양을 보아하니, 취하기 시작한 것 같기도 했고.

"너 되— 게 친절하구나?" 바나가 서울 사투리 억양을 과하게 따라 하며 장난스레 말했다.

"뭐가?" 지안이 그녀 앞에 그릇을 놓아준 뒤 자신의 그릇에도 모츠나베를 덜며 되물었다. 두 그릇 다 국물만 있거나 건더기만 있는 불상사는 전혀 없었다. 지안답게, 거의 완벽한 밸런스를 갖춘 그릇이 두 사람 앞에 각각 놓였다.

"다 덜어주고, 고기도 계속 구워주고, 술도 따라주고."

"니랑 뭐 먹을 때 단 한 번도 안 이랬던 적이 없는데." 그가 바나의 말에 심드렁하게 대답했다. 하지만 그의 덤덤한 대답과 달리 바나의 얼굴은 깨달음과 충격으로 물들었다. 갑자기 멍한 눈빛이 되어 허공을 응시하기 시작한 것이다.

"맞아, 그랬지……." 바나는 멍하니 작게 중얼거렸다. 그러곤 갑자기 픕, 웃었다.

"왜 웃는데." 그가 의아한 듯 물으면서 빈 잔에 사케를 채웠다.

"귀여워서."

바나가 살짝 취기 오른 표정으로 지안이 채워준 사케잔을 들어 올려 건배를 제안하는 제스처를 보였다.

"취했나……." 지안은 자신의 잔을 들어 올려 바나의 잔에 부딪혔다. 두 사람은 사케를 목구멍으로 넘기곤 얼른 모

츠나베를 한 입씩 떠먹었다. 사케와 모츠나베 그리고 귀엽
다는 말이 조화롭게 잘 어울리는 듯했다.

점점 취기가 오르자 바나는 과거 이야기들을 마구 해댔
다. 예상대로군. 심지어 이번엔 인터뷰라는 핑계도 없었다.
지안이 자신에게 못되게 굴었던 일도, 잘해주던 일도 모두
꺼냈다. 지안은 그럴 때마다 심드렁하게 반응했다.

"기억나? 우리 진짜 격렬하게 말싸움하다가……."

"언제." 지안은 이번에도 그녀의 말을 끊었다. 세 번째로
나오는 두 사람의 말다툼 이야기였다.

"언젠지 모르겠는데…… 아! 너 자취 시작했을 땐가? 암
튼 내가 너한테 짐 갖다준다면서 화나서 씩씩거리면서 갔
잖아."

"그 이야기를 왜 하는데." 지안은 또 그렇게 그녀의 말을
끊었다.

"아, 들어봐. 그래서 니 짐 잔뜩 들고 자취방으로 씩씩거
리면서 걸어가는데……."

지안이 과거 이야기를 탐탁지 않게 여겼던 것은 단순히
두 사람의 결말이 듣고 싶지 않아서는 아니었다. 그는 왠지
모를 불안감을 느꼈다. 어디서부터 오는 불안감인지는 모
르겠지만……. 술기운이 조금 있어서인지 그는 덜컥 아까
삼켰던 말을 뱉어버렸다.

"왜 자꾸 과거 이야기 하는데." 약간의 서운함이 담긴 냉정하고 차가운 말투였다. 바나는 그의 반응에 놀라 눈을 동그랗게 뜨고 그를 쳐다보았다. "왜 자꾸 과거 이야기 하는데. 재밌나?" 그가 살짝 비아냥거리며 다시 물었다.

"왜 화를 내?" 바나가 억울한 듯 짜증을 섞어 되물었다.

"왜 자꾸 내가 잔소리하고 니가 비꼬던 거 이야기하는데." 지안은 바나보다 더 억울한 듯 말했다. "난 지금 그냥 우리 둘이 술 마시고 있는 순간 자체가 재밌는데, 왜 그렇게 과거에 취해 있노."

바나의 표정은 지안의 한 마디 한 마디에 시시각각 변했다. 왜 자꾸 과거 이야기를 하냐는 부분에선 오해를 풀고 싶은 억울한 표정이었고, 술 마시는 이 시간이 재밌다는 부분에서는 살짝 치잇― 하는 뾰로통한 미소였다가, 왜 그렇게 과거에 취해 있냐는 부분에서는 싸늘한 분노가 서렸다. 눈이 기다랗게 찢어져 삼백안이 도드라지는 그 표정.

"난 그냥, 그때 내가 빨간 후드티 입고 갔는데 너가 나 보자마자 너무 웃어서, 왜 웃냐니까 배찌 닮았다고 웃어서, 그래서 화해했던 일이 떠올라서. 이거 이야기하려고 했던 거야." 바나가 느릿느릿하게, 하지만 단호하게 말했다. "그리고 나 소설 쓰는 거 도와준다며."

바나의 느릿느릿하고 정확한 해명을 듣고 지안은 그 이

야기를 하려고 했군, 기억이 안 날 수가 없지 그 일은……
이라는 생각과 참 느리게도 말한다…… 라는 생각을 동시
에 했다. 바나의 전매특허라 볼 수 있는 쭉 찢어진 눈과 눈
꺼풀에 반쯤 잠겨버린 눈동자는 빨간 쫄쫄이를 입은 배찌
라는 게임 캐릭터와 매우 흡사했다. 적어도 지안이 보기
에는 그랬다. 그때 웃겼지. 하지만 이런 감상과는 달리 "그
냥 현재의 이야기를 하면 안 돼?"라는 말이 튀어나왔다. 그
는 정말 그녀와 현재의 이야기가 하고 싶었다. 요즘 뭘 하
고 지냈는지, 지금 함께 보내는 시간은 재미있는지, 앞으로
자신이 만나자고 하면 핑계 대지 않고 만날 의향이 있는지,
있다면 다음엔 어떤 음식을 먹고 어떤 술을 마실지 하는 얘
기들 말이다. 물론 소설 쓰는 걸 도와주기로 했지만…… 지
금은 일 때문에 날 만나러 나온 게 아닐 텐데.

바나는 지안의 말을 듣고 입술을 오므리며 잠시 고민하
는 표정을 지었다. 그러다가 뭔가 결심한 듯 말을 꺼냈다.

"핑계 안 댈 거고, 다음엔 치킨을 먹자. 소맥을 말아서."

"겨우 치킨?"

"언제냐면, 이거 다 먹고 2차로!" 바나가 브이 제스처를
하며 '2차'를 강조하자, 지안이 아주 살짝 웃었다.

1차 술자리가 끝난 뒤, 지안은 이미 취해 있는 바나의 표
정을 물끄러미 보다가 자리에서 벌떡 일어나며 "2차 가자,

그만 취하고"라고 말했다. 그러자 바나는 지안을 올려다보
느라 눈동자가 눈꺼풀에 더욱더 잠겨 풀린 눈을 하곤 물
었다.

"술에? 아님 과거에?" 여유로운 빈정거림이었다.

아, 이 배쩌 같은 지지바가.

치킨에 안 넘어오는 여자

"2차는 내가 쏜다!" 바나가 잔뜩 취한 목소리로 신이 나서 외쳤다. 그녀는 비틀비틀하면서도 힘찬 걸음으로 밤거리를 걷고 있었다. 지안보다 앞선 상태로.

"당연하지." 지안이 비틀대며 한쪽으로 크게 기우는 바나 옆으로 재빨리 다가가 어깨를 반대쪽으로 밀었다. "내가 1차 샀는데, 2차 안 사면 쌩깔라 그랬어."

"오우, 그건 안 될 일이지." 바나가 자신의 가방에서 벌써부터 지갑을 꺼내며 말했다. 그러자 지안은 지갑을 뺏어 다시 바나의 가방에 집어넣은 뒤 꼼꼼하게 지퍼까지 닫아버렸다. 그러자 바나는 지안의 귀에 대고 "도둑이다!"라고 속닥거렸다.

"도착도 안 했는데 계산을 할라 그러노." 그가 고개를 절레절레 저으며 말했다. 술에 취하고 과거에도 취한 지지바.

211

이렇게 생각하면서도 지안의 입엔 엷은 미소가 걸렸고 그 역시 조금 취기가 올라온 듯 바나의 어깨에 손을 올려 어깨 동무를 했다.

"여긴 뭐가 맛있냐?" 바나는 유명한 프랜차이즈 치킨집의 메뉴판을 손가락으로 천천히 짚으며 유심히 들여다보았다. 한 번도 와본 적 없는 곳이었다.

"대체 뭐 하고 살았노, 여길 안 와보고." 지안이 의아해하며 물었다. 그러곤 메뉴판에 있는 몇몇 메뉴를 손가락으로 짚으며 설명해 주었다. 그러자 바나는 음식 사진보다는 지안의 손가락을 유심히 쳐다보기 시작했다. "섬섬옥수"라고 중얼거리며.

두 사람은 아주 즐겁게 2차 술자리를 가졌다. 이번에도 역시 맛있는 음식과 술이 빠르게 사라졌다. 1차 술자리와 달리, 그들의 과거는 단 한 번도 안줏거리로 테이블 위에 오르지 않았다. 대신 바나는 요즘 하고 있는 게임들에 대해 이야기하고 자신이 응원하는 e스포츠 팀의 성적이 좋지 않아 속상하다고 했다. "그래도……!"라며 자신이 응원하는 선수가 너무 낙심하지 않으면 좋겠다는 말도 했다. 재잘재잘, 재잘재잘…… 쉴 새 없이 떠드는 바나의 입, 그러니까 윗입술이 살짝 들린 채 느리면서도 빠르게 움직이는 그녀의 입을 보고 있자니, 지안은 그녀와 함께했던 시간들이 떠오르기 시작했다. 내가 취했군.

"똑같이 말이 많네."

바나는 지안의 말에 그저 피식 웃고는 또 다른 이야기를 시작했다. 주제는 지안의 바뀐 헤어스타일이었다. 자신이 좋아하는 헤어스타일을 이야기하더니("난 병지컷이 좋더라") 그녀의 헤어스타일이 그동안 어떻게 바뀌어왔는지도 설명하고("지금은 파마인데, 몇 년 전에는 또 완전 탈색에다가 숏컷이었거든") 또 앞으론 어떤 헤어스타일을 하고 싶은지("근데 또 탈색해서 숏컷 하고 싶어. 아니면 단발?") 그리고 지안이 앞으로 어떤 스타일을 하면 개인적으로 좋아할 것 같은지에 대해서도("넌 앞머리 있는 게 깔끔한 것 같아. 뭐, 이것저것 다 잘 어울리지만") 재잘재잘 말을 늘어놓았다. 아무래도 지안이 과거에 취했다고 비난했던 것이 마음속 깊이 박혀 있는 모양이었다. 그녀는 자존심이 강하니까 당분간 과거 이야기는 절대 안 할 것이다. 극단적인 지지바.

"니는 단발보단 긴 머리가 어울려." 지안은 바나의 말에 적당히 호응을 해주었다.

"알아, 니가 예전에 말했어." 바나가 입을 삐쭉 내밀며 불만스러운 투로 이야기했다. "그때도, 기껏 단발 쳐 왔는데, 한다는 소리가……"라고 덧붙이다가 말을 멈추곤 잠시 틈을 주더니 "이거 치킨 맛있다"라며 말을 돌려버리는 바나였다.

2차 술자리가 끝나자 바나는 물론이고 지안마저 거나하게 취해버렸다. 두 사람은 식당 영업시간이 끝나는 바람에 거리로 내몰렸는데, 바나가 맥주 한 캔만 더 마시자고 졸라대서 지안은 그녀를 편의점으로 끌고 갔다.

"라면 사줄까?" 지안 역시 맨정신이 아닌 상태라 꺼낸 말이었다. 술자리 내내 그렇게 배부르게 바나를 먹여놓고는 갑자기 라면을 사주겠다 고집을 부리기 시작한 것이다. 바나는 "아, 나 배불러, 배불러"라고 격하게 거절했지만, 결국 지안에게 받은 컵라면 두 개를 가방에 쑤셔 넣어야 했다.

두 사람은 맥주를 한 캔씩 들고 한참이나 거리를 돌아다녔다. 지안이 술에서 조금 깨기 시작할 무렵, 그는 바나를 이끌고 자연스럽게 큰길가로 나왔다.

"이제 가라, 집에. 택시 잡아줄 테니까, 주소 불러."

"비밀이야, 우리 집 주소." 그녀가 취한 채로 농담을 던졌다. "우리 집 알아서 뭐 하게?! 찾아오게?!"

"진상아, 빨리 말해. 택시 부르게." 술이 조금 깼다 해도, 여전히 취해 있던 지안은 그녀의 주소를 입력하기 위해 어플에 접속했다. 어플 속 글자들이 빙글빙글 도는 것 같아서 지안은 바나에게 주소를 독촉했다.

하지만 바나는 지안에게 주소를 말해주지 않고, 대신 그의 어깨에 턱을 괴곤 그를 쳐다보았다. 지안은 고개를 돌려 자신의 어깨에 있는 그녀의 얼굴을 바라보았는데, 얼굴이 너무 가까웠다.

"아, 술 냄새." 지안이 기가 찬다는 듯 헛웃음을 내뱉으며 말했다. "니는 무슨, 애가 술 마시면 알콜 그 자체가 돼. 예전에도……"라고 하다가, 말을 얼버무렸다. 과거 이야기는 하지 않기로 했으니까. 확실히 취했군.

"야, 키스해도 되냐?" 뜬금없고 갑작스러운 그녀의 말에 놀랄 법도 했지만, 지안은 그저 픽 웃었다. 그러곤 술에 취한 사람치곤 엄청나게 단호한 목소리로 "안 돼"라고 대답했다. 그러자 바나는 발끈해 "왜! 왜 안 돼!"라고 화를 냈다.

"지금 우리가 키스하면, 어떻게 될지 니는 진짜 모르겠나?" 그가 진지하게 되물었지만, 바나가 흐리멍덩한 눈으로 "모르겠는데?"라고 대답하자 고개를 저으며 그녀의 턱을 살짝 잡아 정면으로 옮겼다. 바나는 저항 없이 턱이 옮겨진 채로 도로 건너편을 멍하니 쳐다보았다.

"주소는 됐고, 무슨 역 근처랬지?"

지안은 집이 역세권이라는 바나의 자랑이 떠올라 역으로 주소를 입력하고 택시를 호출한 뒤 비틀거리는 바나가 쓰러지지 않도록 부축하며 택시를 기다렸다. 그러는 동안에도 바나는 "왜 키스 안 하는데, 왜왜왜!"라며 짜증을 부렸다. 택시가 도착하자, 지안은 바나를 택시 안에 구겨 넣은 뒤 따라 탔다. 그리고 택시 뒷좌석 구석에 구겨진 바나가 완전히 곯아떨어지기 직전에 그녀의 아파트 이름을 알아낼 수 있었다.

"시티 아파트 317동으로 부탁드립니다."

바나는 도착할 때까지 20분 정도 깊은 잠에 빠졌다. 내릴 땐, 구겨진 상태의 몸을 복구라도 하듯이 기지개를 쭈욱 펴며 택시에서 빠져나왔다. 집 호수와 비밀번호는 기억할 수 있을 정도로 적당히 술이 깬 상태였다.

"야, 우리 집 가서 한잔 더 해." 바나가 지안을 보며 씨익 웃었다.

"안 돼, 큰일 나." 지안이 다시 자신의 휴대폰을 들어 택시 어플에 접속하며 말했다. "다음에 다시 놀러 올게."

"아, 왜! 지금 맥주 한 캔 더 해!" 바나가 고집을 부리자 지안은 "지금 우리 단둘이 있으면 큰일 난다니까?"라고 말한 뒤 발걸음을 옮기려는 제스처를 취했다.

"진짜 가?" 실망이 가득 담긴 바나의 목소리가 웃긴 지안이었다.

"다음엔 진짜 놀러 올 거야." 진심이 가득 담긴 지안의 목소리에 바나의 고집이 한풀 꺾였다.

그때였다. 바나가 지안에게로 성큼성큼 걸어가 그에게 한 세월 동안이나 꾹 참은 듯한 포옹을 보냈다.

"너 향수 냄새 좋다."

포옹을 '했다'가 아니라 '보냈다'는 말이 맞을 것이다. 지안은 바나의 포옹을 받았다. 밀어내지 않았으니, 포옹을 잘 '받았다'라는 말이 어울릴 것이다. 몇 초 동안의 짧은 포옹 뒤에, 지안은 그녀를 아파트 건물 안으로 밀어 넣으며 "이제 이런 거 안 통한다"라는 장난 섞인 말을 했다. 덧붙여 잘 자라는 말도, 다음에 정말 꼭 놀러 올 테니 집이나 치워놓고 맛있는 거나 시켜놓으라는 말도 했다.

"다음엔 뽀뽀해 줄게"라는 약속도 함께.

○×

"그 치킨, 맛있었나? 그때 먹었던 거." 지안이 전화 너머로 물었다. 4년 만의 술자리가 있던 날로부터 이틀이 지났고 두 사람은 앞으로 약속을 잡을 기회를 기다리던 참이었다.

"맛있었지." 바나가 심드렁하게 대답했다. 딱히 할 말이 떠오르지 않아서였다.

"내가 사준 라면은 먹었고? 니가 좋아하는 라면이잖아."

"아직. 지금 먹을까 생각 중."

지안이 고집을 부려 바나의 가방에 꾸깃꾸깃 들어오게 된 컵라면 두 개는, 바나와 지안이 4층 휴게실에서 담소를 나눌 때 바나에게 자주 선택되었던 라면들이었다. 그녀가 가장 좋아하는 라면 두 개를 계산하던 지안의 뒷모습이 떠오르고, 지금 자신의 앞에서 선택받기를 기다리는 그 라면 두 개를 보고 있자니 또 한 번 과거가 떠오르는 바나였지만 입 밖으로 꺼낼 순 없었다. 하지만……

과거 이야기를 더 이상 하지 말라고 했는데, 그들에겐 자꾸만 과거가 생기고 있었다. 지금이 아닌 걸 미래, 혹은 과거라고 표현하니까…… 6년 전이건, 4년 전이건, 일주일 전이건, 이틀 전이건, 모두 두 사람의 과거였다. 그럼 우린 도대체 무슨 이야기를 할 수 있는 거지?

"치킨 맛없었나 보네. 라면에도 관심 없어 보이고."

"맛있었어." 바나가 갑자기 심술이 나서 딱 잘라 말했다. 하지만 그 어떤 심술의 기운도 느낄 수 없는 차분한 목소리였다. "라면은 아껴 먹는 거고."

"치킨 기프티콘 하나 줄까."

하— 참 나. 바나는 코웃음이 나왔다. 그는 다른 사람이 보면 이리 보고 저리 봐도 완전히 멀쩡한 도자기를 장인 정신으로 사정없이 깨뜨리는 도예가 같았다. '김바나 도예가'라는 직업이 있다면 아마 지안만이 할 수 있었으리라. 도대체 어느 지점에서 바나가 심술이 난 걸 눈치챘는지 알 수는 없었지만 바나는 그가 자신의 마음을 꿰뚫어 보고 있다는 사실이 확인되자 묘한 안도감을 느꼈다.

"아니, 괜찮아." 그래도 심술이 나기는 여전했다.

"하…… 예전엔 치킨이면 금방 넘어왔는데." 지안이 농담을 섞은 한탄을 중얼거렸다. 그러자 바나는 깔깔 웃었다. "라면도 안 통하고 치킨도 안 통하고." 바나의 웃음에, 지안은 한 번 더 농담을 던졌다.

"넘어가긴 뭘, 너 나 꼬시지도 못했잖아." 바나가 지안을 도발했다.

"뭔 소리고, 니가 날 먼저 꼬셔놓고." 그렇게 두 사람은 자연스럽게 과거 이야기를 하며 다시금 활발한 대화를 이어갔다. 한참 동안은 누가 누구를 먼저 꼬셨고 누가 누구를 먼저 좋아했는지를 두고 유치한 투닥거림이 진행되었다. 아주 소소하고 별 볼 일 없는 티격태격이었다.

"지금도 니가 먼저 꼬시고 있잖아." 지안이 비웃는 투로 말했다. "집에 초대까지 하고."

"올 거지? 약속했잖아." 바나는 지안의 도발에 아랑곳하지 않고 물었다.

"난 약속한 거 다 지키잖아." 지안이 말했다. 통화 중이긴 했지만, 바나는 그가 씩 미소 짓는 얼굴이 보이는 듯했다.

그리고 그녀는 회심의 일격을 날렸다.

"약속, 두 개 한 거 알지?"

바나가 킥킥거리는 웃음을 참는 목소리로 말하자, 휴대폰 너머로 지안의 "아—" 하는 어이없는 탄식과 헛웃음이 들려왔다.

"아니다, 약속 세 개. 소설 쓰는 것도 도와줘야 돼." 이번에 지안은 헛웃음을 치지 않았다. 물어보기 힘든 건 나도 마찬가지야. 근데⋯⋯. "도와주기로 했잖아."

"시간 나면." 지안이 대답했다.

그래라. 바나는 휴대폰 너머로 들리지 않을 정도로 작게 콧방귀를 꼈다. 시간은 만들면 되지. 시간은 계속 생겨나니까. 그래서 자꾸 과거가 생기는 거니까. 그녀는 지안과 달리 계속해서 생겨나는 그들의 과거와 굳건하게 마주할 생각이었다. 정확하게 설계된 그녀의 실수, '평계'도 있으니 못 할 것도 없었다.

"시간은 날 거야."

장어+복분자=?

"그날은 안 늦을게." 바나가 휴대폰에 대고 웃으며 말했다.

"늦으면 안 되지." 지안이 대답했다.

두 사람은 지안이 바나에게 제안했던 참치, 장어, 소고기, 소곱창 중에서 '장어'를 먹으러 가기로 했다. 바나가 장어를 쏘겠다고 당차게 선언했기 때문이다.

"일 안 바쁘나?" 지안이 전화 너머로 물었다.

"일을 하고 있습니다만? 지금도."

사실이었다. 지금 구상을 시작한 작품의 주인공은 지안이었고, '자료 조사'를 핑계 삼아 지안과 술자리를 가지고 일상을 나누고 있으니.

몽롱하다, 몽롱해. 바나는 이런 상황들이 너무나도 꿈만 같았다. 행복감에 고취되어 "꿈만 같아!"라고 외칠 때의 그 꿈이 아니라, 현실감이 없어서 '꿈같다'고 중얼거릴 때의 감정에 가까웠다.

"네가 좀 열심히 도와줘 봐. 그래야 뭘 쓰든지 하지."

"도와주고 있잖아."

거짓말. 대답도 잘 안 해주면서.

○×

지안은 원룸 침대에 긴 다리를 쭉 뻗고 누워 있었다. 동생이 상경하던 시기에 맞춰 기숙사를 나와 구했던 작은 원룸이었다. 아직도 거기에 사냐는 바나의 물음에 지안은 새삼 자신의 방을 둘러보았다. 분명 처음에는 가구도 몇 개 없고 짐도 별로 없는 텅 빈 방이었는데…… 지금은 짐이 많아졌다. 특히 옷이 많았는데, 그래서 그런지 방에는 전체적으로 직물 냄새가 은은하게 풍겼다. 마치 작은 구제숍에 들어와 있는 듯한 느낌이었다. 귀에는 에어팟을 꼈는데, 원룸의 방음이 그리 좋지 않아서 스피커폰을 크게 틀어놓기 애매하다는 판단 때문이다.

"머리 스타일도 바뀌었고, 옷 스타일도 바뀌었고, 근데 약속 잘 지키는 것도 바뀌었어. 약속을 잘 어기는 사람으로." 하지만 바나의 투덜거리는 목소리를 들으니 스피커폰으로 바꾸지 않길 잘했다는 생각이 들었다. 그녀의 투덜거림은 예민하고 섬세해서, 주의 깊게 듣지 않으면 상태와 기분을 파악하기가 쉽지 않다. "뭘 얘기를 꺼낼 수가 있어야 소설을 쓰지"라고 또 한 번 더 투덜거리는 바나의 목소리를 듣자, 입이 댓 발은 나온 그녀의 모습이 눈앞에 생생하게 보였다.

처음 바나와 연락이 닿았을 때는, 정말 가슴속 깊이 사랑했던 그녀와 가슴 시리도록 사랑했던 그 시절을 이야기하는 것이 재미있었다. 하지만 인터뷰가 진행되면 될수록 지안이 마주하고 싶지 않은 기억들을 억지로 먼지를 털어가며 꺼내는 일이 부담이 되었다. 바나가 어떤 과정을 거쳐 현우 선배와 헤어졌으며, 어떤 과정을 거쳐 지안과 만나게 되었는지까지는 괜찮았다. 그 정도는……. 하지만 두 사람이 무엇 때문에 싸웠고, 어떤 날에 바나가 울었으며, 어떤 날에 지안이 화를 냈고, 두 사람이 어떻게 헤어졌는지를 이야기해야 하는 순간이 결국 다가올 것이었다. 그 사실이 그렇게 달갑지만은 않았다. 속이 쓰리기도 했다. 특히…….

"말같이 들리지도 않겠지만, 널 사랑해서 모험을 하는 거라고 생각해 줬으면 좋겠다."

지안의 말에 바나의 표정이 일그러지던 모습을 떠올리면, 그의 심장 역시 일그러지는 듯했다.

그는 다시 목구멍에 뭐가 턱 걸린 듯했다. '이야기하지 말자'라는 문장이었다. 인생을 통틀어 가장 소중했던 그녀가 어떤 과정을 거쳐 자신을 떠나갔는지에 대해서는 자세한 설명이 필요 없었다. 짜증 나니까. 지안 스스로도 그 과정을 아주 잘 알고 있었다. 기억력이 좋은 그는 사실 바나보다 더 생생하게 그 시간들을 기억하고 있을지도 몰랐다.

그러나 바나는 그 과거가 즐거웠든 어쨌든 간에 상관없이 너무나도 신난 목소리로 재잘거렸다. 마치 아주 먼 이야기를 하듯이, 남들에게 재미있는 썰을 풀어주듯이. 그러니까, 이미 다 지난 이야기라 지금의 바나에게 아무런 영향도 주지 못하는 게 그 시간들이라는 듯이……. 두 사람의 그 시간들이 이젠 기억이 아니라 추억이 되어버린 것, 그게 지안은 불만이었다. 그래도 오늘은 다행이다. 바나는 과거 이야기를 하던 중, 자신이 정말 모르는 부분을 물어보기 시작했다. 예를 들면 헤어지고 지안이 어떻게 지냈는지 같은 것.

"물어볼 거 있으면 빨리 물어봐. 나 PC방 가야 돼." 지안이 그녀의 질문을 재촉했다. 그러자 바나는 대답을 재촉하는 사람은 봤어도, 질문을 재촉하는 사람은 처음이라는 듯 깔깔 웃었다.

"근데 PC방 왜 가?"

"공부할 거 프린트 좀 하고, 게임도 좀 하려고." 지안은 이제 슬슬 나갈 준비를 하기 위해 옷을 갈아입고 있었다.

"학원에서 해도 되잖아. 거기 널린 게 프린터 아니야?"

지안은 바나와 헤어진 뒤 학원 강사 보조 아르바이트를 시작했다. 특유의 붙임성과 어른들에게 예의 바르게 대하는 태도 덕분인지 원장의 눈에 제대로 들었지만 국가의 부름 때문에 졸업 후 바로 입대해야 했다. 다행히도 전역 후 원장이 그를 강사 및 학생 관리 담당으로 다시 고용했고, 그는 음악인으로서의 준비와 역사 공부를 위한 대학원 준비 그리고 학원 일을 병행하며 바쁜 나날을 보냈다.

"굉장히 바쁘셨군요?" 바나가 인터뷰어 모드의 목소리와 말투를 장착했다.

"예." 지안이 인터뷰이로서의 간결한 대답을 통화 너머로 날렸다. "더 물어보실 건?" 이런저런 이야기를 하다 보니 어느새 PC방에 도착해 버린 지안은 바나의 이어진 질문에 대답하기 위해 흡연실로 곧장 들어갔다.

간단한 수업은 기존 강사들을 대신해서 그가 진행하기도 했다. 고등학교 입시 학원같이 거창한 곳은 아니었기에 가능한 일이었다. 하지만 그는 세 가지 일을 병행하면 그중 어느 하나도 제대로 할 수 없다는 사실을 깨닫고 최근엔 학원 일을 줄여가며 대학원 준비와 음악 작업에 좀 더 비중을 두고 있었다.

"원장이 그걸 오케이해 줬어?" 바나는 신기하다는 듯 물었다.

"나잖아."

그렇지만 개인 사정을 봐서 출근 스케줄을 조정해 주는 친절하고 정든 원장 뒤에서 몰래 대학원 준비에 필요한 프린트물을 잔뜩 뽑는 것은 도리가 아니라고 생각하는 지안이었다.

"식당 위치나 좀 보내줘." 바나는 출퇴근이 없는 프리랜서였고 지안은 주 3일 출근하는 일정이었기 때문에 두 사람은 약속 시간을 정하기가 한결 수월했다. 두 번째 술자리는 낮 12시에 오픈하는 유명한 맛집에서 낮 12시부터 진행될 예정이었다. 지안의 집 근처에 있는 장어구이 맛집이었다. "12시부터 낮술이요?" 그녀는 처음엔 놀란 듯했지만 곧 "재밌겠군"이라 말하며 "너네 집으로 가면 되니?"라고 물었다.

"아니, 식당으로 바로 와. 어디 우리 집을." 지안은 장난을 담아 철벽을 치며 대답했다.

"고백도 안 했는데 차였어." 바나가 킬킬대며 말했다.

"PC방에 예쁜 여자들 많지?" 그리고 대뜸 이상한 질문을 했다. 질투?

"굉장히 많지. 게임하는 예쁜 여자들." 지안이 너스레 농담을 던졌다.

"나도 게임하는 예쁜 여자야." 바나가 아주 자신만만하게 말했다. 지안은 코웃음을 쳤다. 그 말에 동의하지 않아서가 아니었다.

"이제 끊는다." 지안이 다 피운 담배를 재떨이에 비벼 끄며 말했다.

"야야, 잠깐만." 바나가 다급하게 지안을 붙잡아서, 지안은 통화 종료 버튼으로 향하는 손가락을 잠시 멈췄다. "누가 번호 따면 어떡할 거야?"

애 진짜 나 좋아하네. 지안이 속으로 킬킬 웃으며 대답했다.

"안 된다고 해야지."

○×

바나는 침대에 누워 정자세로 눈을 감고 통화를 하다가 눈을 번쩍 떴다. 왜? 왜 안 돼? 그녀는 스피커폰을 해제하고 귀에 휴대폰을 갖다 댔다. 그리고 떠오른 질문을 그대로 내뱉었다.

"왜? 왜 안 돼?"

"안 된다면 안 되는 줄 알아라. 끊는다." 지안이 말했다.

"그럼 그 사람이 왜 안 되냐고 물어보면 뭐라고 하게?" 바나가 한 번 더 지안을 붙잡았다. "'여친 있어요?'" 하며 킥킥거리기도 했다.

"'전여친 있어요' 해야지."

지안의 대답에 바나는 크게 웃으며 한동안 말을 이어나가지 못했다. 그게 뭐야! 그녀는 큭큭거리며 살짝 눈물까지 훔쳤다. 지안은 웃으며 전화를 끊었다. PC방으로 들어가는 그의 모습을 살짝 상상해 보면서, 바나 역시 침대에서 일어났다.

'번호 좀 주세요'에 대한 올바른 대답이 '전여친 있어요'라니. 소설로 써먹기 딱 좋은 대사였다. 바나는 책상이 있는 방으로 향하며 계속 중얼거렸다.

"전여친 있어요. 전— 여친 있어요. 전여친이, 있어요. 저는 여친이 있어요?"

며칠 뒤, 바나는 지안이 보내준 주소를 따라 지안의 집 근처 장어집에 도착했다. 오늘은 지안이 늦는 날이었다. 원장이 급하게 맡긴 일이 있어서 학원에 들러야 했다고 카톡으로 설명했다. 늦어서 미안하다는 뜻이군.

—저 아무 말도 안 했는데요? ㅎ 늦어서 찔리시나 봐용.

바나가 지안을 놀릴 기회를 날릴 리가 없었다.

지안과 바나는 이번엔 복분자주로 술자리를 시작했다. 어차피 시간이 지나면 소주만 마시게 될 테지만, 입맛을 돋우는 맛있는 술로 시작하는 것이 술자리의 정석이라 생각하는 바나에게 딱 맞는 코스였다.

"키야, 복분자에다가 장어? 이거 이거, 완전 속이 빤히 보이는걸요?" 바나가 씩 웃으며 제법 어른 전용인 농담을 던졌다.

"아줌마가 다 됐노." 지안은 무덤덤하게, 하지만 살짝은 의외라는 투로 말했다.

"새파랗게 젊은 20대에게 아줌마라니." 바나는 장난스레 발끈하며 지안의 잔에 복분자주를 따라주었다. "하지만 요즘 들어 몸 좋은 남자 연예인들이 좋아진 게 사실이기도 해."

바나의 이상형은 우락부락한 상남자 스타일과는 거리가 멀었다. 그동안 만나왔던 남자들도 그렇고, 좋아하는 연예인을 봐도 그렇고, 지안만 봐도 바나의 스타일을 확실히 알 수 있었다. 바나는 늘 지안의 '각지고 넓은 어깨'라든지 '날렵한 콧대와 턱선'이라든지 하는 부분들을 언급해 왔다. 그런 바나에게 지안은 "기생오라비 같은 스타일을 좋아하나"라고 물었고, 바나는 "응. 너처럼"이라고 대답했으며, 그러면 지안은 "그게 칭찬이긴 하지" 하며 씩 미소 짓곤 했다.

"이상형이 바뀌었나?" 지안이 꾸준히 장어를 구우며 물었다. 지안은 이번에도 역시 바나와 대화를 하면서 훌륭한 멀티태스킹 능력으로 음식을 계속해서 그녀의 앞접시에 뇌주고 있었다.

"노우. 그건 아냐." 바나가 단호하게 대답했다. "아직도 너의 각진 어깨가 보기 좋은 걸 보면 말이야. 특히 뽀뽀하고 싶게 만드는 너의 날렵한 콧날도."

"그놈의 뽀뽀는." 지안이 웃기다는 듯 픽 웃었다. 그러곤 바나가 자신의 앞접시에 예쁘게 세팅해 놓은 명이나물 위에 장어를 하나 툭 놓아주었다.

바나의 뽀뽀 타령은 2차 술자리에서도 계속되었고 3차로 노래방에 가서도 계속되었다. 낮 12시에 만난 그들은 오후 5시가 되자 취한 채 노래를 열심히 부르고 있었다. 지안은 여전히 노래를 잘 불렀다.

두 사람이 노래방에서 나왔을 때는 이미 저녁이 되어 어두컴컴했다. 도시의 불빛이 하나둘씩 밝혀지기 시작한 시커먼 거리에서 두 사람은 나란히 서서 도로를 바라보았다. 저번과 비슷한 상황이었지만…… 조금 다른 점은 이번엔 지안이 완전히 취하고 바나는 그래도 정신줄을 잡고 있다는 것이었다. 하지만 지안은 이번에도 역시 휴대폰에서 택시 어플을 열었다. 이제는 바나의 집 주소를 정확히 알고 있었다. 아파트도, 동도.

"야, 약속한 거 있잖아." 바나가 지안을 빤히 보며 물었다. "가자, 우리 집에." 이제 호수를 알려줄 차례니깐.

"안 돼." 지난번처럼, 지안이 딱 잘라 말했다.

"아! 왜!" 바나가 버럭 화를 냈다. "약속했잖아!"

"화를 내네……." 지안이 중얼거렸다. "야, 내가 니 좋아하면 안 되나?" 이번엔 지안이 되레 화를 냈다.

예? 바나는 지안의 말에 어리둥절했다. 이상한 질문, 이상한 타이밍, 그리고 이상한 화내는 포인트. 뭔 소리야? 도로를 쌩쌩 달리는 자동차 불빛들이 작아졌다 커졌다 하는 것이 지안의 뒤로 어렴풋이 보였다. 정신 사나워라. 술과 불빛 때문에 살짝 어지러움을 느끼던 바나는 억지로 힘겹게 정신줄을 붙잡았다.

"너 나 좋아하니?"

지안은 자신도 잘 모르겠다는 듯 취한 고개를 갸우뚱하며 대답했다.

"약간?"

바나는 다시 한번 푸하하 웃을 수밖에 없었다. 우리 집안 오려고 별수를 다 쓰네.

"약속이나 지키세요." 바나는 최대한 단호한 표정을 지으며 말했다. 그래도 입가에 미소가 걸리는 걸 막을 순 없었다. 그때, 지안이 바나의 양 어깨를 덥석! 붙잡아 자신을 바라보게 돌려세웠다.

"하나 지킬게."

지안이 바나의 볼에 쪽— 입을 맞추었다. 스물일곱 살이나 먹고 키스도 아니고 뽀뽀를, 그것도 볼 뽀뽀를 당해버린 바나의 눈이 휘둥그레졌다. 때마침 택시가 도착했고, 지안은 미션을 완수했다는 표정으로 바나를 택시에 구겨 넣었다.

"안 데려다주냐?!" 바나는 아쉬운 마음에 택시 문이 닫히기 전 다급하게 물었다.

"데려다주면 큰일 나." 그는 바나를 향해 미소 지으며 택시 문을 닫았다. 택시는 지안에게서 멀어졌고, 바나는 택시 안에서 뽀뽀를 당한 자신의 한쪽 볼을 만지작거렸다.

이 약속을 먼저 지킬 줄은 몰랐는데……. 장어랑 복분자가 만나면 볼 뽀뽀라니!

피자 하나 가져오면 안 잡아먹지

"어디야?"

바나는 한밤중에 시린 손으로 전화기를 귀에 가져다 대며 말했다. 슬슬 꽃이 피고 있는 봄이긴 해도 아직 밤 날씨는 쌀쌀했다. 대충 후드티를 걸쳐 입은 그녀는 고개를 두리번거리며 누군가를 찾고 있었다. 에어팟을 가지고 나왔다면 손이 시리지 않았을 테지만, 지안이 카톡으로 '택시 내림'이라고 보낸 걸 늦게 보는 바람에 정신없이 나와서 에어팟 같은 걸 챙길 겨를이 없었다. 뭐, 애초에 약속 시간을 정해둔 건 아니어서 조금 늦어도 상관은 없었지만…….

"걸어가고 있다니까." 전화기 너머로 지안의 목소리가 들리자 바나는 마음이 더 조급해졌다. 두 번째 약속을 지키러 오는 지안을 빨리 보고 싶은 마음이었다.

"알았어. 나도 걸어가고 있으니까 그냥 쭉 걸어와." 바나는 그렇게 대답하곤 전화를 끊으려 했다.

"왜, 끊게?" 그러나 지안은 그럴 마음이 없어 보였다.

"응. 왜? 어차피 1, 2분 뒤면 만날 텐데." 그렇게 말은 하지만서도 바나는 씨익 미소를 지었다. 자신과 전화를 끊고 싶지 않아 하는 지안의 태도는 언제든 기분이 좋았다.

"집에 술 있나?" 지안이 물었다. 그는 친구들과 한참 술자리를 즐긴 후에 집으로 향하는 택시를 잡기 전 잠시 담배를 피우며 바나에게 전화를 걸었다가 "우리 집 와서 2차를 즐기는 건 어떤지?"라는 바나의 '달콤한 속삭임'(지안이 "이 마약 같은 지지바야"라며 직접 표현한 말이었다)에 넘어가 버렸다.

"술은 없는데, 나는 있지."

○×

마약 같은 지지바. 지안은 이렇게 생각하며, 어떤 안주와 술을 마셔야 할지 고민에 빠졌다. 그렇게 여러 번 핑계를 대며 그녀의 집에 가는 걸 마다해 왔는데, 두 가지 약속 중에 다른 약속을 먼저 지키면서까지 그녀의 집에 가는 걸 미뤄왔는데, 달콤한 속삭임에 넘어가 버린 자신이 웃기기도 했고 기분이 조금 들뜨기도 했다.

"어? 너 보인다!" 바나의 말에 지안은 고개를 들어 정면을 바라보았다. 이 쌀쌀한 밤 날씨에, 얇디얇은 후드티를 한 장 걸친 채로, 한쪽 손은 휴대폰을 들고 한쪽 손은 길게 위로 뻗어 지안에게 인사를 하고 있는 그녀가 보였다. 바나는 그녀답지 않게 굉장히 빠른 걸음으로 성큼성큼 걸어와 냉큼 지안 앞에 섰다. 그녀가 "하이"라고 장난스럽게 인사를 하자 지안 역시 "잘 지냈고?"라는 답을 해주었다. 배찌랑 똑같이 생겼네, 라는 생각이 드는 건 여전했다.

두 사람은 바나의 집 근처에 있는 편의점으로 향했다. 그러나 도중에 발걸음을 멈출 수밖에 없었다. 지안이 단지 안에 핀 꽃들을 보고 짧은 감탄사를 내뱉으며 멈춰 섰기 때문이다.

"벌써 꽃이 폈나, 여기에." 지안이 그렇게 말하며 스마트폰을 꺼내 꽃 사진을 찍으려는 자세를 취했다. 사진첩에 자신의 셀카나 지안의 모습만 잔뜩 담아뒀던 바나와 달리, 그는 항상 풍경이나 자연, 음식 사진을 찍는 것을 좋아했다.

"나 찍어줘!" 바나가 꽃을 줌인해서 찍으려는 지안의 앞으로 폴짝 뛰어 들어가 손으로 '브이' 포즈를 취하며 그의 앵글 안에서 씨익 웃었다.

"나와." 지안은 진지한 얼굴로 화단의 꽃들을 가리키며 말했다. "이거 찍을 거야."

"쳇." 바나는 빈정 상한다는 듯한 표정을 지으며 그의 앵글에서 벗어났다. 그러자 지안은 재빨리 찰칵 소리를 내며 꽃을 찍곤 그녀의 어깨를 붙잡고 화단 옆에 다시 세웠다.

"포즈." 그렇게 말하며 그는 다시 앵글에 바나가 들어오도록 스마트폰을 들었다. 그러자 바나는 금세 다시 기분이 좋아져 '브이'를 하며 카메라를 향해 웃어 보였다. 찰칵 소리가 두 번 나자, 지안은 휴대폰을 주머니에 집어넣었다.

"보내줘." 바나가 말했다.

"이따 보내줄게." 지안은 그렇게 말하며 편의점 쪽을 향해 다시 걷기 시작했다.

"그럼 보여줘." 바나는 포기하지 않았다.

"이따 보내주면 봐." 지안 역시 포기를 몰랐다. "피자 시켜봐."

"피자 나쁘지 않지." 바나는 이렇게 말하며 배달 앱에서 피자를 검색하기 시작했다. 두 사람은 치즈크러스트와 고구마크러스트 중에 뭘로 할지 열띤 논의를 벌이고, 반반 피자를 할지, 사이드는 오븐 스파게티로 할지 등을 결정하느라 애썼다.

"우리 오늘 소설 회의 하는 날인가?" 바나의 질문에 지안이 멈춰 섰다. 편의점이 바로 몇 미터 남아 있는 상태였고 피자 주문 버튼을 누르기 일보 직전이었다. "뭐, 또 과거 이야기 하지 말라고?" 바나가 뾰로통하게 물었다.

"놀러 오라매. 일하는 거였나?"

바나는 지안의 낮은 목소리에 콧김을 한 번 쉬익 내뱉으며 헛웃음을 치곤 앞장서서 편의점 쪽으로 걸어가 버렸다. 딸랑— 하는 소리와 함께 편의점 문이 여닫히는 소리가 들렸다. 어휴……. 한 번 더 딸랑— 하는 소리를 내며 지안이 터벅터벅 걸어가 바나의 옆에 턱 섰다.

"왜 나 버리고 가는데."

바나는 대답하지 않은 채 괜히 팔을 들어 맥주 캔의 매끈한 표면을 만지작거렸다. 그러자 지안이 바나가 만지작거리는 맥주를 장바구니에 담았다.

"피자는 언제 도착하노." 지안이 한 번 더 물었다. 그러자 바나는 놀라며 입을 틀어막았다. "안 시킨 건 아니제?"

"야! 니가 갑자기 걷다가 멈춰가지고! 주문하려고 하다가 장바구니에만 넣고 까먹은 거거든? 갑자기 거기서 멈추냐고……."

문제는 두 사람이 주문하려 했던 피자집이 그 몇 분 사이에 마감을 해버린 것이었다. 어쩔 수 없이 바나와 지안은 다른 피자집을 찾아 메뉴를 다시 골라야 했다.

두 사람은 이제 투닥거리고 있었다. 바나는 자신의 건망증이 미안한지, 괜히 지안 탓을 하며 술을 고르는 지안을

졸졸 쫓아다녔다. 지안은 바나가 자신의 탓을 할 때마다 그
녀를 철석같이 믿은 '내 탓'이라고 대답했다. 그러자 바나의
입이 삐쭉 나왔다.

"이거, 한 30년짜리인 거 알제?" 지안이 대뜸 말하자 바
나가 의문스러운 표정을 지으며 그를 바라보았다. "30년
동안 '니 저번에 피자 시키는 거 까먹었잖아'라고 할 거리
라고."

"우리가 30년 뒤에도 연락하고 지내려나?" 바나가 웃으
며 말했다. 그러자 지안은 장난기 가득한, 하지만 전혀 농
담이 아닌 듯한 표정으로 "결혼하면 30년 뒤에도 이러고
있겠지"라는 말을 툭 던졌다.

바나는 랙이 걸린 컴퓨터처럼 멈칫해 지안을 바라봤다.
고장 났네.

"우리 결혼해?" 바나가 지안에게 질문을 던졌다.

"할 수도 있지. 나랑 결혼하는 여자는 복 받은 거야."

"왜? 너 잘생겨서?" 바나가 되물었다. 4년 전과 다를 바
없었다. 그녀는 지안에 대해서는 이렇게 항상 '지구는 둥글
고 하늘은 푸르고 비가 오면 땅이 젖고 한지안은 잘생겼다'
라는 식으로 말하곤 했다.

"아니. 나 인맥 넓잖아. 축의금 1억은 받을걸." 그가 꽤 진
지하게 대답했다. 3초 후, 바나는 편의점 알바생이 살짝 놀

라 쳐다볼 만큼 크게 푸하하 웃었다. 진짠데.

　낡은 아파트의 느린 엘리베이터가 도착하자 띵— 하는 소리가 났다. 엘리베이터 문이 삐걱대며 열리자 두 사람은 터벅터벅 안으로 걸어 들어갔다. 바나는 아직 킥킥거리고 있었다. 지안은 술이 잔뜩 든 봉지를 들고 있었고 바나는 과자 몇 봉지를 품에 안고 있었다.

　"결혼하면 신혼집은 어디로 할 건데?" 바나가 12층을 누르며 물었다.

　"몇 혼데?"

　"1202호." 바나가 대답했다. "신혼집 어디로 할 거냐니까?"

　"시티 아파트 317동 1202호." 지안의 덤덤한 대답에 바나는 또 한 번 눈을 동그랗게 뜨며 지안을 쳐다보다가, 웃음을 터뜨렸다.

　하지만 지안은 웃지 못했다. 엘리베이터에서 내린 후 1202호 앞에 섰을 때, 바나가 누르는 현관문 비밀번호가 자신에게 매우 익숙한 숫자임을 알아차렸기 때문이다. 비밀번호는 자신이 오랫동안 써왔던 노트북 비밀번호와 같았다. 문을 활짝 열며 들어가라던 바나가 지안의 표정을 눈치채곤 머쓱한 표정을 지었다. 그녀는 지안과 사귀던 시절 쓰던 첫 자취방의 비밀번호가 이 번호여서 그렇다고 설명했다.

"이게 익숙해서." 헤어진 지 4년째였지만, 아직도 그들은 지독하게 얼기설기 얽혀 있었다. 모든 요소가 한 방향을 가리키고 있었으며 지안은 그게 싫었고 바나는 그걸 마주하려고 했다.

"바꿔라."

"싫어. 익숙하다니까." 바나가 단호하게 대답했다. 그러나 이번에는 바나도 결국은 한 방향을 가리키고 있는, 그러니까 그 이야기를 하도록 만드는 이 상황을 피했다. "집 어때?"라고 말을 돌리면서…….

○×

"방 몇 개고?" 지안이 집을 둘러보며 물었다.

"세 개." 바나가 씩 웃으며 말했다. "근데 내 집은 아니야. 전세거든. 그리고 아파트가 좀 낡았어. 지은 지 15년도 더 됐을걸?"

지안이 벽 한쪽에 쭉 걸려 있는 바나의 사진을 구경했다. 벽에는 바나와 그녀의 친구, 가족의 사진이 예쁘게 붙어 있었다.

"전세도 니가 사는 동안엔 니 구역이지. 나중에 다른 집으로 이사 가면 나 꼭 부르고."

"왜?" 바나가 물었다. 지안은 이제 편의점에서 가지고 온 것들을 식탁 위에 올려두며 정리하기 시작했다.

"내 스타일이 아니야. 이제 자주 놀러 올 텐데, 내 인테리어 의견도 필요하지 않겠나?" 지안이 '결혼' 이야기를 꺼낼 때만큼이나 진지하게 바나에게 말했다. 지안의 말에 바나는 콧방귀를 뀌긴 했지만, 앞으로 자주 놀러 오겠다 못 박는 지안의 태도가 마음에 들어 입꼬리가 씰룩거렸다.

"놀러 오면 뭐 해줄 건데? 난 집을 제공하는데 말이야."

"나는 나를 제공하는 거지." 지안이 씩 웃으며 바나를 바라보았다. "그걸로는 안 될라나?"

물론 되지. 바나는 그렇게 생각만 하려 했지만 "돼"라고 말로도 내뱉어 버렸다.

"그래도 뭐 해줄 건지 조금이나마 고민 좀 해줬으면 좋겠다." 뒤늦게 이런 문장을 갖다 붙이긴 했다.

"요리해 줄게." 지안이 말했다. 바나는 자취는 오래했지만 요리에는 손도 대지 않는 스타일이었다. 과일을 깎으면 과일이 따뜻해질 정도로 손이 느렸고, 요리에 재능이 없기도 했다. 반면 지안은 오랜 자취 생활 덕에 생활의 달인 수준으로 집안 살림에 빠삭했다. 워낙 손이 빠르고 센스가 좋아 요리를 잘하는 편이었다. 심지어 바나가 아직도 지안이 알려준 '세상에서 제일 맛있는 라면 끓이기 방법'을 고수하며 라면을 끓일 정도였다. 하지만 아무리 지안이 가르쳐준 대로 끓여도 그가 끓여준 라면 맛이 나지 않아 슬플 때가 많았다.

"라면! 라면 해줘! 너 라면 잘하잖아!" 바나가 들뜬 목소리로 말하며 지안이 식탁 위에 올려둔 맥주 캔들을 냉장고에 하나씩 넣기 시작했다.

"라'멘'도 해줄 수 있어. 삼겹살 사서 차슈 만들어가지고." 지안의 대답에 바나는 냉장고에 열심히 술을 넣다 깜짝 놀라 입을 쩍 벌리며 지안을 바라보았다. "다음 주에 수육이랑 라멘부터 시작해 보자."

"……진짜?" 그녀는 기쁨을 주체할 수 없는 듯 활짝 웃으며 물었다. "다음 주에도 올 거야?"

"어. 같이 장 보러 가자."

그때 현관에서 초인종이 울렸다. 피자가 도착한 모양이었다. 다행이다. 생각보다 빨리 왔네.

두 사람은 앉아서 피자를 먹고 맥주를 마시며 이야기꽃을 피웠다. 이번에도 스무 살, 스물한 살 때 나누었던 폭넓고 깊은 주제의 대화가 오가진 않았다. 스물일곱이 된 두 사람은 오늘도 역시나 시시콜콜한 이야기들을 했다.

"크림빵은 싫어. 소보로빵이 좋아." 바나가 지안이 편의점에서 사 온 크림빵을 집어 들며 말했다. 이런 시시콜콜한 이야기를 해도……. "크림빵 보니까 황도연 생각나네." 그들은 어쩔 수 없이 이런 이야기를 해야 했다. "걔 이제 딸도 있더라."

"그래? 난 몰라." 지안이 대답했다.

슬슬 대학 동기들의 결혼 소식을 듣고 있던 바나는 지안의 여자친구였던 도연의 소식도 의도치 않게 듣게 되었다. 그녀는 진심으로, 하지만 속으로만 도연의 결혼을 축하했다. 사이가 좋은 것도 아니었고(사실 나빴고) 바나의 연락을 탐탁지 않아 할 것이 분명했으니 말이다. 자신의 존재가 도연의 마음을 적지 않게 괴롭혔음을 인정하며, 바나는 그녀의 결혼 생활이 영원히 행복하고 즐거웠으면 좋겠단 생각을 했다.

"결혼하고 싶나, 니도?" 지안이 물었다.

"하면 좋지. 축의금 1억." 바나가 킬킬거리며 말했다. 그녀는 크림빵을 다시 내려놓곤 치즈크러스트만 남은 피자를 갈릭 소스에 푹 찍었다.

바나는 이제 자신이 4년이나 사귀었던 남자에 대해서 이야기하기 시작했다. 어쩌다가 만나게 됐는지, 얼마나 사귀었는지, 어떻게 헤어졌는지에 관해서였다. 전남자친구에게 또 다른 전남자친구 이야기를 하는 건 조금 껄끄러웠지만, 이렇게라도 하지 않으면 그들은 도연이 크림빵을 사 와서 어떤 일이 벌어졌고, 지안이 도연에게 어떤 말을 했으며, 결과적으로 그가 도연을 어떻게 떠나게 되었는지 말하게 될 터였다. 그러다 보면…… 두 사람의 '끝'까지 도달하게 될 것이었다. 바나는 괜찮다고 생각했다. 하지만 막상 지안의 노트북 비밀번호와 자신의 집 비밀번호가 같다는 사실을 마주하니…… 괜찮을까?

"내 전여친? 뭐가 궁금한데." 자신이 사귀었던 남자에 관한 이야기가 끝나자, 이번엔 지안이 사귀었던 여자에 대한 질문이 시작되었다. 학원 일을 하며 만났고, 2년 정도 연애했으며 몇 달 전에 헤어진 여자였다.

"왜 2년이나 공백이 있었어? 나 못 잊어서?" 바나가 싱긋 웃으며 농담을 던졌지만.

"나는 니처럼 헤어지고 바로 다른 사람 만나는 그런 사람이 아니야." 지안이 바나를 디스하듯, 약간의 장난을 담아 그녀의 농담을 받아쳤다. 그러자 바나는 불만스럽다는 듯 입을 삐쭉 내밀며 파르메산 치즈를 피자에 톡톡 뿌렸다. "맞잖아. 니 내랑 헤어지고 한 달 만에 쫄래쫄래 다른 남자 만나러 갔잖아."

"세 달이거든?" 바나가 발끈하며 말했다.

바나와 지안의 투닥거림은 계속되었다. 지안은 한 달, 바나는 세 달을 주장했다.

"니가 날 너무 사랑했어서 체감으로 한 달이라 기억하나 보지—." 기어코 바나는 비아냥거리며 말로 지안을 쿡 찔렀다. 그러나 지안은 코웃음을 흥— 치며 맥주를 마셨다.

사실 상대를 너무 못 잊은 쪽은 바나였을지도 몰랐다. 바나는 지안과 헤어졌다는 사실을 받아들이지 못했다. 아니, 도저히 견디지 못하고 있었다. 바나는 지안과 헤어진 지 한 달 만에 지안의 모습을 찾을 수 있는 다양한 남자를 물색하기 시작했다. 학구적이면 좋겠고, 자신과 개그 코드도 잘 맞으면 좋겠고, 무뚝뚝하면서 자상하면 좋겠다는 희망사항을 늘어놓으면서. 물론 물색은 대실패였다. 그래서 세 달 만에 남자친구를 만들었고 이 때문에 바나는 '한 달'이 아니라 '세 달'임을 정확하게 기억하고 있었다.

지안은 자신의 전여자친구에 대해 설명하기 시작했다. 쌍꺼풀이 짙고 눈이 크고 얼굴이 하얗고 너무 말라서 바람에 휘날릴 것 같은 여자였다고 한다. 매일 후드티를 입고 그 티에 달린 모자를 덮어쓰고 다니는 배찌 같은 바나와는 완전히 딴판이었다. 살랑거리는 테니스 스커트를 즐겨 입고 긴 생머리를 휘날리며 섬세한 문양의 로고가 새겨진 작은 백을 손에 들고 다니는 여자. 그리고 이것은 지안이 의

도한 것이었다. 바나와 완전히 반대인 여자를 만나야겠다
는 의도.

"왜?" 바나가 물었다.

"그냥. 니 같은 애는 만나봤으니까."

바나는 조르고 졸라 겨우 전여친의 사진을 잠깐, 아주
살짝 볼 수 있었다. 지안은 전여친에 대해 이렇게 많은 이
야기를 하고 정보를 주는 건 서로에게도, 전여친에게도 예
의가 아니라면서 금세 휴대폰 화면을 꺼버렸다. 그러나 바
나는 잠깐 본 사진만으로도 강렬한 충격을 받아서 딱딱하
게 굳은 채 몇 입 먹은 피자를 물끄러미 쳐다볼 뿐이었다.
예쁜 건 둘째 치고 몸매가 너무 좋잖아.

"불고기 피자 하나 얹어봐라." 바나의 혼란스러움을 아
는지 모르는지, 지안이 바나의 어깨를 툭툭 치며 자신의 접
시를 내밀었다.

"싫어. 니가 가져가." 방금 본 전여친 사진 때문에 심기가
뒤틀린 게 분명한 투로 바나가 말했다. 눈치 못 챌 지안이
아니었다.

"피자 하나 가져오면 안 잡아먹— 지." 지안이 놀랄 만큼
무뚝뚝하면서도 정확한 음정으로 한 번 더 바나에게 부탁
했다.

"잡아먹든가."

순간 정적이 흘렀다. 지안은 귀를 의심하는 표정이었고, 바나 역시 방금 내뱉은 말에 놀라 눈이 동그랗게 커졌다.

"아이고……." 지안의 입에서 절로 탄식이 나왔다. "내가 갖고 와야겠노."

지안이 바나의 앞으로 팔을 쭈욱 뻗어 불고기 피자를 집었다. 민망한 분위기가 계속되는 것 같았다. 하지만 바나는…… 이왕 이렇게 된 거.

"자고 갈 거야?"

불고기 피자 위에 핫소스를 뿌리던 지안은 문득 움직임을 멈추고 바나를 빤히 보았다.

"니가 안 쫓아내면 여기 있어야지."

그래서 바나는 선녀와 나무꾼의 나무꾼처럼 그의 가방과 옷을 숨겼다. 그의 가방과 옷에는 전에 바나가 맡았던 향수 향이 짙게 배어 있었는데, 바나의 옷장에도 이제 그 향이 솔솔 풍기기 시작할 정도였다. 가방과 옷이 없어진 선녀는 할 수 없이 시티 아파트 317동 1202호의 침실에서 잠을 청할 수밖에 없었다. 두 사람은 한 침대에서 잠을 잤지만 별다른 일은 전혀 없었다. 손을 잡지도, 안지도 않았다. 그저 서로에게 "잘 자"라는 말을 남기곤 편안하게 잠에 빠져들었다.

바나는 다음 날 따뜻한 햇살(해가 중천에 떴기 때문이

다)과 초인종 소리에 잠에서 깼다. 자신의 집에, 그것도 이 시간에 올 사람이 전혀 없는데…… 하고 의아해하면서 침대에서 부스스 일어났다.

"갖고 와라." 지안이 바나의 옆에서 눈을 감고 누운 채로 말했다.

"뭔데?"

"해장." 지안이 짧은 대답을 했다.

메뉴가 뭐려나. 바나는 점심 해장 메뉴가 뭘지 궁금해하며 현관문을 열었다. 문 앞에는 막 배달된 음료 두 잔이 놓여 있었다. 열어보니, 딸기 스무디 두 잔이었다. 그들에게는 명백히 과거가 존재했고 그런 두 사람이 만남을 이어가는 이상, 그 과거는…… 특히 그 이야기는 나올 수밖에 없었다. 이 딸기 스무디 두 잔이 바로 그 증거였다.

바나는 딸기 스무디 두 잔을 가지고 침실로 돌아갔다. 비닐로 포장되어 있는 빨대 두 개를 뜯곤 그중 하나를 딸기 스무디와 함께 지안에게 건넸다.

"오늘 일정은?" 바나가 물었다.

"글쎄. 니 하고 싶은 거 있나." 지안이 침대에서 몸을 스를 일으켜 스무디를 한 입 쭈욱 빨았다.

"있어. 소설 주인공 인터뷰." 바나의 눈이 반짝 빛났다. 입꼬리 한쪽으로 빨대를 물고 쪼옥 빠는 그녀의 볼에는 강한 확신이 담겨 있었다.

"그래, 그러자." 지안은 조금 힘이 빠지는 목소리로 대답했다. "조금만 더 쉬고."

"그래, 푹 쉬어둬라. 도연이랑 헤어진 얘기부터 다시 시작해야 되니까."

바나는 한 번 더 딸기 스무디를 쪼옥 빨았다.

"하— 이 지지바 때문에 해장이 안 되네." 지안이 헛웃음을 터뜨리며 바나를 쳐다보더니, 딸기 스무디를 한 모금 더 마셨다.

문제 4

자석 같은 관계에는 위험성이 있는가?

정답 : (O / X)

미지근한 콜라

: 스물 :

지안은 칵테일바에서 도연과 싸웠고 바나는 칵테일바에서 현우 선배가 다른 여자와 키스하는 장면을 목격하는 바람에 두 사람은 극적으로 다시 4층 휴게실에서 만나게 되었다. 둘은 앞으로 더블유 공연 연습과 바나가 지안을 따라다니며 하는 공부에 열중하기로 약속했다. 지안은 바나가 현우 선배를 어떻게 처리할지 궁금했지만…… 때론 기다림의 미덕이 필요할 때가 있지. 그는 어디선가 읽었던 말을 음미하며 고개를 한 번 끄덕인 후 그녀를 기다려주기로 했다. 게다가 여름이 다가오고 있었기 때문에 더위를 많이 타는 바나의 심기가 잔뜩 불편해져 있었다. 굳이 현우 선배에 대해 물어봐서 그녀를 더 열받게 할 필요는 없었다.

공연이 다가올수록 더블유의 연습 시간은 점점 늘어났고 멤버들은 개인적인 약속을 미루고 연습에 참여했다. 약속뿐 아니라, 다들 각자의 스케줄에서 많은 시간을 빼 연습에 투자해야 했기 때문에 꽤 힘든 시기였다. 하지만 모든 멤버가 열정적으로 이 힘든 스케줄에 참여했고, 아무도 불만은 없었다. 이 힘든 시기에 가장 큰 불만은 가진 사람은 멤버 중 한 명이 아니라, 지안의 여자친구인 도연이었다.

도연의 입장에서는 당연히 불만일 수밖에 없었다. 그렇지 않아도 도연은 더블유 연습 때문에 지안과 싸운 적이 있었고, 바나와 지안이 연습을 핑계 삼아(도연은 '핑계'라고 생각했다) 다시 어울리기 시작한 것이 거슬렸다. 게다가 각자 따로따로 연습하는 것도 아니고 무려 '듀엣 연습'이었으니, 도연에겐 최악의 상황이었다. 연습 시간이 더 늘어나면서 데이트 시간이 자연스럽게 줄어든 것도 도연이 지안에게 끊임없이 더블유에 대한 말을 늘어놓게 되는 원인이었다. 하지만 늘 그렇듯 말 속엔 불만, 분노, 질투, 짜증 등의 다양한 감정이 은밀히 녹아 있었고 지안은 매번 그 감정을 골라내어 적절한 대답들을 도연에게 해주어야 했다.

"받아도 되는데." 지잉— 울리는 지안의 휴대폰 위에 도연의 이름이 떠 있는 것을 보고 바나가 약간 눈치를 보며 말했다. 하지만 지안은 "연습 중이잖아, 집중해"라고 하곤 계속해서 기타를 연주했다. 물론 바나의 폰도 자주는 아니지만 가끔 울렸다. 현우 선배에게 오는 연락이었다. 그리고 지안은 똑같은 태도로 "연습 중이잖아, 집중해"라고 말했다. 그렇게 바나는 꽤 오랜 시간 동안 현우 선배를 잘도 피해 다닐 수 있었다. 이게 맞지. 노래를 부르는 지안의 목소리에서 만족감이 묻어났다.

바나가 현우 선배를 피해 다니고, 지안이 바나와 신나게 놀러 다니고, 또 두 사람이 열심히 연습을 하는 사이 시간은 빠르게 흘러 결국 더블유의 첫 공연일이 도래했다. 공연 당일은 멤버 모두가 눈코 뜰 새 없이 바빴다. 소공연장 대여도 잘 되어 있는지 확인해야 했고, 공연 팸플릿도 열심히 돌려야 했으며, SNS를 통해 홍보도 해야 했다.

얼마나 많은 동기와 관중이 올까 기대 반, 걱정 반인 마음으로 지안이 대기실을 둘러보는데, 지안보다 더 큰 기대와 더 큰 걱정을 온몸으로 뿜어내고 있는 더블유의 회장 건수가 보였고, 그 옆에는 새하얗게 질려버린 바나가 보였다. 밴드부에서 정말로 청춘사업만 했나 보군. 지안과 바나의 듀엣곡은 지안이 건수에게 제안한 대로 두 곡에서 세 곡으로 늘어나 있었다.

"듀엣 다음에…… 래퍼 팀이 두 곡 신나게 뽑아주고, 주혁이가 한 곡 하고, 성철이랑 걔네들이 또 한 곡 하고, 지안이 니가 마지막을 장식하고." 건수는 딱딱하고 긴장된 말투로 멤버들에게 공연 순서를 한 번 더 상기시켰다.

"그리고 단체곡으로 끝내면 된다. 알겠제?"

공연 시간이 임박하자 하나둘씩 사람이 모이기 시작했다. 인산인해까진 아니었지만 예상외로 소공연장의 자리가 거의 채워졌다. 동기들도 많이 와주었고, 팸플릿과 포스터를 많이 만들어 홍보한 덕인지 모르는 얼굴들도 꽤 보였다. 그래서 바나는 아까보다 더 새하얗게 질려버렸다.

"공연 많이 해봤다면서, 뭘 그렇게 떨지?" 지안이 다가가 물었다.

"몰라. 왜 이러지? 나 원래 안 이러는데. 아오, 씨." 바나가 나지막이 짜증을 냈다.

지안은 긴장하는 바나의 모습이 웃겨 픽 웃었지만, 바나는 평소와 달리 지안의 웃음을 따라 하지 않았다. 진짜 긴장했네. 결국 바나는 너무 긴장된다며 누가 왔는지 보지 않겠다 선언했고, 공연의 시작을 알리는 지안과 바나의 듀엣곡이 연주되기 직전까지 관중석 쪽엔 정말로 눈길도 주지 않았다. 지안 역시 첫 시작이 바나와 함께하는 듀엣곡이었기 때문에 관중석 쪽에 관심을 두지 않고 바나와 함께 대기했다.

바나와 지안은 함께 무대에 올랐고, 웃으며 관중들에게 인사를 하고, 첫 곡으로 제이슨 므라즈의 〈Lucky〉를 부르기 시작했다.

Lucky I'm in love with my best friend(난 운이 좋아, 가장
친한 친구와 사랑에 빠졌으니까).

바나는 노래를 부르며 지안과 마주 보고 미소 지었다.
지안은 그런 바나의 미소를 보며 다시 한번 '예쁜 미소상을
몇 번이나 받았으려나' 하는 생각을 했다. 그리고 바나가
관중석으로 고개를 돌렸을 때, 표정이 확 굳는 것을 보았
다. 지안 역시 바나의 시선을 따라갔는데…… 그곳엔 현우
선배가 있었다.

관중들이 바나의 동공 지진을 알아차리기에 공연장은
너무 어두웠다. 그에 더해, 바나의 침착함 역시 또 한 번 빛
을 발했다. 헤어지지도 않았고 사귀는 것도 아닌 현우 선
배와 눈이 마주친 순간 바나는 잠시 굳었지만 그건 그녀를
잘 알고 있는 지안이나 눈치챌 수 있을 정도였다. 바나는
금세 다시 지안을 바라보며 노래를 불렀고 첫 곡을 무사히
마칠 수 있었다. 이어서 투개월의 〈로맨티코〉와 〈여우야〉
까지 완벽하게 공연을 마치자 바나의 순서가 끝났다. 이어
지는 순서는, 더블유 래퍼들의 신나는 힙합곡이었다. 지안
과 바나는 잠시 쉬는 시간을 가질 수 있었다.

바나는 여러 의미로 후들거리는 다리를 힘겹게 옮겨 터덜터덜 공연장을 빠져나왔다. 대기실에 있으면 표정 관리가 되지 않을 것 같아서였다. 구석에 있는 자판기에 가서 시원한 콜라나 한 캔 뽑아 먹을 생각이었다. 근데 한지안은 어디 갔지? 그때였다. 익숙한 목소리들이 들려왔다.

"듀엣 두 곡이라며? 곡은 누가 골랐어?" 도연이 지안에게 따지듯 묻고 있었다. 바나는 자판기 옆에 서서 대화를 나누는 지안과 도연을 보고 그 자리에 멈췄다. 여기서 홱 돌아 빠르게 사라지면 도연의 눈에 띌 테고, 가만히 있어도 언젠가 도연이 자신을 발견할 것이다. 어쩌지? 바나는 잠시 고민했다. 그 와중에도 도연은 지안에게 계속해서 화를 내고 있었다.

"너 나랑 사귀는 거 맞아?"

당연히, 너랑 사귀는 거지! 하고 생각하며, 바나는 크게 발소리를 내면서 모르는 척 가면 좀 나을지 머리를 굴렸다.

"아…… 그럼 어떡할까? 공연 때려치우고 나갈까?"

아니, 그러면 안 되지! 네가 우리 더블유의 에이슨데! 하고 바나는 생각하며 슬며시 몸을 돌려 조용히 사라지면 눈치 못 채지 않을까 고민했다.

"그 말이 아니잖아. 넌 왜 말을 항상 그렇게 하는 거야?"

"그건 내가 할 말인데. 말을 왜 항상 그렇게 하는데?"

지안과 도연의 말에 점점 날이 서가고 바나는 이 상황에서 어떻게 도망쳐야 좋을지 열심히 머리를 굴리고 있는데, 소공연장 입구 쪽에서 바나의 룸메이트이자 이 순간만큼은 자신을 절대 못 알아봤으면 좋겠는 친구 수아가 "어? 김바나!"라고 소리를 쳐버렸다.

하지만 이번에도 바나의 침착함이 빛을 발했다. 그녀는 재빨리 "어? 수아쓰!"라고 한 뒤, 도연과 지안 쪽을 보며 두 사람을 오늘 처음 본다는 듯한 말투로 "어? 너네 여기서 뭐 해? 콜라 마시게?"라며 능청을 떨었다.

도연은 바나의 말에는 대답하지 않았다. 무표정으로 바나와 수아, 지안을 번갈아 가며 볼 뿐이었다. 지안은 굳은 표정으로 바나의 손에 들려 있는 지폐를 바라봤다.

바나는 수아에게 공연장에 들어가 있으라고 한 뒤, 자판기 쪽으로 다시 걸어가 자신의 지폐를 밀어 넣었다. 그리고 콜라 버튼 쪽으로 손가락을 가져가는데…… 지안이 바나의 손을 시크하게 툭 쳐서 밀어내곤 이온 음료 버튼을 눌렀다. 뭐야! 왜 따라와!

"공연 중인 사람이 탄산을 마신다고?" 지안이 이온 음료를 꺼내 바나에게 건네며 한 말이었다. 아, 눈치 없는 새끼야. 도연이 바나를 쳐다봤다.

"나 이제 단체곡 하나밖에 안 남아서…… 콜라 먹어도

되는데."

"못 들은 걸로 할게." 지안은 시크하게 대답하곤 자신의 지폐를 자판기에 넣고 이온 음료와 콜라를 하나씩 뽑았다. 그는 이온 음료는 손에 쥐고, 콜라를 도연에게 내밀었다. 그러나 도연은 지안의 손을 탁 치며 "나 탄산 안 좋아해"라고 말하곤 뚜벅뚜벅 걸어가 버렸다. 공연장 입구가 아니라, 건물 입구 쪽으로.

지안은 짜증 난다는 듯 한숨을 푹 쉬고는 바나에게 콜라를 건네며 "공연 끝나고 마셔라"라고 한 뒤 건물 입구 쪽을 향해 걸었다. 그러자 바나가 급하게 지안을 쫓아가 멈춰 세웠다. 바나의 다급한 손길에 지안은 살짝 놀란 표정으로 그녀를 돌아봤다.

"따라가는 거야?"

"담배 피우러." 순간, 정적이 흘렀다. 바나는 약간 민망한 표정으로 그의 팔목을 놓았다.

"아, 어. 그래."

"피우고 올게." 아니, 잠깐. 근데 생각해 보니까……. 바나는 다시 지안을 돌려세웠다.

"아이고, 힘이 세네." 그녀에 의해 몸이 돌려진 지안이 말했다.

"야! 담배를 지금 왜 피워?" 바나는 지안에게 버럭 화를 냈다.

"안 되는 이유가 뭔데?"

지안이 묻자, 바나는 기다렸다는 듯 "하!" 하고 내뱉고는 자신만만한 표정을 지었다.

"공연 중인 사람이 담배를 피운다고?" 이번에도 바나는 지안을 그럴듯하게 따라 했다. 지안의 입에서 피식 웃음이 흘러나왔다. "못 들은 걸로 할게—." 그의 웃음에 힘입어 바나는 한 번 더 그를 따라 했다.

지안은 결국 동굴입을 하며 웃곤 알겠다는 듯이 다시 공연장 대기실 쪽으로 걸음을 옮기면서 꺼내 들었던 담배와 라이터를 주머니에 넣었다. 두 사람은 함께 이온 음료 캔을 탁— 하고 따서 마셨다. 탄산이 없어서 치익— 소리는 나지 않았다.

소동이 좀 있었지만, 공연은 무사히 끝났다. 마지막으로 단체곡을 부를 때 바나는 관중석 쪽을 유심히 살피며 현우 선배가 있는지 확인했지만, 그는 이미 공연장을 떠난 뒤였다.

저녁에는 공연 뒤풀이 회식이 있었다. 그러나 이 회식은 결국 더블유의 회식이 아니라 자유전공학과 동기들의 회식이 되었다. 지안의 친구들, 바나의 친구들이 너 나 할 거 없이 술집으로 몰려들었다. 지안과 바나의 동기들은 더블유의 실력을 아낌없이 칭찬해 주었다. 특히 지안은 원래도 흔치 않은 외모와 성격 때문에 학과에서 나름 유명한 편이었는데, 이번 공연으로 훨씬 더 많은 주목과 관심을 받게 되었다.

회식이 끝나고, 기숙사 건물이 닫히기 1분 전에 지안과 바나 그리고 동기들은 아슬아슬하게 기숙사에 골인할 수 있었다. 그들은 뿔뿔이 방으로 흩어졌다. "공연 너무 좋았다"라든지 "오늘 너무 재밌었다" 같은 말을 남기며.

바나는 자신의 방으로 들어가 가방에 있는 짐을 정리하기 시작했는데, 아까 지안이 뽑아준 콜라가 나오자 기분이 묘해졌다. 콜라는 조금 미지근해져 있었다. 겨울에도 무조건 찬 음료만 마시는 바나는 미지근한 콜라가 마시기 싫었지만, 콜라를 딸 때 나는 치익ㅡ 소리가 괜히 듣고 싶어져서 아무 생각 없이 뚜껑을 따버렸다. 콜라를 몇 모금 벌컥벌컥 마시고 온몸에 퍼지는 탄산을 음미하는 듯한 표정을 지으며 바나는 "으으ㅡ" 하고 몸을 부르르 떨었다.

그 노래는 좀 그렇긴 해. 바나는 아까의 노래를 다시 떠올렸다. 가장 친한 친구와 사랑에 빠진다니⋯⋯. 우웩. 물론 처음의 지안은 바나에게 이성적인 매력을 느끼게 하는 상대였지만 지금 두 사람은 그저 친구였다. 그래, '그저'는 아니지. 소중하고 잃기 싫은 소울 메이트 같은 존재. 하지만 진실이 뭐든 간에 도연이 머리끝까지 화가 나는 것은 이해가 가는 바나였다. 꿀꺽, 콜라를 한 모금 더 마시자 목이 따가웠다. 탄산 때문인지 뭔지는 모르겠지만, 왜 콜라 싫어하지? 이렇게 미지근해도 맛있는데.

결국 바나는 그 미지근한 콜라를 다 마시고 양치를 한 후 잠이 들었다. 머리맡에는 휴대폰이 놓여 있었는데, 깜깜한 4인실 기숙사 방에서 휴대폰이 짧게 징— 울리며 화면이 밝게 켜졌다. 하지만 바나는 현우 선배에게 메시지가 온 줄도 모를 정도로 너무 깊이 잠든 상태였다.

—언제 시간 돼?

맛대가리 없는 오징어

눈을 감았다 뜨니, 벌써 기말고사 시즌이었다. OT를 다녀오고, 새로운 친구들을 사귀고, 동기들과 어울려 노래방에 가거나 술을 마시러 다니고, 연애를 시작하고, 또 끝날 뻔하고, 연애를 시작한 지안을 보고, 또 끝날 위기에 처해 있는 지안을 보고, 하는 사이에 말이다. 바나는 이미 중간고사 시험을 말아먹은 상태였지만, 지안은 이번 학기에 성적 장학금이라도 탈 기세로 열심히 공부에 매진하고 있었다.

지안과 바나가 듣는 수업 중에는 자유전공학과 신입생이 필수로 들어야 하는 '발표와 작문'이라는 강의가 있었는데, 바나는 그 강의를 진행하는 교수에게 굉장히 반가운 소식을 들었다. 바로 기말고사가 자기소개 발표로 대체되었다는 소식이었다.

두 사람은 우식에서 막 나와 캠퍼스로 다시 향하는 중이었다. 햇살이 따갑게 내리쬐는 탓에 바나는 인상을 마구 찌푸리곤 하늘을 가끔 노려봤다. 그렇게 하면 따가운 햇살이 좀 사그라들기라도 할 듯이. 하지만 바나가 강의 시간 내내 조느라 '반가운 소식'을 못 들었을 거라 확신한 지안이 소식을 전해준 이후로는 시험이 하나 줄었다며 싱글벙글 웃기 시작했다.

"발표 꽤 하나 보지?" 급격히 바뀐 바나의 표정을 보고 지안이 물었다.

"발표? 개껌이지." 지안은 바나의 대답을 듣고는 훌륭하다는 듯 박수를 세 번 짝짝짝 하고 쳤다. "지금은 기말 말고도 고민해야 할 것들이 산더미인 아주 예민한 시기란 말이야. 아주 다행이야."

"뭐가 그렇게 고민할 게 많노." 지안이 진한 사투리 억양으로 물었다.

"뭐……." 바나는 말을 줄였다. 하지만 지안은 뒤에 올 말이 '현우 선배한테 온 연락을 어떻게 할지에 관한 고민'임을 안다는 표정으로 바나를 쳐다보았다. 바나는 그런 지안의 표정을 보니, '어리하다'라는 말이 텔레파시로 전달되는 느낌이었다.

현우 선배가 만나서 이야기를 하고 싶다는 메세지를 보냈을 때, 바나는 지안에게 다시 SOS를 쳤고 그들은 4층 휴게실에서 회의를 했다. 결론은 이랬다. 우선 눈앞에 있는 기말고사와 과제들을 해결하고 난 뒤 대화를 하든지 말든지 하자는 것. 물론 이건 지안의 의견이었고 바나는 지안의 의견을 따르지 않을 이유가 없었다. 늘 그렇듯, 지안은 맞는 말만 했으니까.

"어우, 축축해." 바나가 과방에 들어서자마자 말했다. 하지만 표정은 전혀 불쾌해 보이지 않았다.

지하에 있는 과방은 공간 특성상 언제나 눅눅한 습기로 가득 차 있었지만, 여름엔 그렇게 시원할 수가 없었다. 바나는 한숨 돌렸다는 듯 먼지 덮인 소파에 털썩 앉음과 동시에 재채기를 세 번 정도 했다. 과방에는 지안 말고도 건수와 정우가 있었다. 모두 공부를 하기 위해 모인 것이었다.

하지만 시끄럽고 산만한 분위기의 과방은 결코 공부하기 좋은 곳은 아니었다. 금세 집중력을 잃은 건수는 자신의 옆에 있는, 바나가 치던 피아노를 신기하다는 듯 쳐다보았다. 그러다가 피아노 의자에 앉아 건반을 소심하게 쓰다듬었고, 정우는 자신과 어울리지도 않고 잘 치지도 못하는 젬베를 아무렇게나 둥둥— 두드렸다. 그러더니 졸리다는 듯 하품을 쩌억— 하곤 조금 전까지 바나가 앉아 있던 소파에 벌러덩 드러누워 전공서적으로 눈을 가리고 잠을 청했다. 바나는…… 건수가 자신이 치던 피아노에 관심을 가지는 장면을 포착하자마자 건수 옆으로 쪼르르 가서 앉아 건수를 흥미로운 표정으로 쳐다보았다. 건수는 바나의 눈빛에서 광기를 느꼈지만, 그래도 공부하는 것보단 낫다고 판단했는지 바나의 관심을 견뎌내며 계속해서 피아노를 뚱땅거렸다. 정우는 깊게 잠들었는지 코를 골기 시작했다. 코 고는 소리가 그렇게 크진 않았지만, 반지하 공간이 앰프 역할을 해주어 그의 코 고는 소리를 증폭시켰다.

이 어수선한 분위기 속에서 지안은 마치 혼자만 도서관 열람실에 있는 듯한 자세와 표정으로 엄청난 집중력을 발휘해 그들의 원래 목적인 공부를 하고 있었다. 말없이 건수를 관찰하던 바나는 잠시 고개를 돌려 지안을 보다가…… 어쩌면 그가 자신을 포함해 과방에 있는 이 친구들이 보이지도, 들리지도 않는 상태일 수 있겠다는 생각을 했다. 나도 공부해야겠어. 바나는 그렇게 결심하고 건수에게서 관심을 거두었다. 지안을 따라다니며 열심히 공부하기로 했으니, 그 약속을 지켜야겠다는 마음이었다. 예상외로 바나도 쉽게 집중할 수 있었다. 지안과는 좀 다른 느낌으로 집중력을 발휘한 상태였다. 바나에겐 아주 시끄러운 어린 동생 둘이 있었고, 자신의 방 없이 아버지의 서재를 공부방으로 써왔던 의젓한 맏딸이었기에, 어수선한 분위기는 바나

267

에게 방해 요소가 될 수 없었다. 오히려 이런 어수선한 분위기가 익숙하다는 듯한 표정이었다. 지안과 거의 비슷하게 공부에 몰두했을 즈음…….

"피아노 좀 갈쳐도." 건수가 바나에게 말을 걸어버렸다. 바나가 이 부탁을 마다할 리 없었다. 김건수에게 가르침을 줄 수 있는 순간이라니!

"너 어디까지 칠 줄 아는데?"

"하나도." 건수가 당당하면서도 심드렁하게 말했다. 그때, 바나가 뭔가 좋은 생각이 떠오른 듯 장난기 넘치는 미소를 씨익 짓더니…….

"……After all this time?"

엄청나게 의미심장한 표정으로 소설 《해리포터》에 등장하는 명대사를 읊조렸다. '여태껏, 아직까지도?' 정도의 의미인데, 소설 속에선 이미 17년 전에 죽은 어떤 여자를 아직 사랑하고 있냐는 뜻으로 한 남자에게 묻는 장면의 대사였다. 마찬가지로 《해리포터》의 엄청난 덕후인 건수는 단번에 바나의 말뜻을 알아차렸다. '호! 호! 호!'라는 특이한 웃음소리가 입술 사이로 새어 나오는 것을 겨우 막으며 입꼬리를 씰룩거리던 건수는 간신히 웃음을 참곤 그녀에게 진지한 표정과 말투로 대답했다.

"……Always."

잠시 정적 뒤, 두 사람은 깔깔거리며 한참을 웃기 시작했다.

"끄하하하! 아하하하! 하하하!"

"호—! 호—! 호—! 호—! 호—! 호—!"

웃음은 전염되는 특성이 있지 않은가. 잠을 자는 줄 알았던 정우가 언제부터 깨어 있었는지, 여전히 전공서적으로 얼굴을 가린 채로 킥킥 웃었고(《해리포터》에 대해선 아무것도 모르면서 말이다) 아무 소리도 안 들리는 듯했던 지안 역시 "아이 씨"라며 마지못해 웃었다. 그러나 "공부를 하든가, 조용히 놀든가"라는 말을 덧붙이는 것도 잊지 않았다.

"응, 미안." 바나는 이렇게 대답하고 건수에게 기본적인 것들을 알려주기 시작했다. 어린 동생들에게 피아노를 가르쳐주던 실력을 바탕으로 능숙하게 '기초 피아노 야메 교습'에 들어간 그녀였다. 그녀가 건수에게 가르쳐준 것은 계이름 읽는 법 같은 게 아니었다. 어디에든 유용하게 써먹을 수 있는 '코드 반주법'이었다.

10분 뒤, 건수는 아까보다 훨씬 심각한 표정으로 피아노를 뚱땅거리고 있었다. 바나는 옆에서 "알겠지? '도레미파솔라시도'가 영어로는 'CDEFGABC'야. 이것만 외워도 반은 완성"이라며 아주 식은 죽 먹기라는 투로 건수에게 설명을 늘어놓았다.

"왜 A부터 시작 안 하노, 헷갈리게." 건수가 투덜거렸다.

"뭐, 세상 일이 다 그렇지." 바나의 대답에 지안이 픽 웃었다. 공부에 집중을 안 하고 있는 건 아니었다. 지안은 원래 멀티태스킹 능력이 뛰어난 편이었다.

"왜 웃으신대?" 바나가 궁금한 척 새침하게 물었다.

"나 피아노 치면 진짜 잘 칠 텐데." 지안이 대답했다. 하여튼, 얘는 내가 묻는 거에 항상 대답을 똑바로 안 해. 그래도 바나는 지안에게 별 불만은 없었다. 하긴 저 섬섬옥수로 피아노 치면 멋지긴 하겠다.

"그렇겠지, 넌 뭐든 잘하니까. 빠르게 배우고." 바나가 당연하다는 듯 말했다. 바나는 늘 지안에게 이런 식으로 말했다. 하늘은 푸르고 지구는 둥글고 비가 오면 땅이 젖고…… 하는 식으로. 그리고 이것이 사실이기도 했다. 지안은 센스가 상당히 좋아 뭐든 빨리 배우고 잘하는 편이었다.

지안의 센스는 '발표와 작문' 강의의 자기소개 발표 시간에 자신의 매력을 한껏 발산하는 데도 충분히 활용되었다. 자신의 차례가 오자 교수에게 자신의 마우스를 좀 사용해도 되겠냐며 양해를 구했는데, 양해를 구하는 모습이 지나치게 공손했다(바나는 이미 여기서부터 웃음을 참을 수가 없었다). 그러곤 무선 마우스를 꺼내 컴퓨터에 연결하고 마치 자신이 교수라도 된 양 무선 마우스를 포인터처럼 활용하기 시작했다. 발표 PPT를 띄운 스크린 앞을 왔다— 갔다— 하면서 능숙하게 발표를 하는 모습과 대비되게 그는 한 손엔 마우스 패드를 쥐고 한 손으론 무선 마우스를 바쁘게 움직였다. 반은 진지하고 반은 장난기가 가득한 표정이었다. 그 모습은 학생들로 하여금 큰 웃음을 자아내게 만들었다. 그저 자신의 인적사항을 PPT에 나열해 놓고 줄줄 읽어대는 다른 동기들과는 차원이 다른 발표였다. 모두가 지안에게서 눈을 떼지 못했다. 하지만 바나는 지안에게서 눈을 떼지 못한 건 아니었다. 대신 그녀는 지안에게 완전히 매료되어 있었다. 지안이 얼마나 똑똑하고 센스 있는 사람인지 뼈저리게 느끼는 만족감 가득한 표정이었다. 사랑에 빠진 것 같진 않았다. 알 수 없는 고리가 저항력 없는(저항할 생각도 없는) 바나를 쉴 새 없이 끌어당기는 듯했다. 바나는 자신이 그런 상태인 것을 스스로 깨닫지 못했다.

지안의 발표가 끝나자 박수가 쏟아졌다. 바나는 다른 사람들이 지안의 발표에 어떻게 반응하는지 궁금해서 고개를 돌려 둘러보다가…… 도연과 눈이 마주쳤다. 도연은 여태 지안이 아닌 바나를 쳐다보고 있었던 것 같았다. 그리고 얼굴에 방금 막 충격적인 사실을 깨달은 듯한 표정이 어려 있었다. 충격받은 도연의 표정에 충격을 받은 바나는, 이 충격이 어디서부터 시작된 건지 파악도 하지 못한 채 자신의 발표 차례 때문에 자리에서 일어나야 했다.

"제가 미래에 어떤 사람이 될지, 어떤 직업을 가질지 정하지는 못했습니다! 하지만, 앞으로도 정하지 않을 겁니다. 그러니 다들 제 사인을 받아두시길 바랍니다. 저는 그 어떤 사람도 될 수 있으니까요."

바나는 당당하게 빈 PPT 페이지를 펼쳐놓고 이렇게 말한 후 마무리 인사를 꾸벅— 했다. 그녀가 준비한 PPT 페이지는 학생들이 보고 있는 빈 페이지 하나뿐이었다. 그리고 그 빈 페이지 한쪽에서 바나는 20분을 넘게 자신의 이야기를 물 흐르듯이 펼쳐나갔다. 바나 역시 지안과 마찬가지로 큰 박수를 받았다. 지안은 저번처럼 바나를 향해 박수를 세 번 짝짝짝 쳤다. 그것도 아주 우렁찬 박수를. 바나는 인사를 한 뒤 고개를 든 순간 웃고 있는 지안과 눈이 마주쳤다가, 그 옆에서 넋이 나간 도연을 봐버렸다. 찝찝해. 에어컨을 틀어놓은 강의실이었지만, 발표를 해서 그런지 도연의 표정을 봐서 그런지…… 등줄기에 땀이 흘렀다.

"어디 가?" 바나가 기숙사에서 옷을 갈아입으며 나갈 준비를 시작하자 룸메이트인 수아가 물었다.

"토바코." 바나가 대답했다.

토바코는 지안과 바나가 우식만큼이나 자주 들르는 단골 술집이었다. 두 사람은 이곳에서 주로 태양초치즈닭갈비나 김치우동전골을 먹었다. 매콤한 것을 좋아하는 바나 때문에 선택되는 메뉴들이었다. 하지만 오늘 바나는 토바코에서 다른 걸 먹어야 했고 지안과 함께 가는 것도 아니었다. 오늘은 오랜만에 현우 선배를 보는 날이었다. 기말고사 끝나고 보겠다고 지안과 약속했는데…… 조금 찔리는 마음으로 길을 나선 그녀는 한 번 더 찔려야 했다. 학교 앞 편의점에서 도연을 마주친 것이었다.

두 사람은 테라스에 마련된 간이 테이블에 앉았다. 바나의 손에는 도연이 준 숙취해소제가 있었다.

"빨리 가야 되는 건 아니지?" 도연이 싱긋 웃으며 물었다. 우아하게 웃는구나.

"응. 어차피 편의점 들러야 해서 빨리 나온 거라." 바나는 숙취해소제를 만지작거리다 들어 올려 도연에게 감사 인사를 했다. "고마워. 너도 술 마시러 가?"

"응. 원 플러스 원이라서 살까 말까 했는데, 너랑 마주쳐서 다행이야." 도연의 손에도 숙취해소제가 들려 있었다. 그녀는 여전히 싱긋 웃고 있었지만 얼굴 어딘가에는 찌뿌둥함이 남아 있었다.

"누구랑 마시는데?" 바나가 애써 관심을 보이며 물었다.

불편하다, 불편해.

"나, 할 말 있는데 해도 돼?" 도연이 물었다. 이미 할 말 있대 놓곤…….

"뭔데?"

바나는 몇 분간 도연이 혼자 장황하게 늘어놓는 이야기를 들어야 했다. 숙취해소제가 아니라 소화제가 필요하겠는데. 아까 강의 시간에 봤던 도연의 넋 나간 표정은 바나의 추측대로 어떠한 사실을 알게 되어 충격받은 것이 맞았다.

"둘은 친구 이상인 것 같아. 솔직히 말하면 네가 그냥 지안이를 쫓아다니는 줄 알았는데, 그런 게 아니더라고. 둘은 꼭…… 자석같이 서로를 끌어당겨."

도연의 말에 바나가 해명을 하려 하자 그녀는 그런 뜻이 아니라고 설명했다.

"좋아하는 건 아닌 거 알아. 그냥, 내가 어쩔 수 없는 부분들이 너랑 지안이 사이에 있다는 거지."

도연의 입장에선 바나와 지안을 연결하는 게 고리든 자석이든 뭐든 무자비하긴 마찬가지였다.

"음…… 어떻게 생각할지 모르겠지만 난 현우 오빠를 좋아해. 그래서 지금 만나러 가는 거고……. 한지안한테 들었을지도 모르겠지만, 내 쪽도 문제가 좀 있거든." 바나가 쓴웃음을 지으며 자조적으로 말했다.

"못 들었어." 도연 역시 자조적인 미소를 지었다. "그래서 술 마시러 가는 거구나? 내가 준 거 꼭 챙겨 먹고 가야겠네."

도연은 바나에게 응원의 말들을 남겼다. 현우 선배와 잘 해결하길 바란다, 현우 선배가 언젠가는 바나의 마음을 알아줄 것이다, 바나가 쉽게 포기하지 않았으면 좋겠다……. 바나는 그 말들이 자신이 아니라 도연 스스로에게 하는 말임을 아주 잘 알고 있었고 이 사실은 다시 한번 바나의 마음을 쿡 찔렀다.

바나는 다시 길을 나서며 도연이 준 숙취해소제를 꿀꺽 원샷해 버렸다. 기말고사가 끝난 뒤에 현우 선배를 만나겠다는 지안과의 약속을 어기는 대신, '이별'이라는 서프라이즈 소식을 안겨줄 수도 있다는 경우의 수를 떠올려봤지만, 이것 역시 꿀꺽 삼켜야 하는 순간이 와버린 것이다. 도연의 찌뿌둥한 얼굴은 그대로 바나에게 옮겨왔다. 저녁이 되니 일교차 때문에 쌀쌀해졌지만 오후 내내 찝찝했던 기분은 그대로였다.

"어어…… 일단 뭘 좀 시킬까?" 현우 선배가 바나의 맞은편에 앉아 토바코 메뉴판을 뒤적거리며 물었다. 대학가라면 한 개 이상씩 꼭 있다는 유명한 술집이자 지안과 바나의 제2의 아지트인 이곳은 붉은 의자와 붉은 테이블이 트레이드 마크처럼 배치되어 있었다. 일본식으로 주욱 늘어선 바 테이블 너머에서 사장이 여러 가지 안주를 조리하는 모습이 한눈에 보이고, 가게의 남은 공간에는 두 명, 많아야 네 명 정도가 비좁게 앉을 수 있는 아담하고 좁은 테이블과 좌석이 있는 이곳에서, 바나는 지안과 함께 늘 김치우동전골이나 태양초치즈닭갈비 같은 화끈한 음식을 시켜 먹곤 했다. 하지만 현우 선배는 매운 걸 잘 먹지 못해서, 김치우동전골이나 태양초치즈닭갈비 쪽으론 눈길도 주지 않았다. 대신 닭똥집튀김이나 꼬치구이모둠세트, 구운오징어 같은 안주류를 손가락으로 짚으며 "이거 어때?"라고 물었다. 바나는 그런 그를 배려했다. 오래 씹어야 하는 음식을 별로 좋아하지 않는 그녀였으니, 현우 선배의 제안에 순순히 고개를 끄덕인 것은 순전히 매운 음식을 좋아하지 않는 현우 선배를 배려한 행동이었다.

"내가 미안해. 다시 생각해 주면 안 될까? 너 없인 안 되겠어."

바나는 현우 선배에게 자신이 칵테일바에서 이미 그 장면을 봤다는 말을 끝까지 하지 못했다. 대신 그에게 자진해서 솔직하게 말해준 점은 고맙다고 말했다.

"희진이는 이제 정말 안 만날 거야. 정말로⋯⋯."

"양심이 있으면 당연히 그렇게 해야 하는 거 아니야?" 바나가 쌀쌀맞게 대답했다. 쌀쌀맞다곤 해도, 현우 선배를 다시 받아주겠다는 의미가 담겨 있는 무디고 어리한 말이었다. 나 정말 어리하군.

"그러면 나 다시 받아주는 거야?"

현우 선배를 많이 좋아하지만, 이제 조금씩 천천히 마음을 비워가야 한다는 사실을 바나는 잘 알고 있었다. 하지만 지금은 그럴 타이밍이 아니라고 바나는 굳게 믿기로 했다. 지금 헤어지면 금세 동기들 사이에 소문이 쫙 퍼질 테고, 자존심이 강한 바나는 자신의 이별 사유가 상대의 '바람'인 게 밝혀지는 걸 원하지 않았다. 그리고 도연이 바나에게 숙취해소제를 주기도 했다.

"그 여자, 차단부터 해."

현우 선배는 바나가 시키는 대로 했다. 그리고 고맙다고, 사랑한다고도 이야기했다. 그러나 현우 선배는 이날부로, 바나에게서 완전히 메리트를 잃어버렸다. '자상하고 미치게 웃긴 사람'이라는 메리트를. 이제 그는 자상하기엔 바람을 피워버렸고, 미치게 웃기기엔 더 이상 그녀를 웃게 할 수 없으니 말이다. 찝찝한 두 사람의 관계는 이렇게 찝찝한 채로 최대 몇 달간은 지속될 것이다. 자, 이제 문제는 이걸 지안에게 어떻게 말하느냐는 거야.

그러나 지안은 바나가 '토바코에서 현우 선배를 만나 이

야기했다'라는 문장을 꺼냈을 때 별다른 질문을 하지 않았
다. 이미 바나의 표정과 말투에서 그가 궁금해하던 것에 대
한 답을 얻은 표정이었다. '어리하다, 어리해.' 이 말이 또다
시 텔레파시로 바나에게 전달되는 듯했다.

　기말고사가 끝나고 종강을 해서, 두 사람은 대학 생활의
첫 방학을 누려볼 수 있게 되었다. 바나는 겨우 3점대의 학
점을 얻어냈지만, 지안은 4.5점 중 4.3점이라는 놀라운 성
적을 받았다.
　"공연 준비한다고 중간고사에 좀 소홀했던 게 이렇게 되
네." 지안이 아쉬운 투로 말했다. 두 사람은 방학이 시작되
어 한적한 캠퍼스를 거닐고 있었다. 지안은 뒷짐을 진 채
양반처럼 뚜벅— 뚜벅— 느긋하게, 바나는 손부채질을 하
며 잔뜩 짜증이 난 얼굴로.
　다음 학기에 지안이 장학금을 받을 수도 있다는 생각이
들자, 바나는 뭔가 초조함을 느꼈다. 나도 열심히 해야지,
다음 학기에는……. 그리고 장학금을 받을 수도 있는 지안
에게 미리 줄 서는 것도 잊지 않았다.
　"장학금 받으면 토바코에서 닭갈비 좀 사줘라." 태양초
치즈닭갈비는 그들에게 비싼 음식이었다. 그래서 김치우동
전골을 더 자주 먹을 수밖에 없었다.

"받아선 안 되겠군." 지안이 연기 톤으로 대답했다.

"아, 왜!"

칭얼거리는 바나와 무미건조하게 "너한테 사줄 수는 없지"라고 대답하는 지안이었지만 두 사람은 또 서로를 바라보며 웃었다. 둘은 서로를 따라 웃는 습관이 있었으니 말이다. 누가 먼저 웃었는지는 이제 상관할 필요가 없었다.

"현우 선배랑 토바코에서 만난 건 어떻게 됐냐?" 지안의 질문은 뜬금없기도 했고, 왜 이제야? 하는 궁금증이 생기기도 했다.

"뭐…… 그냥 다시 만나는 거지." 바나가 우물쭈물하다가 기어 들어가는 목소리로 말했다.

"변명 하나 해도 돼?"

"해봐."

바나에게는 매우 긴장되는 두 글자였다.

"그날 숙취해소제를 마셨거든. 그래서 술도 안 취하고, 맨정신에 내린 결정이야. 그러니까 내 결정을 한 번만 믿어주지 않으련?" 바나는 일부러 문장을 우스꽝스럽게 마무리했다.

"그날 뭐 먹었는데?" 지안은 바나의 농담에 대답하지 않고 또 한 번 이상한 질문을 던졌다. 바나는 이번에는 우물쭈물하지 않고 한 번에 대답할 수 있었다.

"맛대가리 없는 오징어." 단호하면서도 화가 난 투로 오징어를 비하하는 그녀의 답을 듣곤 지안은 피식 웃었다. 그러자 바나도 따라 웃었다.

"곧 본가 가제? 갔다 오면 토바코 가자." 지안이 말하자 바나의 눈이 반짝였다.

"맛대가리 없는 오징어 말고, 다른 거 먹자."

○×

지안은 바나처럼 본가에 내려가 한 달이나 버티고 오는 스타일은 아니었다. 적당히 서울에서 지내며 친구들과 어울리고, 적당히 본가에 가서 부모님의 일을 도와드리는 유동적인 생활을 했다. 하지만 바나는 본가에 한 달이나 눌어붙어 있었다. 자동적으로 현우 선배를 만날 수도 없었고 지안과 놀 수도 없었다. 전자의 경우는 다행이라고 생각했으나 후자의 경우는 지안이 심심해지는 결과를 낳았다. 장단점이 있군.

바나가 빠진 지안과 도연의 사이는 극도로 정상적이고 평범했다. 바나가 빠졌을 때 비로소 이들은 서로 사랑하는 커플로서 시간을 보낼 수 있었다. 옆에서 쉴 새 없이 떠들며 지안의 생각에 침투하는 바나의 존재가 없어지자, 4층 휴게실에서 바나가 던졌던 '성향 차이의 장단점'에 대한 고민은 자연스럽게 사라졌고 도연이 지안에게 내는 퀴즈 역시 난이도가 낮아졌다.

"근데, 김치우동전골이 그렇게 맛있어? 난 잘 모르겠던데……." 도연이 의아하다는 듯 물으면 지안은 "뭐, 그냥 김치우동 맛이지. 그렇게 맛있는 건 아니야" 하고 그녀가 원하는 대답을 해줄 수 있었다. 그걸 먹자고 찡찡거리는 바나가 없으니 말이다. 하지만 그는 바나를 토바코에 데려가겠다고 한 약속을 꼭 지킬 사람이었다.

방학이 거의 끝나갈 무렵에는 다들 2학기 시간표를 미리 준비하느라 정신이 없었는데, 지안도 예외는 아니었다.

"그럼 이번 학기 누구랑 듣는데?"

도연은 또 한 번 지안에게 미션 같은 알쏭달쏭한 퀴즈를 던졌다. 물론 지안은 이 질문의 답을 알고 있었다. 하지만 지안은 쓸데없이 누구와 함께 강의를 듣는 것이 학업에 도움이 되지 않는다고 생각했다. 비싼 돈을 내고 다니는 학교인데, 남들이 듣는 강의를 따라다니는 것보단 자신이 듣고 싶은 강의를 듣는 것이 합리적이라는 의견이었다.

"아무하고도 안 들어. 비합리적이잖아." 언제나 그렇듯, 지안의 말은 이번에도 틀린 것이 없었다. 도연이 희망하는 학과는 정치외교학과이고, 지안은 역사학도가 될 예정이었으니 두 사람이 듣는 수업은 완전히 다를 수밖에 없었던 것이다. "왜 둘 다 학점을 낭비해 가면서 같이 수업을 들어야 하는데."

하지만 틀린 것이 없다고 해서 그 말이 꼭 좋은 결과를 가져다주리라는 법은 없다. 그래서 지안은 흔히 말하는 '선의의 거짓말'을 지지하는 편이었다. 그러나 그가 지지하는 선의의 거짓말은 '거짓말' 자체보다 '선의'의 의도가 더 큰 경우까지였다. 예를 들면 김치우동전골이 특별히 맛있지는 않다고 거짓말하는 정도.

"나랑도?"

"넌 정외과 수업 들어야지."

도연은 지안의 말에 반박할 수 없었다. 그러나 지안은 도연이 서운한 감정을 드러내는 걸 막을 순 없었다. 그래도 결론은 여전했다. 두 사람은 시간표를 맞추지 않기로 했다. 대신 각자 짠 시간표를 공유하며 공강 시간을 맞추고 필수 공통 교양 수업 한두 개를 같이 듣는 것으로 합의를 보았다. 공강 시간에 함께 밥을 먹거나 시간을 때우며 짧은 데이트를 즐길 수 있도록 말이다. 공강 시간에 공부하기는 글렀군. 더블유 연습도 해야 할 텐데. 지안은 문득 바나는 시간표를 어떻게 짰을지 궁금해졌다.

결국 지안은 '연습 시간을 맞춰야 되니까'라는 이유로 본가에서 바나를 불러냈다. 한 달 만에 만나는 것 같진 않았다.

"어제 본 것 같지, 왜?" 바나가 킬킬거렸을 때 지안도 수긍의 웃음을 보였다. "근데 너무 더워."

지안은 바나를 에어컨이 빵빵한 카페로 데려갔다. 도연이는 추위를 많이 타는데, 얘는 인간 난로군.

"뭐 마실 거냐? 아메리카노?"

바나 앞에 얼음이 짤랑거리는 아메리카노가, 지안의 앞에 목이 시원해지는 아이스 페퍼민트 티가 놓였을 때, 바나는 자신의 시간표를 보며 미간을 잔뜩 찌푸리고 있었다.

"도연이랑 시간표 맞췄어?"

"공강 시간은 맞췄지." 지안이 대답했다. "니 시간표도 한번 보자."

"내 거를? 왜?" 바나는 그렇게 말하며 자신의 시간표를 지안에게 건네주었다. 지안은 한참 동안 자신의 시간표와 바나의 시간표를 비교해 보았다.

"학점 1점 못 채웠구만."

"아." 바나가 짧게 내뱉곤 말했다. "뭘 들어야 할지 모르겠어서, 교양은 대충 넣다 보니까 그렇게 됐네."

"'영화와 역사', 같이 들을래?" 지안이 자신의 시간표를 보여주며 한 강의를 가리켰다. 이번엔 바나가 지안의 시간표를 받아 들고 자신의 시간표와 비교해 보기 시작했다. 그러더니 '옳다구나!' 하는 표정으로 박수를 짝— 쳤다.

"완전 좋은데? 나 이 2학점짜리 교양 그걸로 바꾸면 3학점이 되니까. 21학점 꽉 찬다!"

지안의 제안은 완벽했다. 지안이 바나의 시간표를 유심히 보며 잘 분석한 결과였다. 바나가 '영화와 역사'라는 수업을 자신과 같이 들으면, 공강일도 만들 수 있고 애매하게 남던 학점도 채울 수 있었다.

"근데 웬일, 강의 혼자 듣는 거 좋아한다더니."

"니랑은 같이 들어도 재밌을 것 같아서." 지안이 덤덤하게 대답했다.

"같이 듣는 건 학점 낭비라더니?" 바나가 웃으며 놀리듯 말했다.

"넌 어차피 갈 학과도 아직 안 정했잖아. 이것저것 들어보는 게 손해는 아니지 않나?" 이번에도 지안의 말은 틀린 데가 없었다. "만약에 니가 과 정했으면 같이 듣자고 안 해."

"시간표도 짰으니까! 오늘 토바코를 한번 방문해 보실까요?" 바나가 테이블을 대충 정리하며 말했다.

"오징어 사줘?" 지안이 참지 못하고 농담을 던졌다.

"닥쳐." 바나는 쌀쌀맞게, 하지만 웃으며 그의 말을 받아
쳤다.

그래, 오징어는 맛대가리가 없지.

"김치우동전골을 먹어야겠어. 한 달이나 못 먹었잖아?"

그래, 김치우동 맛 나는 게 맛있지.

한약 냄새 나는 한과

"이 미리담기 화면을 캡처해. 이게 수강신청 화면이랑 똑같이 생겼거든?"

바나가 진지하고 날카로운 눈으로 지안에게 설명했다. 두 사람은 PC방에 나란히 앉아 수강신청 미리담기 사이트에 접속해서 내일 시작될 수강신청을 마지막으로 대비하는 시간을 가지고 있었다. 30분 전까지만 해도 내리쬐는 햇살에 축 처져 찝찝함에 절어 있던 바나는, 팔에 소름이 돋을 정도로 세게 틀어놓은 PC방 에어컨 바람과 지안이 사 준 아이스티 덕분에 다시 생기를 되찾은 상태였다. "그리고 마우스 감도를 내 손에 맞게 조정해서, 단 한 번의 마우스 움직임으로 '신청, 담기, 닫기'가 클릭이 되는지를 체크해야 해."

지안은 똑 부러지게 설명하는 바나에게 감탄했다. 똘똘

하군. 뭐든 체계적으로 효율적인 방법을 찾아 나서는 바나의 마인드가 매우 마음에 들었다.

"넌 이런 일에 잔머리가 잘 돌아가는 것 같다." 지안이 칭찬했다. 평소 무뚝뚝하고 칭찬에 박한 지안의 성격을 고려하면 이는 엄청난 극찬이었다.

"잔머리라니, 재능이라고 해줘." 바나가 최대한 새침하게 말했다. 그러나 그다지 새침해 보이진 않아서, 지안은 웃음이 나왔다.

"그럼 이건 어때." 지안이 가방에서 샤프와 노트를 꺼냈다. 키보드를 한쪽으로 치운 채, 바나가 잘 보이게 뭔가를 써 내려가는 중이었다. 바로, 계산식이었다.

"으…… 숫자……." 바나가 인상을 잔뜩 찌푸리고 지안의 노트를 쳐다보았다.

사실 그렇게 복잡한 계산식은 아니었다. 그러나 지안은 바나가 산수와 수학을 엄청나게 싫어한다는 걸 알고 있었기에, '이 쉬운 게 어렵냐'라는 핀잔은 주지 않기로 했다. 게다가 자신의 설명에 최대한 집중하려고 하는 바나의 노력이 가상하기도 했다. 미간을 잔뜩 찌푸리고 눈을 자주 껌뻑거리는 것이 노력의 증거였다.

"이걸, 이렇게 계산하면……." 지안이 샤프를 슥삭거렸다. "……이렇게 되니까. 이 강의가 인기 강의인지, 비인기 강의인지 알 수 있어. 그럼 우린 이 경쟁률을 토대로 강의 신청의 우선순위를 정하면 되는 거지."

"헐. 너 천재야?" 바나는 지안의 분석이 놀랍고 감탄스럽다는 듯 입을 쩍— 벌리며 오버스러운 리액션을 했다.

"니가 지금 정해둔 순서처럼, 비인기 과목을 굳이 먼저 클릭할 필요는 없다는 거야."

"그러네? 그럼 그냥 이거부터 찍어야겠네! 이게 필수 교양이니까."

그렇게 두 사람은 완벽한 수강신청 방법을 탄생시켰다. 지안의 논리적인 전략과 바나의 꼼수를 합쳐서. 원래는 각자 98퍼센트의 성공률이었다면, 지금은 99.999퍼센트의 성공률이 됐다고 볼 수 있었다.

"좋다, 좋다. 그럼 내일 이렇게 수강신청을 대성공한 다음에는……" 하고 바나가 말하자, 지안은 당연하다는 듯 "실패한 애들 놀리고 우식이나 먹자"라고 바나의 말을 이었다. 바나 역시 이에 덧붙여 "페북에도 올리고 말이야"라며 깔깔거렸다. 두 사람은 손을 들어 하이파이브를 짝—! 했다.

"와— 근데 '영화와 역사' 진짜 재밌겠다." 바나가 신난 표정으로 정리된 자신의 시간표를 보며 말했다.

"내랑 들으면 다 재밌지." 지안이 씩 웃으며 대답했다.

다음 날, 그러니까 수강신청 당일에 지안과 바나는 전날 열띤 회의를 벌였던 그 PC방에 다시 앉았다. 두 사람은 일찍부터 도착해 한국의 신생 민속놀이라 할 수 있는 스타크래프트를 즐기고 있었는데, 수강신청을 하기 위해 학생들이 몰릴 것에 대비해 좋은 자리를 먼저 선점하기 위해서였다. 거의 완벽한 수강신청 방법을 마련해 두었고, 신청 버튼을 누르기 위해 마우스 감도 조절 및 간단한 연습까지 마쳤지만, PC가 멈추거나 사이트가 튕겨버리면 무용지물이 될 터였다. 그래서 두 사람은 잠을 포기하고 부지런히 PC방으로 향했던 것이다.

바나와 지안은 '같이' 게임을 하진 않았다. 바나는 컴퓨터 AI를 상대로 접전을 치르는(지고 있는) 중이었고, 지안은 최상위 랭크의 사람들과 1:1 매치를 즐기고(학살하고) 있었다. 바나는 쉴 새 없이 바뀌는 지안의 모니터와 화려하게 마우스를 다루고 키보드 위를 피아노 치듯 날아다니는 그의 섬섬옥수를 번갈아 보며 감탄을 금치 못했다.

"너, 프로게이머 같아."

"프로게이머가 될 뻔했지." 지안이 덤덤하게 말했다.

사실이었다. 지안은 초등학생 때부터 여러 게임에 특출난 재능을 보였다. 지역 대회에서는 초등학생의 나이로 고등학생, 대학생들을 제치고 우승을 차지할 만큼 스타크래프트 실력이 출중했고, 다른 게임에서도 네임드 유저(게임 내에서 이름이 많이 알려진 유저)여서 많은 이가 지안의 신상을 궁금해할 정도였다. 당시 지안이 초등학생 혹은 중학생이어서 이름난 유저들이 성인들만 있는 길드에 끼워주어야 하나, 말아야 하나 고민한 적도 있었다.

"근데 그땐 너무 어려서, 어머니께 진로를 설득할 방법이 마땅히 떠오르지 않았어."

"유감이구만. 프로게이머 친구 만들 수 있을 뻔." 바나가 쩝— 하며 말했다.

"함 보자, 얼마나 하는지." 지안이 몸을 바나 쪽으로 기울이며 그녀의 모니터를 진지하게 관찰하기 시작했다.

바나 역시 어릴 때부터 게임과 친숙하게 지내온 편이었다. 바나의 부모님은 워낙 나이가 젊고 감각이 신세대적이어서, 바나가 게임하는 것에 부정적인 시각을 가지진 않았다. 오히려 부모님에게 게임을 배우기도 했고, 온 가족이 함께 게임을 하며 시간을 보내는 문화가 집안에 있을 정도였다.

"나 못하는 거 알지?" 바나가 살짝 긴장되는 듯 변명했다. "그래도 나 빠른 뮤탈 할 줄 안다? 이거 봐. 스포닝풀 딱 맞춰서 만들기." 하지만 살짝 자랑을 섞기도 했다.

"와, 니 그런 것도 아나?" 지안은 바나가 쓰는 단어 하나 하나에 대견스러움을 느꼈다.

지안은 문득 주변을 스윽 둘러보았는데, 오늘따라 PC방에는 여자가 많았다. 그렇지, 오늘은 수강신청 날이니까. 여자들 대부분은 수강신청 사이트를 띄워놓은 채 온라인 쇼핑을 하거나 카트라이더, 크레이지 아케이드 등의 귀여운 게임을 하고 있었다. 하지만 조금만 고개를 돌리면……

"사이오닉 스톰은 대체 어떻게 해야 돼? 난 정말이지 내 뮤탈 한 부대가 저렇게 지져져서 녹아버릴 때면 마음이 너무 아프다니깐"이라고 말하며 입이 댓 발 튀어나오는 이상하고 매력적인 여자가 있었다.

"이 형님이 내일부터 좀 알려줄게." 지안은 마우스와 키보드를 조작해 스타크래프트를 하는 바나를 보며 말했다. 단축키를 쓰네. 그녀가 열심히 모은 미네랄(게임 내의 화폐)을 알차게 쓰기 위해 sd나 sm(유닛 생성 단축키) 등을 연타하는 모습을 보며 그는 생각했다. 기가 막히네, 진짜.

"아싸. 나 너한테 배워서 아빠 이겨야지." 바나가 굳은 의지를 내비쳤다. 진짜 골 때린다.

수강신청이 시작되는 오전 10시 정각 1분 전. PC방은 이제 완전히 학생들로 가득 차 있었다. PC방 화면 역시 모두 수강신청 사이트의 대기 화면으로 채워져 있었다. 정적이 흐르고, 55초, 56초, 57초…… 60초! 오전 10시 정각이 되자 PC방에서는 오직 마우스 클릭하는 소리만 들렸다. 그리고 20초 정도 뒤에는 여기저기서 환호 혹은 탄식하는 소리가 터져 나왔다. 물론 환호 소리는 바나와 지안에게서, 탄식 소리는 10시에 맞춰 겨우 PC방에 도착한 건수와 정우에게서 나는 거였다.

"성공했제?" 지안이 바나의 화면 쪽으로 몸을 기울이며 물었다. 동시에, 바나도 지안의 모니터 쪽으로 몸을 기울이며 "올클?"이라 물었다. 그래서 두 사람은 정수리를 콩 하고 박았다.

"으아아아." 바나가 머리를 부여잡으며 문질렀다. 하지만 지안은 이러고 있을 시간이 없다며, 바나를 일으켜 세운 후 의미심장한 눈빛을 보냈다.

두 사람은 전날 약속한 대로, PC방을 돌아다니며 수강신청에 실패한 동기들을 찾아내 신나게 놀리고 다니기 시작했다. 양반 댁 자제처럼 뒷짐을 진 채로 혀를 끌끌 차며 "도대체 이 쉬운 걸 누가 실패한단 말이냐?"라고 말하는 지안과, 부잣집 도도한 사모님처럼 팔짱을 낀 채로 비음을 섞어 "혹시 휴학하세요?"라는 말을 던지고 다니는 바나의 조합은 건수, 정우를 비롯한 자유전공학과 동기들의 원성과 야유를 사기에 충분했다.

2학기 시간표를 꽉 채워놓았으니, 이제 배를 채울 차례였다.

"오늘 수강신청이라며? 잘했어?" 우리 식당의 사장님이 순제 4인 세트를 테이블 위에 세팅해 주며 물었다. 바나와 지안은 웃으며 "네"라고 대답했고 정우와 건수는 말없이 수저를 들어 식사를 시작하는 퍼포먼스로 '수강신청이 완전히 망했다'는 것을 보여주었다. 정우와 건수는 말없이 허겁지겁 식사를 초스피드로 마친 후 다시 PC방으로 돌아가야 했다. 못 채운 학점을 열심히 주워 담아야 했기 때문이다.

바나와 지안은 그럴 필요가 없어서 아주 여유롭게 식사를 했다. 물론 지안은 건수와 정우가 나간 뒤 얼마 지나지 않아 식사를 마치긴 했지만, 느리게 먹는 바나를 친절하게 기다려주었다. 사실은, 평소보다 더 자상하게…… 아니, 온순하게 기다려주었다. 뭘 자꾸 흘리면 잔소리 대신 휴지를 건넸고, 수저를 떨어뜨리면 핀잔 대신 새 수저를 건넸다. 취해서 떨어뜨렸던 게 아니라, 떨어뜨리는 게 습관이군. 지안은 그렇게 생각하며 바나와의 첫 만남을 떠올렸다. 새 숟가락을 가져오는 것이 귀찮아 수저통을 멍하니 바라보던 바나의 모습을 떠올리자 입가에 미소가 걸렸다.

지안은 기분이 이렇게 좋은 이유를 정확하게 규정할 수 없었다. 수강신청에 성공해서 그럴 수도 있고, 바나와 함께 실패자들을 놀리느라 신이 났을 수도 있고, 맛있는 우식으로 배를 채워놓아서 그럴 수도 있고, 아까 바나가 꼼지락거리며 단축키를 활용해 나름 능숙하게 유닛을 뽑는 걸 봐서 그럴 수도 있고……. 아무튼 지안은 기분이 매우 홀가분했다. 아니, 홀가분'했었다'. 우식으로 우르르 들어오는 자유전공학과의 남자 선배들을 보기 전까지는 말이다.

"야, 니네는 뭐 맨날 붙어 다니냐?" 현우 선배의 친구인 지섭 선배가 바나의 어깨를 장난스럽게 툭 치며 한 말이었다. 바나는 "아"라는 들릴 듯 말 듯한 소리를 내며 표정이 싹 굳어버렸다. 지섭 선배는 바나가 정말 싫어하는 선배였다.

"걔 자꾸 나한테 오빠라고 부르라고 하던 걔라고, OT에서." 지안은 예전에 바나가 했던 말을 떠올렸다. 그녀가 묘사하길, '잡곡 흑미밥 닮은 사람'인 지섭 선배는 사실 남학생들 사이에서는 환영받는 재밌는 선배 중 한 명이었다. 우선 돈이 많은 편이라 술이나 식사를 자주 사주었고, 패션 센스도 좋아서 전체적인 인상이 호감상이었으며, 남자들 사이에서는 굉장히 유머러스한 이미지로 평가받고 있었다. 물론 바나는 이것을 두고 '당사자는 불쾌해하는 더러운 개그를 치는 저질스러운 인간이며 그건 개그라고 할 수 없음'이라는 한 줄 평을 남기긴 했지만. 바나의 평가가 여학생들 사이에서는 아주 흔한 평가인지, 지섭 선배는 여자들에겐 유독 인기가 없었다. 그가 하는 '유머러스한' 멘트에는 대부분 같은 과 여학생들에 대한 비난이나 조롱이 섞여 있었기 때문이다.

그들은 우르르 들어와 두 사람의 테이블 바로 옆에 자리를 잡았다. 뭐, 어차피 식사도 거의 다 했으니까. 지안은 예의 바르게 선배들에게 인사를 하곤 슬쩍 바나의 그릇을 쳐다보았다. 식사가 끝난 상태였다. 빨리 자리를 벗어나야겠군. 그리고 지안이 이렇게 생각하자마자…… 지섭 선배가 바나에게 아주 강한 직구를 날렸다.

"야, 너 이제 희진이 이긴다며?"

순간 바나의 표정이 흙빛이 되었다. 당황하거나 서러워서 그런 것은 전혀 아니었다. 사람을 함부로 때리면 안 된다는 사회적인 약속이 없었다면, 바나는 지섭 선배의 잡곡 흑미밥을 닮은 얼굴에 바로 주먹을 꽂았을지도 모를 일이었다.

"어떻게 이겼냐? 희진이를?" 지섭 선배는 낄낄거리며 바나에게 한 번 더 질문했다. "걔 완전 백현우 첫사랑인데!"

도대체 한 살 어린 후배를, 그것도 친구의 여자친구를 기분 나쁘게 해서 얻을 게 뭐길래 저러는 거지? 지안은 죽었다 깨어나도 절대 이해하지 못할 인간상을 쳐다보며 생각에 잠겼다.

"저기요, 지섭이 형." 바나가 낄낄거리는 지섭 선배에게 싸늘하게 말했다('오빠'라고 부를 것을 강요당한 이후로, 바나는 쭉 지섭 선배를 '형'이라 불러왔다). "밥이나 드시죠?"

"야, 너무 기분 나쁘게 받아들이지는 마라." 그러나 지섭 선배는 보통내기가 아니었다. 완전히 차갑게 식어버린 바나의 표정은 그의 농담에 더욱 불을 지피는 연료가 되었다.

"희진이, 현우가 절대 못 잊는 첫사랑인데 니가 이긴 거 잖아. 그럼 너를 진! 짜! 사랑한다는 거 아니겠냐?"

이따위 놈이 대한민국에서 숨 쉬고 있으니, 선진국이 되기에는 아직 천 년 정도는 모자르겠다. 지안은 그렇게 생각했다. 고개를 돌려 바나의 표정을 보니 바나 역시 지안과 똑같은 생각을 하는 것이 틀림없었다.

지안은 잔뜩 더럽혀진 바나의 기분을 깨끗하게 해주기 위해 오늘 하루를 재밌게 보낼 일정을 짜야겠다고 결심했다. 그러기 위해선 자료 조사가 필수였고, 그래서 주머니에서 휴대폰을 꺼내 들었다.

지안은 스마트폰 세대답지 않게 매우 아날로그스러운 연락 방식을 고수하는 사람이었다. 전화 벨소리는 꺼두고 진동만 울리도록 하는 것과, 사소한 메시지나 알림은 모두 무음으로 해놓는 것, 사람들과 함께 있을 때는 휴대폰을 잘 확인하지 않는 것 등이 그의 아날로그틱한 삶의 방식을 잘 보여주었다. 휴대폰을 확인해 보니, 벌써 낮 12시였다. 액 정엔 '우식 누구랑 먹는데?'라는 도연의 메시지가 떠 있었다. 아, 참……. 답장을 안 했네. 성공적인 수강신청과 친구들을 놀리는 재밌는 상황, 맛있는 우식 식사와 지섭 선배의 등장이 줄줄이 자연스럽게 진행되는 바람에 도연에게 답장해야 한다는 사실을 잠시 잊은 지안이었다. 화났겠는데.

"가볼게요. 밥 맛있게들 드세요." 바나가 쌀쌀한 목소리로 일어나며 말했다.

"식사 맛있게 하십쇼." 지안도 예의 바르게 인사하곤 바나를 따라 나섰다.

지안은 바나에게 잠깐 기다리라는 손짓을 하곤 멀찍이 떨어진 후에 주머니에서 담배를 꺼내 물었다. 바나는 멀찍이 서서 담배를 피우려는 지안을 보며 눈을 가늘게 뜨곤 코를 막는 시늉을 했다. 그리고 곧 토할 것같이 기침하는 연기를 했다.

"우웨에에엑, 켁켁켁."

"그러다가 진짜 목 나간다." 지안이 걱정된다는 투로 말했다.

"목 나가는 건 담배 피우는 그쪽이시겠지—!"

심기가 상당히 불편하시구만. 그래도 이제 곧 지안이 바나를 데리고 갈 곳들에 도착하면 바나의 기분이 조금 나아질지도 몰랐다. 지안은 다시 휴대폰을 꺼내 들고 알림창에 쌓여 있는 도연의 메시지를 하나하나 확인하기 시작했다. 수강신청은 성공했는지, 우식은 누구랑 먹는지, 지금 뭐 하고 있는지 도연이 궁금해하고 있었다. 하나씩 답장해 주기에는 내용이 너무 많다는 판단하에 지안은 도연에게 전화를 걸기로 했다.

"어, 나 수강신청 다 성공했지. 어. 지금? 누구랑 있냐고?" 지안은 바나를 슬쩍 한 번 보더니, "건수랑 정우랑 바나랑 우식 먹었지"라고 대답했다. 그러자 바나는 멀찍이서 입 모양으로만 '나? 나 뭐?'라고 물었다. 지안은 그런 바나에게 조용히 하라는 듯 검지를 치켜세워 입 앞으로 가져가 '쉿' 하는 제스처를 취했다. 그리고 도연과 간단한 대화를 조금 더 이어나갔다. 도연도 수강신청에 성공했다고 했다. 목소리가 매우 밝았다. 점심으로는 지안이 일식을 좋아한다는 게 생각나서 부모님과 함께 일식당에 가서 먹었다고 했다.

"맛있었나." 지안의 무뚝뚝하면서도 다정한 질문에 도연은 가볍게 웃는 소리를 내며 다음에 자신의 동네에 오면 함께 가자고 말했다. 도연은 전화를 끊고 싶지 않아 했지만, 고개를 돌려보니 이제는 땅에 있는 돌멩이를 밟으며 분풀이를 하고 있는 바나가 보여 전화를 끊을 수밖에 없었다.

도연의 사랑한다는 말을 마지막으로 두 사람의 전화가 끝났다.

"오늘 하루 종일 이 오라버니가 어울려주도록 하지."

"오라버니? 우웩." 바나가 장난스럽게 혀를 내밀며 토하는 시늉을 한 번 더 했다.

"왜, 성은이 망극하냐?"

지안은 요즘 바나에게 자신을 지칭하는 말로 '오라버니'라는 단어를 사용하곤 했다. 다행히도, 지섭 선배가 요구하는 '오빠'와는 거리가 멀게 느껴지는 단어였다. 오히려 양반 댁 자제가 진짜로 여동생에게 '오라버니'라고 자신을 지칭하는 듯한 느낌만 풍겼다. 그는 사대부가 풍류를 즐기는 듯한 호탕한 웃음소리를 흉내 내며 "하하하!" 웃음을 덧붙이는 것도 잊지 않았다. 그의 호탕한 웃음에 바나도 똑같이 "하하하!" 하며 따라 웃었다. 일단 지섭 선배와 대화를 나눌 때보단 기분이 좋아진 것 같았다. 지안의 농담에 아까의 대화는 잠시 잊은 듯 보이기도 했다. 하지만 바나는 갑자기 욱하는 경우가 있으니, 그녀의 심기를 거스르는 일들은 피하는 것도 나쁘지 않을 테다.

두 사람은 함께 '낙원상가'에 가기로 했다. 1학기 더블유 공연은 잘 마쳤으니, 2학기 공연도 준비해야 했다. 사실 낙원상가에 다녀오는 일정은 건수와 함께해야 했지만, 지안은 건수가 수강신청에 정신이 팔렸으니 바나와 함께해도 나쁘지 않을 것 같다고 생각했다. 지안은 재빨리 건수에게 연락해 더블유의 예산과 구매 목록을 받아낸 뒤 바나를 데리고 버스에 올랐다. 멤버가 건수에서 바나로 바뀌었으니, 낙원상가에 다녀온 이후 가볍게 술자리를 즐기는 코스 역시 살짝 변경될 예정이었다. 근처에 걷기 좋은 거리가 있었지, 아마.

"난 버스가 너무 극혐이야." 바나는 버스에서 쉴 새 없이 주절거리기 시작했다. 그러나 지안은 그런 바나의 주절거림이 항상 흥미로웠다. 그녀는 훌륭한 스토리텔러였다. 같은 이야기도 남들과 다르게 재미있게 하는 능력이 있으니 말이다. "버스는 너무 흔들려. 너 〈하울의 움직이는 성〉 봤어? 거기 보면 초반부에 소피가 기차에 자리 없어서 뒤에서 매달려서 가잖아. 나 좀 과장하면 그렇게 학교 다녔거든."

"밖에 매달려서?"

"아니, 밖에 매달리면 죽지. 여기 버스 뒷문 계단에 서 있으면 문 안 닫히는 거 알지? 그런데 일단 버스는 타야 되니까……." 바나가 뒷문에 있는 기다란 봉을 가리키며 설명을 이어나갔다. "여기 이렇게 스파이더맨처럼 매달려서 갔어."

"그렇다면 너의 근력과 힘은 그 까닭에 발달한 거겠군?"

지안이 농담으로, 그러나 하나도 농담 같지 않은 말투로 말했다. 그러자 바나는 지안의 팔을 주먹으로 퍽 쳤고 지안은 "억!" 소리를 내며 팔을 어루만졌다.

"미안. 근력 조절이 안 되네?" 바나가 비아냥거렸다.

"폭력은 좀 삼가줘. 웃어넘기기엔 지나치게 아프거든."

"어? 여기 신촌인가?" 바나가 버스 안에서 창밖을 바라보며 물었다.

"여기가 어딜 봐서 신촌이냐." 지안이 어이없다는 투로 대답했다.

바나는 순도 100퍼센트의 길치였다. 아마 지안이 버스에 두고 내리면 바로 미아가 될 것이다. 하지만 꼼꼼하고 섬세한 지안이 길을 잘 찾아냈고, 바나도 그런 지안을 철석같이 믿었기에 딱히 이곳이 어디인지 정확히 파악하려는 마음은 없어 보였다. 두 사람은 두 번 정도의 환승을 거쳐 낙원상가가 있는 곳에 도착했고, 지안은 혹여나 바나를 잃어버릴까 계속해서 "빨리 와"라든지 "빨리 타"라든지 "빨리 내려" 같은 말들을 해댔다. 공간지각 능력이 이렇게 없어서야……. 사람을 이렇게 불안하게 하네.

"나중에 면허 따면 SUV 같은 차 사는 건 꿈도 꾸지 마라"라고 말하며 지안이 뒤를 돌아봤을 땐 진짜로 바나를 잃어버리기도 했다. 뭐야, 어디 갔노?

"아! 좀 천천히 좀 걸어!"라고 말하며 인파 속에서 바나가 불쑥 튀어나왔을 땐 짜증과 안도의 한숨이 절로 나왔다.

"그냥 경차나 사서 동네 마실이나 다녀. 면허 따면."

"나 면허 지금 안 딸 거야. 나중에 차 살 돈 생기면! 그때 딸 거거든. 지금 따봐야 뭐 해? 어차피 장롱면허 되는 거."

악기 가게로 향하는 중에도 지안은 자꾸 뒤를 돌아봐야 했다. 바나는 모든 행동이 느린 만큼 발걸음도 느렸다. 그녀는 두리번거리며 사방을 구경했고, 보이는 모든 사물과 사람, 가게마다 떠오르는 이야기를 흥미진진하게 펼쳐나갔다. 예를 들면…… "빙수 가게다! 나 어릴 때, 여름 되면 엄마가 맨날 빙수 만들어줬는데, 난 빙수에 팥 들어가는 거 안 좋아하거든? 근데 아빠가 꼭……" 이런 식으로 말이다.

지안은 멀티태스킹에 능숙한 만큼 그녀의 이야기를 재미있게 들으며 적당한 리액션을 해주면서도, 금세 길을 찾아내고 바나를 잃어버리지 않게 그녀의 팔꿈치를 잡아당겼다.

"진짜 재밌게 듣고 있거든? 근데 말을 하더라도 좀 빨리 걸으면서 해줘."

"응. 근데 목말라."

그렇게 떠들어댔는데, 목이 마르겠지. 두 사람은 잠깐 편의점에 들러 한 손에 각자 먹을 음료수를 하나씩 쥐고 다시 걷기 시작했다. 그러자 지안은 이 수다스러운 길치가 더욱 걱정이 되었다.

"우리가 손을 잡을 순 없으니까 옷자락을 잡든가 해라. 길 잃어버리기 싫으면." 지안의 말에 바나가 지안의 목덜미 쪽 옷을 덥석 잡았다. 그러자 무방비 상태였던 지안이 잠시 뒤로 기우뚱거렸다. "……그러면 내 목이 졸리잖아." 지안이 차분하게 말하자, 바나가 깔깔 웃었다. "일부러 그런 거니?" 그는 어색한 서울말 어미를 사용하며 농담조로 말했다.

"쏘리, 장난." 바나는 사과하며 지안의 팔꿈치 부근에서 팔랑거리는 반팔 티셔츠의 끝자락을 꼭 잡고 그를 졸졸 따라가기 시작했다.

악기 가게에 드디어 도착했을 땐, 지안이 바나를 조금 말려야 했다. 고급 전자피아노를 발견한 바나가 눈이 돌아가 버렸기 때문이었다. 와우, 어머, 우와, 캬, 이야, 홀리 쉣 등 각종 감탄사를 잘도 섞어서 쓰는 바나였다. 그래도 지안은 바나의 감탄하는 반응이 이해가 갔다. 과방 한쪽에 버려져 있던 싸구려 61건반으로 겨우겨우 연습과 공연을 했으니 그럴 만도 하지.

"와! 88건반이다." 바나가 감탄하며 건반을 손으로 쓰윽 쓸었다.

"갖고 싶나?"

"돈도 없는데, 뭐. 여기서나 잔뜩 구경해야지." 바나가 반짝반짝 빛나는 두 눈으로 88건반을 뚫어져라 쳐다봤다.

지안의 기억이 정확하다면 바나가 예전에 지나가는 말로 피아노 전공을 잠깐 준비했다고 한 적이 있었다. 왜 안 했지? 물론 피아노 전공을 했다면, 두 사람이 이 대학교에서 만날 일은 없었을 것이다. 그렇게 생각하자 지금 눈앞에서 피아노 건반을 소심하게 툭툭 건드리고 있는 바나가 아득하게 멀어지는 기분이 들어 조금 섭섭해지기도 했다. 그래, 대학에서 애를 만나지 못했다면 꽤 심심했을 것 같다.

"나중에 이 오라버니가 88건반이 아니라 188건반을 사주도록 할게." 바나가 '그딴 게 어딨어' 하는 표정으로 지안을 어리둥절하게 보자, 지안은 농담으로 말을 마무리 지었다. "물론 로또 당첨되면." 이번에도 그의 농담은 바나에게 먹혔다.

지안은 기타를, 바나는 피아노를 충분히 구경한 후 건수가 보내준 쇼핑 리스트를 살펴보며 여러 가지를 구매하기 시작했다. 이 모든 과정에서 지안은 바나의 기분이 어떤 상태인지 계속해서 살폈다. 다행히도 그녀는 여러 악기와 악기 가게에 정신이 팔려 화를 내거나 짜증을 낼 겨를이 없어 보였다. 도대체 언제 헤어지려는 거지? 지안은 대체 지섭 선배는 왜 그랬을까 생각하다가 꼬리에 꼬리를 무는 질문을 더 하게 되었고 결국 '현우 선배와 헤어지는 게 답이다'라는 결론에까지 도달했다. 그래도 이런 상념을 겉으로 드러내진 않았다. 그저 자신의 멀티태스킹 능력을 활용해 그녀의 기분을 신경 써주는 것과 악기를 구경하는 것 그리고 '도대체 언제 헤어질까'에 대해 궁금해하는 것을 동시에 해내고 있을 뿐이었다.

만약 계속 이런 식이면 절대 못 헤어질 텐데. 악기 구경과 쇼핑을 모두 마치고 근처에 있는 인사동 쪽을 향해 바나와 함께 걸으면서도, 지안은 그녀의 이별에 대해 계속 곱씹고 있었다. 그는 모름지기 이별이라는 건 전쟁에 나간 군인이 망설임 없이 적장의 목을 빠르게, 단숨에 베는 것처럼 빠르게, 단숨에 저질러야 한다고 생각했다. 하지만 바나는 그녀의 느린 움직임처럼 이별 역시도 뭉그적거리며 미루고 있었다. 그러자 자연스럽게 그의 미간이 찌푸려졌다. 왜 짜증이 나지? 스스로에게 물었지만, 얻을 수 있는 답변은 '친한 친구가 잘못된 길로 걸어가는 것을 지켜만 봐야 하니 짜증이 날 수밖에 없다'뿐이었다.

"언제까지 걸어?" 바나가 지친 표정으로 지안에게 물었다. 안 그래도 더위에 취약한 바나의 이마에 송글송글 땀이 맺혀 있었다.

"지금까지." 지안은 한 전통 찻집을 가리키며 대답했다.
"여기 들어갈 거야."

○×

찻집은 형형색색의 전통적인 인테리어로 꾸며져 있었다. 천장 높이가 낮았고 건물 자체에서 한약을 머금은 듯한 냄새가 났다. 하지만 어린 시절 그토록 먹기 싫었던 한약 냄새와는 좀 다른 냄새였고 오래된 풍미 같은 것이 느껴지는 듯했다. 가게 안은 손님들로 북적였는데, 데이트를 즐기는 젊은 커플도 몇 있었으나 대부분은 아줌마와 아저씨들이었다. 두 사람은 가게의 제일 가운데 테이블에 자리를 잡았다.

바나는 지안보다 기억력이 좋지는 않았지만, 기분 나쁜 일은 오래도록 잘 기억하는 편이었다. 아까 지섭 선배와의 일은 정말 짜증이 많이 났다. 그래도 오늘 하루 종일 지안과 함께 이곳저곳을 다니고 이것저것을 구경하니 기분이 많이 좋아진 상태였다.

"근처에 운현궁이 있어. 가볼래?"

지안이 시킨 오미자차와 바나가 시킨 미숫가루 그리고 한과와 약과가 테이블 위에 놓일 때, 지안이 말했다. 지안은 운현궁에 대해 바나에게 한참을 설명해 주었다. 그는 어휘 수준이 상당했고, 역사 이야기를 참 재밌고 조리 있게 설명해 주는 능력이 있었다. '역사는 지루하다'라는 편견이 있는 게 아니라면 아마 바나를 제외한 다른 사람들도 지안의 이야기를 아주 흥미롭게 들었을 것이라고 바나는 확신했다. 게다가 바나는 새로운 지식을 습득하는 것을 아주 좋아했다. 궁금한 게 생기면 끝까지 찾아보는 스타일인 데다 늘 인터넷 검색창을 켜놓는 조사 덕후인 바나에게 지안은 걸어 다니는 역사 검색창이었다. 참 똑똑하단 말이지. 그녀는 지안에게 배울 게 많다는 점이 가장 마음에 들었다. 물론 그 외에도 바나의 기분을 기가 막히게 잘 알아챈다는 점, 유머 코드가 잘 맞는다는 점, 함께 듀엣곡을 부르며 악기 연주를 맞춰볼 수 있다는 점, 고민이 있을 땐 기똥찬 해결 방안들을 여럿 제시해 준다는 점 등의 다른 장점도 많았다. 만약 이런 친구를 잃게 된다면 인생에서 아주 큰 손해를 보는 거라고 바나는 굳게 믿었다. 손해를 볼 순 없지. 절대로.

"흥선대원군에 대해서 말이야, 우리는 좀 더 찬찬히 다시 생각해 볼 필요가 있어."

그는 이제 흥선대원군에 관한 설명을 시작했다. 설명하는 중간중간 한과를 한 입씩 먹거나 우아하게 차를 마셨는데, 그런 모습이 기품 넘치는 양반 댁 자제 같기도 했고 또 외외로 영국 귀족 집안의 일등 신랑감인 장남 같기도 했다. 흠…… 슈트를 입어도 잘 어울리겠는데?

"차를 마셔야 해. 몸에 좋아." 지안은 이제 찻잔을 두 손으로 가지런히 감싸 들어 올리며 따뜻한 차에서 올라오는 김을 통해 온도와 습도를 가늠해 보고 있었다.

"한과 맛있다, 그치?" 바나가 지안에게 말했다. 그렇게 말하면서도 바나는 찻잔을 잠시 내려놓고 한과를 집는 지안의 섬섬옥수를 빤히 쳐다보았다. 어떻게 남자 손이 저렇게 예쁘지? 열받을 정도로.

"아까부터 뭘 그렇게 빤히 쳐다보노?" 지안이 궁금하다는 듯 물었다. 그제야 바나는 흠칫 놀라며 양 볼이 살짝 발그레해졌다. 물론 날씨가 더웠고, 에어컨 바람이 그리 빵빵하지 않은 찻집이어서 열기가 올랐을 수도 있다고 스스로를 설득했다.

"아니, 손 예뻐서." 바나가 변명하듯 대답했다.

"그럼 손만 봐라. 내 몸은 왜 훑어보는데?" 지안이 킥킥대며 말했다. "내가 설명하는 거 제대로 듣지도 않았제?"

"들었거든." 바나가 발끈하며 대답했다.

"한과 좋아하나?" 지안이 발끈하는 바나를 배려해 다시 한과 이야기를 꺼냈다.

"응. 나 어릴 때부터 좋아했어. 그래서 할아버지랑 할머니가 맨날 사다주셨어. '뭔 얼라가 한과를 이래 좋아하노' 하시면서."

바나는 자신의 '한과 역사'에 대해 설명하기 시작했다. 그녀는 하나의 키워드로도 수많은 이야기를 펼쳐내는 특이한 능력이 있었다. 누군가는 이런 바나를 말 많은 수다쟁이라고 표현할 수도 있겠지만, 지안은 그녀의 이야기를 듣는 것이 즐거웠다. 마치 라디오를 틀어놓은 느낌이랄까. 사실은, '보이는 라디오'라고 하는 편이 더 정확했다. 지안은 바나가 이야기할 때 그녀의 행동이나 얼굴 표정을 구경하는 일 역시 즐겼으니까. 바나는 혼자 신나서 말을 할 때면 정말 다양한 표정과 동작을 보여주곤 했다. 일단 쌍꺼풀 없는 그 큰 눈이 다이내믹하게 커졌다 작아졌다 하는 것은 바나만 할 수 있는 묘기이자 트레이드 마크였다. 그리고 웃을 땐 콧잔등과 미간을 잔뜩 찌푸리며 웃었는데, 그녀가 가진 장난기가 온몸에서 뿜어져 나오는 듯한 느낌을 줬다. 그녀의 입술을 자세히 보다 보면 아랫입술의 정중앙에 희한하게 톡 튀어나온 부분이 있다는 사실을 알 수 있었다. "가끔 사람들이 뭐 났냐고, 아니면 모기 물렸냐고 물어봐"라고 바나가 설명해 주었던 특이한 입술 모양이었다. 입술이 예쁜 편이네. 지안은 문득 이런 생각이 들었다. 짜증 낼 땐 닭똥

집 같더니만.

"넌 첫사랑이 누구야?" 바나는 한참 이야기하다가 갑작스러운 질문을 했다. 아까 지섭 선배가 바나에게 던졌던 키워드였다.

"글쎄, 잘 모르겠는데." 지안이 바나의 표정을 살피며 대답했다.

"왜? 도연이가 첫 연애는 아닐 거 아냐."

중고등학교 시절부터 인기가 많았던 지안은 공부를 열심히 하면서도 간간이 장난 같은 연애를 해왔다. 그러나 그에겐 이렇다 할 '첫사랑'이 없었다. 아니, 그가 느끼기엔 없는 것 같았다.

"첫사랑의 정의가 뭔데?" 이번엔 지안이 바나에게 질문을 던졌다.

"처음 하는 사랑?" 바나가 본인도 갸우뚱하며 대답했다.

"첫 연애 대상을 말하는 거가?" 지안이 되물었다.

"아니, 굳이 연애를 하지 않아도…… 짝사랑도 첫사랑이 될 수 있지?" 바나는 이렇게 대답하곤 마지막으로 남은 한과를 집어 반을 뚝 자르며 말을 이었다.

"첫사랑 못 잊는다며, 남자들은."

"너…… 그렇게 유치한 거 믿는 그런 애였냐? 실망이다."

지안이 약간의 농담조를 섞어 웃으며 바나에게 말했다.

그러자 바나도 옅게 웃으며 반쪽짜리 한과를 지안에게 스
윽 내밀었다. "더 작은 걸 주네." 지안은 이렇게 대답하면서
도 그녀가 내민 반쪽짜리 한과를 받아 고민 없이 입에 털어
넣었고 바나 역시 그렇게 했다. 둘은 같이 한과를 오물오물
씹었다.

두 사람은 결국 지안이 그토록 열심히 설명해 주었던 운
현궁에 가지 못했다. 찻집에서 나오니 벌써 해가 저물어 있
었고 바나가 더워 죽겠다며 투덜거렸기 때문이었다. 그렇
게 두 사람은 다시 학교로 돌아가는 버스에 탔다. 버스 안
에서, 바나는 고개를 가누지 못하고 상모돌리기 하듯 이리
저리 까딱이며 신나게 졸았다. 지안은 원래 버스를 탈 때
바깥 구경을 하며 사색에 잠기는 것을 좋아해 잠들지 않았
다. 창밖에 보이는 자동차나 우뚝 솟은 건물, 빠르게 스쳐
지나가는 나무들, 다양한 사람과 각양각색의 네온사인은
그의 두뇌를 자극하는 좋은 요소들이었다. 생각에 잠기자
자연스럽게 지안은 버스 안에서 아까 바나가 물어봤던 '첫
사랑'에 관해 고찰할 수밖에 없었다. 바나가 목을 부여잡고
뻐근하다는 표정을 지으며 버스에서 내릴 때쯤 지안은 고
찰의 결론에 거의 도달해 있었다.

이미 저녁이 다 지난 시간인 데다가 아직 방학이라 과방
의 문은 굳게 닫혀 있었다. 둘은 비밀번호를 누르고 과방에

들어가 사 온 물품들을 정리하기 시작했다. 정리를 마친 후
엔 낡은 소파에 털썩 앉아 긴 한숨을 내뱉었다.

"아오, 힘들어."

바나는 고개를 한껏 뒤로 젖히며 말했다. 두 사람은 소
파에 나란히 앉아 습기가 가득한 지하 과방의 지저분한 천
장을 올려다보며 잠깐의 정적을 즐겼다. 그리고 몇 분 뒤,
지안이 그 고요함을 깨며 말문을 열었다.

"생각해 봤는데, 난 첫사랑 없는 것 같다."

"왜?" 바나가 천장에서 시선을 떼고 지안을 쳐다보며 물
었다.

"남자가 잊지 못하는 게 첫사랑이라며. 난 잊지 못하는
사람이 없어."

"고마워." 바나가 뜬금없이 감사를 표했다. "몇 시간 전에
한 질문을 여태 생각해 주다니." 진심이 담겨 있었다. "근데
도연이를 사랑하잖아." 이 질문에도 바나의 진심이 꾹꾹 담
겨 있는 듯했다.

"뭐…… 만약에 도연이랑 헤어지게 됐는데, 내가 도연이
를 못 잊고 살아간다면 걔가 내 첫사랑으로 판명 나는 거
지." 지안이 냉정하게 대답했다.

"그렇게 되겠네."

"니는 있나? 첫사랑." 지안이 묻자, 바나는 입술을 삐쭉

내밀며 미간을 찌푸리곤 다시 천장을 바라보며 '음—' 하고 고민하는 표정을 지었다.

"나도 없는 것 같아. 만약 여자한테도 '첫사랑은 못 잊는 다'라는 말이 해당된다면." 한참 고심한 끝에 바나가 대답했다. 백현우랑 헤어져 봐야 알겠군.

두 사람은 몇 분의 침묵 뒤에 간단한 대화를 나누고, 또 몇 분 동안 침묵하며 생각하기를 반복했다. 대화는 아까 먹었던 한과처럼 바삭거렸고, 침묵에서는 전혀 어색하지 않은 한약 향이 미세하게 풍기는 듯했다.

성은 김이오, 이름은 우전이라

"첫사랑이라며?"

며칠 뒤, 바나는 현우 선배와 밥을 먹으며 대뜸 말을 꺼냈다. 개강을 하루 앞둔 날이었다. 이 말을 들은 현우 선배는 씹던 밥을 뿜었다. 바나는 자신 쪽으로 튀는 밥알들에 깜짝 놀라 소리를 질렀다. 현우 선배는 캑캑 기침을 하며 다급하게 휴지를 뽑아 바나의 옷을 닦아주려 했지만, 바나는 현우 선배 손에 있는 휴지를 뺏어 스스로 옷을 닦았다.

"고개 돌리고 기침해." 그러자 현우 선배는 사레가 들려 기침을 몇 차례 더 하곤 눈물이 살짝 고인 눈으로 바나를 쳐다보았다.

"미안해."

"뭐가?" 바나가 피식 웃으며 물었다. "밥알 뿜어서? 아니면 그 언니가 첫사랑이어서?"

"아, 아니…… 그게 아니라……." 현우 선배가 난감하고 곤란하다는 표정을 지었다. 내가 지어야 할 표정을……. 전부터 자꾸 자신의 감정을 가로채 가는 현우 선배의 표정이 밉상으로 보였다.

바나는 그날 우식에서 지섭 선배가 한 말에 기분이 굉장히 상한 것은 사실이지만, 지안과 재미있는 하루를 보내기도 했고 이미 지나간 일이기에 그 말 자체에 크게 신경을 쓰진 않았다. 우선 현우 선배에게 잊지 못하는 첫사랑이 있다는 사실은 명백히 기분이 나쁜 일이지만, 그녀는 이미 현우 선배가 희진 언니와 키스하는 장면까지 봤으니까. 이미 이별을 각오하고 있는 바나에게 '첫사랑'쯤이야, 한쪽에 치워두고 모른 척할 수 있는 문제였다.

바나의 기분이 계속해서 꾸리꾸리한 이유는 이런 유치한 질투 때문이 아니었다. 그보다는 지섭 선배가 지안과 다른 선배들 앞에서 그 이야기를 꺼냈다는 사실이 더 기분 나빴고, 이런 상황이 발생하기까지 행동거지를 똑바로 하지 않은 현우 선배의 명청함에 더 짜증이 났다. 그녀는 자존심이 강한 사람이었으니까. 자신이 남자친구에게 사랑을 듬뿍듬뿍 받고 있다는 소문이 퍼지면 퍼졌지, 사실은 남자친구를 뺏길 뻔했다든지, 진심으로 좋아하지 않는다든지 하는 소문이 퍼지길 원하진 않았으니 말이다. 특히 바나는

'걔가 걔를 이겼대. 이제 걔가 걔를 더 좋아한대' 같은 이야기는 절대 칭찬이 아니라고 생각했다. 그러나 현우 선배는 이런 바나의 감정을 따라오기는커녕 짐작도 못 하는 듯 보였다. "근데, 이제 진짜 너를 더 좋아해. 이건 내가 너를 정말 진짜로 좋아하게 됐다는 뜻이야" 따위의 말을 꺼냈기 때문이다. 그는 적극적으로 '네가 이겼어, 바나야! 축하해!' 하는 뉘앙스를 꽉꽉 풍겨대고 있었다.

"지안이랑 낙원상가 갔다며. 가서 뭐 샀어?" 현우 선배는 애써 화제를 전환하려고 했다. 아무리 자신이 '네가 이겼다니까?'의 뉘앙스를 풍겨도 바나의 기분이 나아지는 것처럼 보이지 않아서 그러는 것 같았다. 바나는 금세 그의 의도를 알아차렸지만 굳이 짚고 넘어가진 않았다. 그런 과정들이 이젠 귀찮아진 그녀였다.

"그냥 장비 몇 개?"

"악기 사러 간 거 아냐?" 현우 선배가 정성을 담아 질문했다.

"말했잖아." 바나가 살짝 짜증을 얹어 친절하고 구체적인 대답을 했다. "장비 사러 가는 거였다니까. 악기는 이미 다 있잖아. 갔다가 인사동 가서 찻집에서 놀다가 왔어. 과방에서 장비 정리도 좀 하고."

바나는 지안과 함께 놀았던 그날을 떠올리며 이것저것

이야기하기 시작했다. 전통 찻집의 분위기는 어떠했고, 인 테리어는 어떤 모양이었으며, 메뉴는 뭘 시켜 먹었고, 지안 은 어떻게 차를 마셨는가 등등에 대해서 말이다. 하지만 그 녀가 이런저런 이야기를 하는 동안 현우 선배의 표정이 미 묘하게 변하는 것은 미처 알아채지 못했다. 지안과 한 이야 기 중에 '첫사랑'에 대한 부분은 편집하고 현우 선배에게 전 달해야 한다는 예감이 들었기 때문에 현우 선배의 기분이나 표정 파악은 후순위로 밀렸다. 그리고 앞에 있는 음식에서 먹고 싶은 걸 골라내는 일에 집중해야 하기 때문이기도 했 다. 바나는 지안처럼 멀티태스킹 능력이 뛰어난 편은 아니 니까…… 나, 편식 심한가? 지안이는 이것저것 잘 먹던데.

현우 선배가 어딘가 이상하다는 사실을 알아챈 건, 데이 트가 끝나고 바나가 기숙사로 돌아가려고 할 때였다. 둘은 기숙사 앞의 커다란 벚나무 아래에 서 있었다.

"벌써 들어가게?" 현우 선배가 아쉬운 듯 물었지만, "응. 오 빠 차 안 끊겨? 얼른 가" 하고 바나는 심드렁하게 대답했다.

현우 선배 역시 도연처럼 기숙사에 살지 않고 경기도권 에 있는 본가에서 학교를 다녔다. 대신 그는 조금 먼 거리 의 경기도권에 살고 있었기 때문에 항상 막차 시간을 신경 써야 했다. 아니, 사실은 희진 언니와 같은 버스를 타고 가 기 위해 막차에 맞춰서 급하게 버스 정류장으로 갔다고 말하는 게 맞을지도 모른다. 어찌 됐건, 바나는 이 시간쯤이면 현우 선배가 늘 부리나케 버스 정류장으로 달려갔으니 어련히 데이트가 끝났다고 판단했다.

"아, 지섭이 집에서 자지, 뭐."

"왜?" 바나가 진심으로 궁금하다는 듯 물었다.

"그냥! 너랑 더 놀고 싶어서."

"내일 개강이잖아. 괜찮겠어?"

"뭐 어때, 개강 첫날부터 수업하진 않을 거 아냐."

"하는 교수님도 당연히 있는 거 아냐?"

현우 선배는 바나가 자신과 더 같이 있는 것을 원하지 않는다는 뉘앙스로 계속 대꾸하자, 발끝으로 무의미하게 바닥을 툭툭 치기 시작했다.

"나랑 같이 있기 싫어?" 그가 조심스럽게 물어보았다.

"아니, 그건 아닌데." 바나는 여전히 현우 선배가 이해되지 않는 듯 대답했다. "나 지안이랑 놀기로 했는데."

"걘 여자친구랑 데이트 안 한대?"

"걔도 지금 데이트하고 기숙사 오는 길일걸?" 뭔가 구리구리하고 찝찝한 현우 선배의 표정을 거슬려하는 말투로 바나가 대답했다. 이 오빠 오늘 왜 이래? 여태껏 아무리 지안과 어울려 놀아도, 심지어 연락이 끊겨도 아무런 태클도 시비도 걸지 않던 세상 순한 남자친구였던 그가 오늘따라

318

예민하게 구는 게 바나는 마음에 들지 않았다.

"걔랑 그만 좀 놀아."

"왜 이래. 알잖아, 친한 거."

그리고 바나는 자신의 마지막 대사에 멈칫하며 과거에 어떤 한 장면을 떠올렸다. 바로 지금 서 있는 이 벚나무 아래에서 지안과 도연이 손을 잡고 지나가는 모습을 발견한 그날이었다. 그땐 바나가 현우 선배에게 "또 그 언니지? 희진 언니?"라고 따지듯 물었고 그는 바나에게 "알잖아, 친한 거. 너랑 지안이처럼" 따위의 말을 했다. 팔에 소름이 쫙 돋는 걸 느끼며 헉 하고 숨을 들이마시던 찰나, 바나는 반대편에서 지안과 도연이 데이트를 마치고 돌아오는 것을 발견하고 인상을 살짝 찌푸렸다. 두 사람은 이번엔 손을 잡고 있지 않았다. 도연이 지안의 허리에 팔을 두르고 지안은 도연에게 어깨동무를 한 채로 마치 한 몸처럼 기숙사를 향해 걸어오고 있었다. 네 사람은 서로를 봤지만 반갑게 마주해 인사를 하기에는 아직 좀 먼 거리였다.

"바나야. 나 할 말 있어." 지안과 도연이 천천히 바나와 현우 선배에게 다가오고 있을 때, 현우 선배가 다급하게 말을 꺼냈다.

"나 군대 가. 10월에."

바나는 말문이 턱 막힌 듯, 바보처럼 입을 벌리고 현우 선배를 쳐다봤다. 한참 정적이 흘렀다. 그러니까 저쪽에서 걸어오던 지안과 도연이 기숙사 앞의 큰 벚나무 쪽에 도착할 때까지 현우 선배와 바나는 단 한 마디도 하지 않은 채 서로를 쳐다만 보고 있었다. 바나는 공허하게, 현우 선배는 떨떠름하고 미안한 표정으로 머리를 긁적이며.

"안녕하세요, 형님." 지안이 현우 선배에게 먼저 인사했다. 이어서 "데이트 잘했나?"라며 바나에게 질문했다.

바나는 애써 정신을 가다듬고 도연에게 먼저 밝게 인사했다. "너넨 데이트 잘했어?"

"오늘 커플링 맞췄어—!" 도연이 웬일로 바나에게 신나는 목소리로 대답했다. 그녀는 팔을 쭉 뻗어 자신의 약지에 있는 커플링을 바나에게 보여주었다.

"오— 예쁜데." 바나가 영혼 없는 목소리로 감탄했다. 그러자 현우 선배가 잠깐 눈치를 보다가, 하하 웃으며 바나에게 말했다.

"우리도 하나 할까?"

"아니. 나 반지 싫어해."

도연과 현우 선배가 집으로 향하는 버스를 타고 캠퍼스를 떠난 후, 지안과 바나는 토바코로 향했다. 안으로 들어서자 익숙한 새빨간 인테리어가 보였다. 현우 선배는 이전에 '맛대가리 없는 오징어' 따위를 시켜서 바나를 잔뜩 열받게 만들었다. 물론, 열받은 이유가 음식뿐만은 아니었다. '희진 언니 키스 사건' 이후 현우 선배를 처음 다시 본 곳이 바로 이곳이었으니.

"우전이 하나 시킨다." 지안이 그렇게 말하곤 사장에게 예의 바른 말투로 주문을 마쳤다.

"우전이 조오치." 바나는 공허한 말투로 말했다.

'우전이'는 놀랍게도 사람이 아니었다. 두 사람이 늘 시켜 먹는 6500원짜리 가성비 안주인 '김치우동전골'을 일컫는 말이었다. 이걸 줄여서 '김우전'이라고 불렀는데, 이후 두 사람은 "우전이 보러 가자"라든지, "우전이 불러봐라"라든지 하며 이 음식을 의인화해 불렀다. 성은 김이고, 이름은 우전인, 두 사람의 술자리에 자주 합석하는 또 하나의 친구가 생긴 셈이었다.

"야, 백현우 군대 간대." 바나가 공허한 표정으로 말했다.

"아…… 이거 우전이가 아니고 태양초치즈닭갈비를 시

켰어야 했네." 지안이 그렇게 말하며 슬쩍 요리를 시작해 버린 사장 쪽을 보았다.

"아냐, 오늘은 우전이 삘이야." 바나가 그렇게 말하며 지안에게 희미한 미소를 보냈다.

오늘은 바나와 담소 나누길 건너뛰고 기숙사로 들어가 휴식을 취할 계획이던 지안이었다. 도연과 함께 커플링을 고르고, 그 커플링을 사진 찍어 SNS에 올리는 도연 대신 함께 볼 영화를 예매하는 것은 그리 어려운 일이 아니었다. 자신의 섬섬옥수에 끼워진 커플링을 보자 만족스럽기도 했고 도연과 요즘 싸우는 횟수가 줄어서 데이트할 때 평소보다 훨씬 피로감이 덜하기도 했다. 하지만 커플링 소식에 반지가 싫다며 현우 선배를 냉대하는 바나를 보곤 심상치 않은 일이 생긴 거라 직감했다. 게다가 바나가 입을 쩍— 벌리고 큰 벚나무 아래에서 현우 선배를 뚫어져라 쳐다보고 있는 모습을 지안이 알아채지 못할 리 없었다. 커플링이 문제는 아닐 텐데. 그가 모르는 다른 소식이 있다 판단해 그녀를 토바코로 데려왔으나…… 군대 소식일 줄이야.

"언제?" 언젠가 자신도 군대에 가야 하는 날이 다가오고 있다는 사실을 텁텁한 마음으로 되새기며 그가 물었다.

"10월에." 바나가 덤덤하면서도 낯선 투로 대답했다.

사실, 갑작스러운 소식에 좀 놀라긴 했어도 지안은 조금 안심이 되었다. 몸이 멀어지면 마음도 멀어지기 마련이니, 느릿느릿하고 뭉그적거리는 바나가 이별을 결심하기에 더할 나위 없이 좋은 기회라고 생각했다. 그래서 아까 반지를 싫어한다고 했군.

"왜 몰랐지? 생각해 봐. 나한테 2학기 시간표 보여준 적도 없고⋯⋯. 힌트는 많았는데! 내가 왜 몰랐을까? 그러고 보니까 나도 이상해. 왜 2학기에 수업 같이 듣자고 물어보지도 않았지? 남자친구인데!" 바나는 끝없이 중얼거리며 과거의 단서들을 되짚어 보고 있었고, 지안은 그녀의 혼잣말을 토대로 그녀의 마음이 확실히 현우 선배에게서 멀어졌다고 확신했다.

하지만 이야기를 계속 들어보니, 지안이 바라는 대로 일이 쉽게 풀리진 않을 듯했다. 바나는 그렇게 이별을 하겠다 말해놓곤, 막상 현우 선배가 군대를 간다고 하니 마음이 아픈 모양이었다. 지안은 그런 그녀의 모습을 보고 그녀에게 처음으로 '실망'을 했다. 도대체 왜? 이해할 수가 없었다.

"어리하게, 그걸 또 마음 아파하냐." 지안이 지안답지 않게 발끈하며 바나를 비난했다.

"어리하다고 그만 좀 해라."

바나가 날카롭게 쏘아붙이자 지안은 서운한 마음이 들었다. 확실히 바나는 멍청한 편은 아니지만⋯⋯ 아니, 사실

323

꽤나 통찰력이 좋고 독특한 스타일이긴 하지만 지금 그녀의 모습은 그저 바보 같았다. 지안이 보기엔 그랬다.

두 사람은 평소보다 일찍 기숙사로 돌아갔다. 내일 개강을 위해서 컨디션 관리를 해야 한다는 이유에서였다. 그러나 지안은 바나가 '어리하다'는 말에 기분이 상했고, 이에 더해 현우 선배의 군대 소식에 혼자 고민할 시간을 가지려고 평소보다 일찍 자리를 정리했다는 사실을 알고 있었다.

○×

지안과 바나는 금방 다시 만났다. 1학년 2학기가 시작된 첫날, '영화와 역사' 강의 시간에 마주칠 수밖에 없었으니 말이다. 어제 그렇게 툴툴거리고 짜증을 낸 것은 없던 일이 되었다.

"오늘 수업하려나?" 이미 한참 전에 강의실에 도착해 있던 지안의 옆에 앉으며, 바나가 물었다.

"하겠지." 지안이 덤덤하게 답하며 대뜸 한쪽 이어폰을 빼서 바나의 귀에 꽂아주었다. "이거나 들어봐." 지안이 자신이 듣던 노래를 다시 처음부터 재생했다. 제이슨 므라즈의 〈I'm yours〉라는 노래였다.

"이 노래 좋지." 바나가 고개를 까딱거리며 리듬을 타기 시작했다.

"가사 해석 좀." 지안이 말했다.

지안은 모든 학문에서 뛰어난 결과를 냈지만 영어만큼은 조금 어려워했다. 지안이 살던 시골은 영어를 자주 접할 환경이 아니었기 때문이다. 반면 바나는 유학을 다녀온 고모와, 딸을 위해 각종 디즈니 애니메이션 영화 비디오를 빌려온 아버지의 영향으로 영어가 제법 친숙한 환경에서 자랐다. 그래서 숫자와 공식엔 울렁증이 있을지언정, 영어에는 꽤 자신이 있었다.

"걍, 니가 좋다…… 이런 거지?" 바나가 대충 대답했다.

"그건 나도 알아. '구체적으로' 뭐냐는 거지." 거참, 인터넷에 검색하면 바로 줄줄 나올 것을…… 이라고 구시렁대면서도 바나는 노래에 집중하며 가사를 읊기 시작했다.

"완전 의역도 괜찮지? '복잡하게 생각하지 마. 시간은 짧잖아. 이게 우리 운명이야. 난 니 거라고.'"

"누가 누구 거라고?" 그때 불쑥 뒤에서 어떤 목소리가 들렸다. 익숙한 여자 목소리였다. 바나는 깜짝 놀라 숨을 들이키며 뒤를 돌아봤다. 그리고 더 놀란 표정을 지었다. 이어폰을 한쪽씩 나눠 듣고 있던 두 사람의 뒤에 도연이 가방을 든 채로 불쾌한 표정을 짓고 서 있었다. 지안 역시 매우 놀란 눈치였다.

"오늘 본관 수업 없잖아?"라는 지안의 질문에, 바나는 도연이 대충 "이거 챙겨주려고"라든지 "그냥 보고 싶어서 왔어" 등의 대답을 할 것이라 예상했다.

"나 이 수업 듣는데?"

이게 무슨 말이야. 바나가 놀라서 도연을 한 번, 지안을 한 번 쳐다보았다.

"근데, 너." 도연이 바나를 향해 물었다. "이 수업 들어?"

나랑 듣는다고 말을 안 한 건가? 아니면 도연이랑 듣는 수업인데 나한테 말을 안 한 건가? 뭐 근데, 셋이 같이 들어도 되잖아. 문제 될 게 뭐가 있어! 바나가 머리를 팽팽 돌려가며 갖가지 생각을 하기 시작했다. 문제 될 게 있긴 있지. 만약에 지안이가 도연이한테 거짓말이라도 했다면? 그럼 난 여기서 뭐라고 대답해야 하는 거야? 같이 듣기로 했다고 솔직히 말해? 아니면 같이 듣는 줄 몰랐고 오늘 우연히 마주친 거라고 말해?

"어, 나랑 같이 듣기로 했는데?" 지안의 대답은 바나가 '체감상 영겁의 시간' 동안 한 고민을 물거품으로 만들었다.

"나한테 그런 말 없었잖아." 도연의 표정이 싸늘하게 굳었다.

"니한테 내 시간표 보여줬잖아."

"너 이거 혼자 듣는다고 했거든?"

"내가? 그럴 리가." 지안이 진심으로 대답했다.

바나는 점점 더 혼란스러워졌다. 이 상황에서 누구의 말이 진실인가도 꽤 중요했지만 그럼 이제 이 강의를 어찌 해야 하나가 바나에겐 더 중요했다. 하, 내 3학점. 바나는 최악의 경우, 3학점을 포기하고 이 수업을 드롭해야 하는지까지 고민하고 있었다. 그러나 두 사람의 진실 공방이 시작되기 전, 교수가 강의실로 들어오는 바람에 세 사람…… 아니, 두 사람의 대화는 끊겨버렸다. 도연은 지안의 오른쪽에 앉아 있던 바나를 홱 등지고 두 발자국 더 걸어가 지안의 왼쪽에 앉았다.

다행히도 첫 수업은 가벼운 내용으로 진행되어서 강한 집중력을 요구하지 않았다. 바나에게는 정말 고마운 상황이었다. 현우 선배의 군대 문제부터 이 강의를 드롭해야 하는지 아닌지까지 고민하려니, 도저히 수업에 집중할 수가 없었기 때문이다.

바나는 강의가 끝나자마자, "아, 나 배 아파서……! 먼저 갈게!" 하는 대사와 함께 멋진 연기를 선보이며 후다닥 강의실을 빠져나왔다. 사실 배는 아프지 않았다. 머리가 아팠을 뿐.

어휴, 어떡할려나? 강의실에서 멀어진 바나는 다시 뚜벅뚜벅 걸으며 생각에 잠겼다. 오늘 지안이 꽤 고생할 것이 눈에 훤했기 때문이다. 오늘은 자신이 라면을 준비해서 4층을 방문해야겠다고 다짐하는 바나였다.

○×

도연은 지안을 매섭게 노려보고 있었다. 이제 강의실에는 학생들이 다 빠져나가고 둘만 남은 상태였다. 방학 동안은 정말 아무 일도 없었는데……. 학기가 시작되자마자 첫 전쟁을 치르게 된 지안의 심정은 참담하고, 귀찮았다.

"난 너한테 혼자 듣는다고 말한 적 없어." 지안은 한숨을 쉬며 말했다.

"있다니까?" 도연이 날카롭게 받아쳤다.

"내가 이걸 누구랑 듣는지 마는지 아무한테도 말한 적이 없는데, 뭔 소리야."

"내가 너한테 시간표 보여달라고 했을 때, 누구랑 같이 듣는 거 있냐고 물어봤잖아!"

"그래서?" 지안의 '그래서'는 '그래서 어떤 일이 있었는데'라는 뜻이었지만 도연은 이 말을 그렇게 받아들이지 않았다.

"뭐? 그래서?" 도연이 입술을 콱 깨물고 팔짱을 꼈다.

지안은 독강을 고수하는 스타일이긴 하지만, 결코 도연

에게 '영화와 역사'라는 수업을 혼자 듣는다고 거짓말한 적은 없었다. 물론 자신은 독강을 하는 것이 편하다고 말한 후 바나와 함께 듣게 되었다고 굳이 말하지 않은 것은 사실이었다. 그러나 지안 입장에선 도연 역시 자신에게 이 강의를 같이 듣겠다고 한 적이 없으니, 서로 피차일반이라고 생각했다.

둘은 강의실에서 나와 카페로 향했고, 짧지도 길지도 않은 그 시간에마저 다투고 있었다. 지안의 앞에는 민트 티가, 도연의 앞에는 레몬 티가 놓일 즈음 두 사람의 싸움은 극에 달했다.

시간이 좀 지나 도연의 레몬 티에 담긴 얼음이 다 녹아 컵 주변에 물이 뚝뚝 흘러서 함께 받아온 냅킨이 젖었을 때쯤엔 이런 이야기들이 오갔다.

"나한테 일부러 말하지 않은 것도 거짓말의 일종이야. 김바나랑 같이 듣게 됐다고 네가 먼저 나한테 말을 했어야지." 도연이 바들바들 떨리는 목소리로 말했다.

"그럼 니도 나한테 거짓말한 거네. 내한테 이거 듣는다고 말 안 했으니까." 지안이 냉정하게 받아쳤다.

"그렇게 꼭 말꼬투리를 잡아야겠어?"

"먼저 꼬투리 잡은 건 니 아이가?" 지안이 덤덤하게 말했다. "그리고 난 강의를 혼자 듣는 스타일이라고 했지, 모든 강의를 반드시 혼자 듣겠다고 한 적은 없어."

"난 꼬투리를 잡은 게 아니야. 너랑 김바나랑 같이 다니는 거! 그 일로 계속 싸우기 싫으니까 콕 집어서 김바나랑 강의 같이 듣는 거 있냐고 물어보지 않은 것뿐이야!"

"물어봤으면 난 대답했을 거야. 김바나랑 듣는다고."

도연은 지안의 대답에 처음엔 말문이 막혀 넋 나간 표정을 짓다가, 입술을 다시 콱 깨물고 팔짱을 꼈다. 지안은 그런 도연의 모습을 보며 한숨을 쉬었다.

"이 수업 언제 담았는데?" 지안이 순전히 궁금한 마음에 질문했다.

"너가 시간표 보여준 이후에 담았어."

"왜 담았는데?"

"당연히 너랑 같이 들으려고 담았지! 왜 그렇게 사람을 몰아세우면서 물어봐?"

지안은 정말 '이게 어떻게 된 일인지' 인과관계를 따져보기 위해 던진 질문이었다. 하지만 지안과 표현 방식에 차이가 있는 도연은 이를 '취조'로 받아들인 듯했다.

"마지막으로 하나만 더 물어볼게. 안 물어봐도 말해주는 게 연인 간의 예의라면…… 이 수업 담은 거 왜 나한테 말 안 했는데?"

"너랑 같이 듣고 싶으니까. 너는 역사 좋아하고, 나는 영화 좋아하니까. 그래서 아무리 너라도 이 강의 정도는 같이 들어도 된다고 말해줄 것 같아서." 도연은 이제 분노에 차서 울먹이고 있었다. 문장 사이사이 뚝뚝 끊기는 말투가 그녀의 감정을 여과 없이 드러내고 있었다. 근데 내가 물어본 건 그게 아닌데. "너도 나랑 같이 들으면 좋아할 거라고 생각했으니까. 그래서 서프라이즈로……."

"……대학교 강의를 서프라이즈용으로 신청한다고?" 지안이 납득되지 않는다는 듯 물었다. 이런 지안의 표정과 말투에 도연은 울먹이며 참기만 했던 눈물을 와르르 쏟아냈다. 힐끔힐끔 두 사람을 쳐다보던 사람들은 이제 거의 대놓고 쑥덕거리며 두 사람을 구경하고 있었다.

도연의 레몬 티에는 이제 얼음이 거의 없었다. 유리컵 바깥에 맺혔던 물방울이 뚝뚝 떨어져 주변에 있던 냅킨은 모두 젖었고 테이블 위에도 동글동글한 물방울이 몇 무리 떨어져 있었다.

"울지 마." 지안은 그렇게 말하며 아직 젖지 않은 냅킨을 골라 무심하게 툭, 도연의 앞에 내려놓았다. 그는 그녀가 우는 이유를 이해할 수 없었다. 사실은, 왜 우는지는 알겠지만 왜 울 수밖에 없는지는 모르겠다고 하는 편이 정확할 것이다.

지안은 도연을 겨우 달래어 저녁을 먹인 후 버스 정류장으로 데리고 왔다.

"김바나랑 셋이 같이 들어도 돼. 난 괜찮아."

이때 지안은 깨달았다. 이 연애는 끝나야 한다는 것을.

자신에게 없는 장점을 여럿 가진 도연을 좋아했다. 남도 본인도 상처받지 않을 방법으로 언행을 구성하는 그녀의 세심하고 배려 넘치는 모습이, 잔잔한 연못 같은 모습이 좋았다. 하지만 연못은 바뀌지 않는 법이다. 자신이 가지고 있지 않은 장점을 가져온 도연은 그가 가지고 있지 않은 단점도 함께 품고 왔다.

"집에 조심히 가고." 그래도 우선 지안은 겉으론 웃으며 도연에게 가볍게 손을 흔들어주었다.

손을 왜 흔들어야 하는 걸까. 인사할 때 손을 흔들지 않는 지안은 도연에게만큼은 손을 흔들어주었다. 그러면 도연은 자신이 특별해진 것 같다고 말하며 행복해했다. 그러나 지안은 손을 흔들고 싶지 않았다. 처음 몇 번까지는 괜찮겠지만, 아마 손을 별로 흔들고 싶지 않은 지안의 천성을 영원히 바꿀 순 없을 것이다. 잠깐잠깐씩은 그녀가 '특별해진 것같이' 느끼도록 행동해 줄 수 있어도 말이다.

코앞에 '이별'이라는 선택지가 다가오자, 지안은 바나가 왜 그렇게 현우 선배와의 이별을 질질 끌었는지 아주 조금은 이해가 될 것도 같았다. 물론 걘 너무 뭉그적거리긴 하지. 이런저런 생각을 하며 기숙사로 돌아가던 도중, 지안은 바나와 현우 선배가 본관과 기숙사 사이 골목에서 언쟁을 벌이고 있는 장면을 목격했다. 오늘 전체적으로 싸우는 날인가. 또 지안은 문득 이런 의문이 들었다. 성향이 달라 싸움이 일어날 수밖에 없는 상대를 왜 사랑하게 되는 걸까? 점점 더 머리가 복잡해지는 지안이었다. 애초에 성향이 비슷한 사람과 사랑하게 될 순 없는 건가? 여름이 다 끝나 이젠 저녁 날씨가 제법 선선해졌음에도 지안은 답답한 더위를 느꼈다.

지안은 기숙사 앞에 있는 벤치에 앉아 바나가 싸움을 끝내고 오길 기다렸다. 담배를 몇 대 피우기도 했고 도연에게 잘 들어가고 있는지 묻는 메시지를 보내기도 했다. 1층 분식집에서 딸기 스무디를 하나 사두면 바나가 좋아할 것 같았지만 분식집은 이미 문을 닫았을 시간이었다. 오늘은 정말 태양초치즈닭갈비를 먹여야 하겠군.

3, 40분 정도가 지난 뒤, 바나가 엄청나게 심각한 표정으로 1층 쪽으로 걸어왔다. 지안은 혹시 그녀 뒤에 현우 선배가 따라오는지 확인했지만, 그는 이미 기숙사에서 멀어져 정문 쪽으로 향하고 있었다. 지안은 너무 화가 난 상태라 그를 못 보고 지나치는 바나에게 "어이—!"라고 소리쳤다. 그러자 바나가 깜짝 놀라 돌아보았다. 눈이 동그래진 채로

멍하니 지안을 바라보며 몇 초 정도 정적이 흐른 뒤에······.

"흐아아아!" 입을 크게 벌리고 눈물을 뚝뚝 흘리며 대성통곡을 하기 시작한 바나였다.

"어? 허어······. 왜 이러지?" 지안이 놀라 다급하게 그녀에게 다가갔다. 바나는 대답하지 않고 계속해서 서럽게 울었다. "야. 왜 그러냐고. 말을 해봐."

지안이 아무리 바나에게 이유를 물어도, 바나는 계속해서 울기만 했다. 지안은 주머니를 급하게 뒤졌다. 눈물범벅이 된 그녀의 얼굴을 닦아줄 만한 것이 없나 찾아보기 위해서였다. 그러나 마땅한 것이 없었다. 그는 계속해서 아이처럼 주먹을 쥐곤 손등으로 얼굴을 벅벅 문질러 눈물을 닦으며 울고 있는 바나의 빨개진 피부가 눈에 밟히기도 했고, TV에서 종종 볼 수 있는 눈물의 판다 화장을 한 여자들이 떠오르기도 했다.

"공들여 그린 그림이 지워지게 두면 쓰나······. 화가에 대한 예의가 아니지." 그래서 그는 이런 농담을 던지며 바나의 옷소매를 손수건인 양 들어 올려 눈물을 톡톡 닦아주었다. 옷소매를 들어 올릴 때 함께 딸려 온 바나의 손이 힘없이 이리저리 흔들리자, 지안은 웃음을 참기가 힘들었다. 거의 웃을 뻔한 그때, 바나가 말했다.

"배고파." 아직도 눈물을 뚝뚝 흘리고 있었다.

"그럼 그만 울어." 지안은 그녀를 데리고 기숙사 앞을 떠났다.

"사장님! 여기 김치우동전골과 태양초치즈닭갈비 부탁드립니다. 소주는 제가 가져가겠습니다!" 지안은 역시나 예의 바르게 주문을 했다. "오늘 거하게 먹어보자고. 알겠제?"

"그래! 그런 거를 시켜야지! 흐어엉—!" 바나가 다시 울기 시작했다.

"그래, 니는 매운 거 좋아하는데 맛대가리 없는 오징어 같은 거나 사주고, 맞제?" 지안이 웃음을 참으며 구수한 사투리로 장난스럽게 그녀를 달래주었다. 우느라 시뻘게지고 통통 부어버린 그녀의 눈두덩이가 웃겼기 때문이다.

"너 왜 웃냐?" 바나가 정색하며 물었다. 그러자 지안은 완전히 웃음이 터져버렸다. 안간힘을 다해 참고 있던 웃음이었는데……. 오늘은 진짜 배찌같이 생겼네. 눈 통통 부어가지고. "야! 왜 웃냐고!" 바나가 소릴 질렀다. 하지만 이젠 그녀의 목소리에도 웃음기가 서려 있었다. 바나는 지안이 웃으면 따라 웃는 습관이 있으니까. 지안은 테이블 위에 있는 티슈를 한 장 뽑아 반으로 주욱 찢은 뒤, 눈물이 줄줄 흐르는 바나의 두 눈에 하나씩 갖다 대었다. 그러자 반쪽짜리 티슈가 눈물 때문에 두 뺨에 달라붙었다. 이모티콘같이 생겼군. 지안은 이렇게 생각하며 미소와 비웃음, 그 사이에 있는 애매한 표정을 지었다. 이 어리한 지지바.

"말해봐. 그래야 진단을 하지." 메뉴가 나오자, 지안은 본격적으로 이야기를 들어줄 태세를 취하곤 바나 앞에 수저를 놓아주었다. 바나는 숟가락을 먼저 들어 '김우전'의 국물을 호로록 맛봤다.

"크어—!" 하고 바나가 외치는 사이 지안이 바나의 술잔을 채워주었다. 자신의 잔에도 술을 채우는 것을 잊지 않았다. 주도에 민감한 지안의 동작은 매우 능수능란했고 각자의 잔에는 정확히 3분의 2 되는 양의 소주가 채워졌다. 이후 지안은 아직 치즈가 지글지글하고 있는 닭갈비 한 점을 들어 올렸다. 치즈가 주욱 늘어났지만 지안은 그 어떤 양념도 흘리지 않고 바나의 앞접시에 깔끔히 닭갈비를 담아주었다. 치즈를 주욱 늘어뜨려 정확히 끊어주기도 했다. 그 모습을 지켜보던 바나가 시무룩한 표정으로 "야! 술은 내가 따르게 해줘. 나도 너에게 뭔가를 해주고 싶어"라고 말했다. 그러자 지안이 아직 비어 있는 자신의 앞접시를 장난스레 가리켰다. 바나는 죽죽 늘어나지만 절대 끊어지지 않는 탄성을 자랑하는 흰색 줄 몇 가닥을 결국 끊지 못한 채 대충 지안의 앞접시에 올려놓아야 했다.

"됐으니까, 이야기나 해봐." 지안이 늘어난 흰 줄들을 직접 톡톡 끊으며 말했다.

바나와 현우 선배가 싸운 이유는 들어보니 그다지 심각한 건 아니었다. 두 사람은 데이트를 하던 도중 식사를 하기로 했고, 현우 선배에게 늘 맞춰주던 바나가 오늘은 매운 음식이 당긴다고 말했을 때, 그가 '배려 좀 해달라'는 식으로 말해버려서 싸움이 시작되었다고 한다.

"니가 말해봐. 내가 잘못한 게 있냐?"

"아니. 잘못한 거 1그램도 없지." 지안이 바나에게 냉정하면서도 재빠른 대답을 내놓았다.

"배려? 배려? 하— 참 나." 바나가 거세게 콧방귀를 뀌었다. 지안은 잠시 바나가 코를 푼 것이 아닌가 쳐다봤다. "내가 맨날 배려해 준 거는 배려가 아닌가 보지? 군대 가는 것도 짜증 나고, 지금 짜증 나는 일이 한두 가지가 아닌데? 어? 지금 그날 직전이라서 성질도 최고 더러운 상태인데!"

지안은 바나가 내뱉는 분노의 투덜거림을 가만히 듣고 있을 수밖에 없었다. 털털한 성격의 바나가 갑작스럽게 생리 이야길 꺼내는 바람에, 남자 형제밖에 없는 지안은 속으로 아, 소문으로만 듣던 그 마법의 날, 이라고만 생각했다.

한참 동안 계속된 바나의 이야기를 지안은 "그렇지" 혹은 "센스가 없네" 등의 리액션을 곁들여 가며 들었다. 그러나 그녀가 분노의 투덜거림을 끝낼 기미가 보이지 않자 결국 이렇게 말했다.

"너무 그렇게 열 내지 마. 화병 걸려서 죽을지도 몰라. 죽으면 니만 손해고."

"이미 걸린 듯, 화병." 바나가 입을 삐쭉 내밀며 말했다.

"헤어질 거라며. 그러니까 그냥 신경 꺼."

"못 헤어질 듯."

바나의 시큰둥하고 심드렁한 대답에 지안은 납득할 수 없다는 표정으로 그녀를 쳐다봤다. 못 헤어져?

"이유가 뭐지?"

"지금 헤어질 수가 있냐?" 바나는 지안의 질문이 이상하다는 듯 그를 쳐다보며 물었다. "입대 한 달 남겨둔 남자친구랑 헤어진다? 말도 안 되는 거지. 나만 개쌍년 되는 거지. 안 그래도 여친 있는 남자랑 놀러 다닌다고 이미……." 바나가 투덜거리다가 마지막 말을 아꼈다.

지안은 바나의 말에 긴 한숨을 쉬곤, 신랄하게 비꼬는 말을 그녀에게 던졌다.

"다른 여자랑 키스해도 안 헤어져, 헛소리해도 안 헤어져, 뻔뻔하게 니가 이겼다 해도 안 헤어져, 군대 가도 안 헤어져……. 살인을 저질러도 안 헤어지겠네?"

하지만 바나도 자존심이 강한 타입이었다. 여태껏 자신의 말을 잘 들어주던 지안이 갑작스럽게 신랄한 비꼼을 선사하자, 바나도 지지 않고 눈을 날카롭게 뜬 채 똑같이 비꼬는 말투로 대답했다.

"살인? 살인 갖고는 안 되지. 연쇄살인이면 몰라—."

"그 형 군대 갈 거 예상 못 했나?" 지안이 한심하다는 말투로 물었다.

"예상은 했지. 하지만 이렇게는 아니지. 적어도 한 달 전에 알려주는 것보단 빠를 줄 알았단 말이야."

지안은 계속해서 바나가 늘어놓는 '지금 헤어질 수 없는 이유들'에 대해 들어야 했다. 그건 확실히 기분 좋은 일은 아니었다. 답답하고 짜증 나는 일에 가까웠다. 그리고 지안은 이 답답함과 짜증이 어디서부터 오는지 깨달았다. 이제 진실을 알게 되었기 때문이다.

"아직 좋아하는구만." 지안이 말하자, 잠깐의 정적이 흘렀다. 그리고 몇 초 뒤, 지안은 완전한 무표정으로 덤덤하게 말을 이었다. "그 형이 너한텐 첫사랑인가 보다."

지안은 소주 한 잔을 들이켠 다음 담배를 들고 벌떡 일어났다. 잠깐 나갔다 오겠다는 제스처를 취하며. 그러나 바나가 지안의 옷자락을 덥석 잡았다. 옷을 자주 잡네……. 그의 옷을 한 움큼 손에 잡은 채 바나가 지안을 올려다보았다. 반쯤은 인정하는 눈빛이었고 반쯤은 확고한 부정을 담은 눈빛이었다.

"그래, 좋아하니까 이러는 거겠지." 바나의 말은 지안의 답답한 가슴을 후벼 팠다. "근데 첫사랑이라는 말에는 동의할 수 없어."

"왜." 지안이 일어선 채로, 바나를 내려다보며 물었다.

"난 그 오빠가 내 평생 못 잊는 사람이 될 거라고 절대 생각 안 해. 너면 모를까."

"나?" 지안이 의아함을 가득 담아 되물었다. "여기서 내가 왜 나오는데. 내가 니 첫사랑이가."

"아니, 꼭 첫사랑이어야 못 잊나? 아무튼⋯⋯." 바나가 지안의 옷자락을 놓았다. 그러곤 담배를 쥐고 있는 지안의 손을 흘끗 눈으로 가리키며 "피우고 와"라고 말했다.

지안이 다시 돌아왔을 때, 두 사람은 마치 새로 술자리를 시작하는 것처럼 다른 주제로 이야기를 시작했다. 그것도 문학, 예술작품, 가치관, 정치, 철학, 이념 등의 아주 깊은 주제들만 골라서. 아까와는 완전히 다른 분위기였다. 김치우동전골과 태양초치즈닭갈비라는 메뉴는 그대로였지만, 이 공간은 지안이 담배를 피우고 다시 돌아오기 '전과 후'가 마치 '어제와 오늘'처럼 나뉜 것 같았다.

"와…… 벌써 기말고사 시즌이야? 미쳤네."

지안이 "기말고사 준비하러 도서관 간다"라고 말하자 바나가 한 대답이었다. 두 사람은 캠퍼스를 거닐고 있었다. 바나가 우식에 갔다가 노래방에 가자고 했지만 지안은 도서관으로 향할 생각이었다. 2학기의 시간은 1학기의 시간보다 훨씬 빨리 흘렀다. 10월엔 결국 현우 선배가 입대를 했는데, 바나는 절대 아니라고 하지만 딱 봐도 눈이 퉁퉁 부은 것이 밤새 잔뜩 울었던 게 틀림없었다. 지안은 그런 바나의 모습을 보곤 고개를 좌우로 흔들며 혀를 끌끌 찼다.

"남자친구도 없으면서 놀러 그만 다니고 공부나 열심히 해라." 지안이 바나에게 말했다.

"없는 게 아니라, 떨어져 있는 거거든요?" 바나가 그의 말을 정정했다.

"떨어져 있는 김에 그만 놀러 다니고 공부나 열심히 해라."

"놀러는 너랑만 다니고 있거든요? 어제도 같이 김우전 먹어놓곤." 바나가 다시 한번 그의 말을 정정했다.

그러자 지안은 걸음을 우뚝 멈춰 서서 바나를 바라보았다. 그 때문에 지안의 빠른 걸음을 뒤에서 총총 따라오고 있던 바나가 지안에게 툭 부딪혔다.

"그렇게 말대꾸 따박— 따박— 할 거면 내한테 필기 보여달라고 하지 마라." 지안이 협박조로 이야기했다. 그러자 바나는 고분고분해져서는 "도서관 고!"라고 말하곤 도서관 방향으로 앞장서서 걸었다.

개강 첫날, 도연과 어색하게 삼자대면을 한 이후 바나는 쭉 혼자 앉아 '영화와 역사' 강의를 들었다. 나쁘진 않았다. 어쨌건 수업 자료나 필요한 도움들은 지안에게 카톡 한 통만 보내면 해결됐다.

—오늘 필기 좀 plz

—4층 ㄱ

이런 식으로 지안에게 필기를 뜯어내는 바나라, 혼자 앉아 있어도 딱히 불만이 없었다. 게다가, 지안과 마주칠 시간은 '영화와 역사' 강의 시간 외에도 많았다. 더블유의 2학기 공연을 준비해야 했기 때문이다. 아무튼 바나는 지안의 도움 덕분인지, 탓인지 한껏 안일한 마음이 되어 강의 시간 내내 휴대폰 게임을 즐기기도 했다.

"내가 이렇게 지속적으로 필기 제공을 한다 한들, 니도 수업을 듣긴 들어야 내 필기가 이해가 되고 납득이 가지 않겠나?" 지안이 걱정 섞인 잔소리를 했다. 하지만 바나는 최대한 독해 보이는 표정을 지으며(지안에겐 전혀 그렇게 보이지 않았지만) 그에게 불끈 쥔 자신의 주먹을 보여줬다.

"기다려라, 200만 점……! 나 지금 150만이거든? 금방 따라간다."

둘은 학기 내내 모바일 게임 하나로 치열한 경쟁을 벌이고 있었다. 바나가 지안의 필기 제공을 믿고 '영화와 역사' 시간에 혼자 신나게 즐기던 '콜라팡'이라는 게임이었다. 분명 처음엔 바나가 100만 점을 넘게 받아서 압도적인 점수 차이로 지안을 신나게 놀려댔다(심지어 바나의 점수는 자유전공학과 학생들 사이에서도 1등이었다). "어이, 80만 따리. 그쪽 공기는 어때?"라든지 "어우, 80만 점 냄새" 하는 말로.

하지만 아무래도 게임 재능에서 바나는 절대 지안을 못 이기는 듯했다. 어느샌가 지안은 200만 점이라는 점수로 바나를 짓눌러 버렸다. 그는 바나를 뛰어넘자마자 '점수 자랑하기' 버튼을 눌러 바나에게 메시지를 보냈다. 바나는 그 메시지를 받은 새벽 1시에 지안에게 대뜸 전화해서 "지랄 마, 진짜로?"라며 믿을 수 없다는 듯한 목소리를 수화기 너머로 전달했다.

바나는 이후 아주 열심히 노력해서 겨우 150만 점을 넘겼다. 하지만 지안의 200만 점은 도저히 넘볼 수 없는 숫자라는 사실을 결국 인정해야 했다. 그러자 지안은 우수에 찬 눈빛으로 바나를 바라보며 '상대가 나잖아'라는 표정을 지었다.

"힘내. 세상엔 노력으로 안 되는 일도 있는 거야"라며, 옅은 미소를 보내기도 했다. 그러면 바나는 세상에서 제일 분하다는 표정을 지으며 휴대폰을 꺼내 들고 식당이나 카페, 술집 등에 있는 콘센트를 찾아 충전기를 꽂았다.

그러나 더 분한 사람은 따로 있었다. 바로 도연이었다. 애초에 콜라팡을 지안과 함께 시작한 사람은 도연이었기 때문이다. 지안은 자신이 하는 게임들을 조금 부정적으로 여기는 도연이 모바일 게임에는 흥미를 보이는 것을 보고 흔쾌히 같이 해보자 했다. 두 사람은 그렇게 한때를 콜라팡으로 즐겁게 보냈다. 지안과 함께 게임을 즐기는 일은 바나만의 장기 같은 것이었는데, 도연이 그걸 함께할 수 있게 되니 둘 사이가 조금 평화로워졌다. 잠시나마 지안이 도연과 헤어지지 않아도 되겠다는 생각을 할 정도였다. 하지만 도연은 중간고사가 끝난 뒤 콜라팡에 푹 빠져 있느라 공부가 안 된다는 말을 마지막으로 더 이상 그 게임을 즐기지 않았다. 전국적으로 대유행한 콜라팡이었기에, 지안은 도연이 같이 게임을 해주지 않아도 '하트'를 주고받을 사람이 많았다. 하트는 게임을 계속 진행할 수 있게 해주는 아이템이었다.

"하트 좀."

바나가 '영화와 역사' 강의가 끝난 후 지안에게 말했다. 그리고 그녀는 아무렇지 않게 지안과 도연을 휙 지나쳐 버렸다. 도연은 믿을 수 없다는 표정으로 강의실 문을 빠져나가는 바나의 뒷모습을 바라봤다.

"콜라팡, 콜라팡." 지안은 다급한 몸짓으로 재빠르게 자신의 휴대폰에서 게임을 켜 보여주며 말했다. 바나의 말이 충분히 오해를 살 만하다고 판단했기 때문이다.

"당연히 콜라팡이겠지." 그녀의 말투에서 불쾌함이 명백히 느껴졌다.

함께 공부도 열심히 하고, 더블유 연습도 열심히 하고, 하트도 꾸준히 주고받다 보니 11월의 시간도 술술 흘러갔다. 기말고사와 더블유의 2학기 공연이 점점 다가오고 있었다. 지안의 예상대로, 그리고 어쩔 수 없이, 학기가 시작된 후에는 1학기와 같은 상황이 여러 번 연출되었다. 캠퍼스를 떠나야 하는 도연과 캠퍼스에 터줏대감처럼 눌어붙어 있는 바나 그리고 도연의 퀴즈를 풀며 하루를 보내다가 바나와 4층 휴게실에서 접선하거나 함께 더블유 공연 연습을 해야 하는 지안. 하지만 싸움의 시작은 늘 이상하게도 '영화와 역사' 시간이었다. 바나는 두 사람과 저 멀리 동

떨어져 앉아 수업만 조용히 듣고 사라지는데도, 도연은 '영화와 역사' 강의가 끝나면 지안에게 유독 까칠하게 굴었다. 지안이 생각에 잠겨 머리가 아파질 만큼의 '퀴즈'를 남기기도 했다.

"너랑 사귀는 게…… 힘들어." 도연은 이런 유의 말을 자주 했다. 물론 이건 또 다른 퀴즈였다. 힘들지 않게 해달라는 그녀의 부탁이었고 바나의 존재가 싫다는 경고였다. 그러나 지안은 더 이상 도연의 암호 풀이에 열정적이지 않았다. 힘들면…… 해결해야지. 해결 방법을 찾아야지.

두 사람이 싸울 때마다 도연은 자주 눈물을 흘렸지만 시간이 지남에 따라 그 눈물의 양은 점점 줄어들었다. 날씨가 좀 쌀쌀해졌다며 카페에서 머그컵에 담긴 따뜻한 음료를 먹어서 그런지, 냅킨도 더 이상 젖지 않았다.

○×

"그럼 헤어지면 되잖아." 바나가 지안의 현재 상태를 쭉 듣다가 한 말이었다.

"너나 헤어져, 이 검정 고무신아." 지안이 볶음 컵라면에서 물을 따라 내고 바나에게 스윽 내밀며 말했다. 두 사람은 또 4층 휴게실에 앉아 있었다. "지금 헤어지면, 개랑 같이 듣는 수업이 몇 갠데……."

"몇 갠데?" 바나가 열심히 볶음 라면을 비비며 물었다.

"일단 '영화와 역사'. 그리고 '현기윤', '진로'." 지안이 대답했다. '현대 기독교 윤리'와 '진로와 삶'은 바나가 이미 1학기 때 들었던 자유전공학과 공동 필수 강의였다.

"현기윤은 어차피 동기들 싹 듣는 거라서, 떨어져 앉아도 안 어색할 테고……. 진로도 그 시간에 사람이 얼마나 많은데, 자기도 같이 들을 친구 하나쯤은 있겠지."

"그럼 '영화와 역사'는?" 지안이 물었다.

바나도 '영화와 역사' 강의에 대해선 이렇다 할 묘수를 떠올리지 못했다. 동기는커녕 아는 사람이 단 한 명도 없는 그 강의에서 지안과 자신 그리고 도연이 각각 떨어져 수업을 듣는 장면을 상상해 보니 기가 막혀서 헛웃음이 나왔다. 어질어질한데? 하지만 고작 이것 때문에 스트레스받는 관계를 유지하는 것도 좋지 않다는 생각이 들었다. 그러게, 그 수업은 어쩐다? 물론 2학기 종강까지는 한 달 정도밖에 남지 않긴 했지만……

"내 의견 좀 들어봐." 바나가 말하자 지안이 바나를 똑바로 쳐다보며 경청할 준비를 했다. "헤어지지 않으면, 계속 스트레스받을 거잖아."

"그렇지."

"그렇지만 헤어지면, '영화와 역사'에서 마주치는 것 때문에 스트레스받을 거야. 그러니까 둘 중에 덜 스트레스받는 쪽을 골라. 어차피 둘 다 스트레스니까."

지안은 갑자기 벌떡 일어났다. 그러곤 박수를 짝— 짝— 짝— 쳤다. 바나는 눈이 휘둥그레져서 지안을 올려다보았다. 뭔데?

"헤어져야겠네."

"……헤어지는 거야?" 바나가 놀라며 물었다.

"어." 지안이 단호하게 대답했다.

"다른 뭐, 핑계 없어?" 바나가 의심스러워하며 한 번 더 물었다.

"없는데? 내가 말한 것들은 니처럼 '핑계'가 아니라 진짜 고민이 됐던 '이유'야." 지안이 약간의 빈정거림을 담아 픽 웃으며 말했다. 바나는 순간 2학기 시작 즈음에 지안과 토바코에서 했던 대화를 떠올렸다. 그래, 내가 핑계를 많이 대긴 했지. 하지만 이렇게 단번에 끊어내겠다 결심한 지안은 바나로 하여금 저 독한 놈…… 이라는 생각이 들게 했다. 독한 놈…… 하며 올려다본 지안은 멀끔하고 개운한 얼굴로 씨익 웃으며 바나를 내려다보고 있었다. 잘생겼네.

다음 '영화와 역사' 강의 날이 찾아왔다. 바나는 일찍 강의실에 도착해 맨 뒷줄 중간 자리에 앉아 있었다. 오늘은 웬일로 바나가 지안보다 일찍 온 날이었다. 곧이어 도연도 강의실로 들어와 뒷문과 가까운 맨 뒤 구석 자리에 앉았다. 그녀는 많이 수척해 보였고 슬퍼 보였다. 도연은 바나 쪽으론 고개도 돌리지 않았고, 긴 머리를 치렁치렁하게 내려 얼굴을 가린 상태로 책상만 보고 있을 뿐이었다. 바나는 엄청나게 곤란한 표정으로 도연 쪽을 보지 않으려 애썼다. 지안은 정말 그의 말대로 이별을 '단칼에' 해치워 버렸던 것이다.

이제 곧 지안이 강의실로 들어오면 아마도 도연과 정반대 쪽 자리에 앉을 것이다. 그러면 자유전공학과의 기묘한 3인방이 각각 떨어진 자리에 앉아 고독하게 수업을 듣는 이상한 상황이 연출될 것이다. 정말 난감하고 이상해. 하지만 바나는 이보다 더 난감하고 이상한 일이 일어날 줄은 꿈에도 모르고 있었다.

"안녕." 지안은 또 그 특유의 손 인사법으로 인사를 하며 강의실에 들어왔다. 인사는 바나에게 한 것이었다. 그리고 지안은 구석에 앉은 도연을 지나…… 바나 옆에 앉았다. 바나의 두 눈이 커질 대로 커졌다. 그녀는 강력한 텔레파시로 '뭐 하는 짓이야?' 하는 메시지를 보내려 했지만, 지안은 씩 웃으며 바나의 옆에서 강의 들을 준비를 했다. "오랜만이네"라는 시답지 않은 농담을 던지며.

의자를 드르륵 끌며 벌떡 일어나는 소리가 들렸다. 도연이 강의실을 나가고 있었다. 바나는 입이 떡 벌어져서 다시 지안을 쳐다보고 말했다.

"이 미친놈아! 어떡할 거야?"

지안은 그저 '헤어졌으니 같이 앉지 않았고, 친한 친구가 있으니 같이 앉았던 것'뿐이라고 했다. 남자들이란— 하고 가볍게 넘기기엔 지안은 여느 남자들과 다른 똑똑하고 섬세한 사람이라고 생각했는데……. 바나는 당황스러웠다.

"이제 너 때문에 다 망했어."

"왜 그렇게 되는 거지?"

지안의 되물음에 바나는 '진심이냐?'를 가득 담아 눈을 가늘게 뜨고 그를 쳐다보았다. 바나는 그런 식으로 행동하면 자신이 이별을 독촉하거나 권유한 것처럼 도연이 오해할 수 있다고 주장했다.

"도연이를 뭘로 보노." 하지만 지안의 의견은 단호했다.

"도연이를 너무 과소평가하네."

그러나 지안은 곧 자신의 생각이 틀렸다는 것을 인정할 수밖에 없었다. 과소평가를 한 건 지안이었고 그 대상은 바나였다. 지안이 바나의 촉을 과소평가한 탓에 바나는 그 대가를 톡톡히 치러야 했다.

'영화와 역사' 강의가 끝난 후 다음 수업이 있는 지안과 헤어지고 기숙사 앞에 도착했을 때, 도연이 기숙사 앞에서 바나를 기다리고 있었다.

"내일 언제 시간 돼? 내가 밥 살게. 점심에 시간 되면 네가 좋아하는 김치우동 먹자."

"어…… 뭐, 그래. 점심 먹자." 바나가 놀라며 떨떠름하게 대답하자마자 도연은 억지 미소를 짓곤 자리를 떠났다. 하지만 바나는 기숙사에 들어갈 수 없었다. 그저 멍하니 서서 등줄기에 땀이 흐르는 걸 느끼고 있을 뿐이었다. 이제 곧 겨울인데…… 왜 땀이 흐르냐…….

찝찝했던 여름으로 다시 돌아온 것만 같았다.

《나의 X 오답노트》 2권으로 이어집니다.

나의 X 오답노트 1

초판 1쇄 인쇄	2024년 04월 29일
초판 1쇄 발행	2024년 05월 07일

지은이   김사라

편집인   이기웅
책임편집   한의진
교정·교열   김정현
편집   안희주, 주소림, 김혜영, 양수인, 이원지, 오윤나, 이현지
디자인   MALLYBOOK 최윤선, 오미인, 조여름
책임마케팅   김서연, 김예진, 박시온, 김지원, 류지현, 김찬빈, 김소희, 배성원, 박상은, 이서윤, 최혜연
마케팅   유인철
경영지원   박혜정, 최성민, 박상박
제작   제이오

펴낸이   유귀선
펴낸곳   ㈜바이포엠 스튜디오
출판등록   제2020-000145호(2020년 6월 10일)
주소   서울시 강남구 테헤란로 332, 에이치제이타워 20층
이메일   odr@studioodr.com

ⓒ 김사라

ISBN   979-11-93358-89-4 (04810)
           979-11-93358-88-7 (세트)

모모는 ㈜바이포엠 스튜디오의 출판브랜드입니다.